존은 제인을 만났지만

존은
제인을
만났지만

장마리 단편소설집

실천문학사

차례

송화.COM

†

김 씨는 소금 창고 구석에 세워놓은 노란 장화를 집었다가 내려놓고 바짓단을 무릎까지 걷었다. 운동화와 양말도 벗었다. 영수는 점심때가 훌쩍 지났는데 급한 볼일이 있다며 승합차를 끌고 집을 나갔다. 어디를 가냐는 물음에 격포라고 했다.

김 씨는 소금 창고를 나와 천천히 걸었다. 온종일 햇볕에 데워진 염전 둑은 뜨뜻했고 단팥묵처럼 몰캉거렸다. 당그래를 들고 염판으로 내려섰다. 물꼬를 터놓았는데도 소금물이 빠지지 않아 발밑에서 찰방거렸다. 영수가 봤다면 장화를 신지 않았다고 타박했을 것이다.

"요새 사람들이 을메나 청결을 중요시 하는디, 더럽게 맨발로 소금밭을 다니고 그려요. 고객이 알면 당장 송화염을 취소

한당 게요."

몇 년 전만 해도 염판은 옹기그릇을 깬 깜파리를 사용했으나 지금은 검은 장판이었다. 비닐은 간수를 흡수하지 못했다. 간수는 소금을 석출하고 남는 모액이라 일반인들은 거들떠보지 않았지만 모아 놓으면 화학 공장에서 비료를 만들고 또 무엇을 만든다며 사갔다. 그래서 사렴, 죽음 소금이라고 불렀다. 소금을 목도로 져 나르면 간수가 광주리 사이로 빠져나갔다. 그런데 요새는 수레를 이용했기 때문에 창고 주위가 안질에 걸린 개 마냥 누렇고 질척거렸다. 물론 어깨가 아프지 않고 많은 양을 단번에 옮길 수 있다는 편리함이 있었다. 그러나 제 몸 편하고자 든다면 진짜 염부(鹽夫)라 할 수 없었다. 김씨가 이런 말을 하면 영수는 콧방귀를 뀌며 끙자를 놓았다. 간수가 빠진 소금은 고슬고슬했고 자르라니 윤기가 났다. 맛은 짭짤하면서도 달짝지근했고 뒷맛은 개운했다.

김 씨가 염부로 산 세월은 더하고 뺄 것도 없이 딱 반 세월이었다. 첫 아이를 가진 아내를 데리고 곰소로 들어왔다. 뱃일은 높은 파도와 비바람을 감당해야 하는 일이라 목숨을 장담할 수 없었다. 새벽에 뱃일을 하러 나서면 열여덟, 어린 아내가 꼭 눈물 바람이었다. 안쓰럽게 여겨 등을 다독였지만 기분이 잡쳤다.

염전 일은 뼈가 녹고 살이 내렸다. 하지만 처자식을 누일

사택과 매달 10일에 봉급이 나왔고 몇 뙈기는 안 되지만 푸성귀를 심어 먹을 수 있는 밭과 성인 한 사람이 일 년은 먹을 수 있다는 한 섬의 논도 주었다. 정식 염부만 되면 누릴 수 있는 일이라 서로 하려고 들었다. 정식 염부가 되기 위해서는 보조원으로 이 년의 경력을 쌓아야 했다. 임시직을 거쳐야 보조원이 되고 조수를 거쳐야 반장이 될 수 있었다. 염부장이 최고의 자리였는데 김 씨는 염부장은 못 했고 반장만 삼십 년을 했다. 갑장들은 술자리에서 만 년 반장이라고 놀려먹곤 했다. 염부장이 못된 이유는 자질이 부족해서가 아니라 학력 때문이었다.

소금이 더 이상 영글지 않는 초겨울에 염전은 소금의 수확량을 총결산했다. 소금 산출량이 염부들의 성적표인 셈이었다. 그 산출량에 따라 임시직은 보조원이 되고 보조원은 조수가 되고 조수는 반장이 되었으며 염부장으로 진급할 수 있었다. 염부장이 하는 일은 염부들을 관리하고 소금 생산량의 통계를 내고 일지를 작성하는 것이었다. 김 씨는 국졸인 갑장 조만득에게 염부장을 양보해야 했다. 염부들을 관리하고 소금을 내는 일은 그 누구보다 자신이 있었지만 소금 산출량과 일지 작성은 자신이 없었다. 영수는 아버지가 국졸도 안 되고, 그깟 일지도 못 쓰는 것에 분해했지만 어쩔 수 없었다.

영수는 곰소 염전에서만 생산되는 송화 염을 어떻게 수익 사업으로 만들 수 없을까 고민했다. 계집마냥 늘 끼고 사는 책만 한 테블릿 PC에 송화.COM 홈페이지를 만들었다. 송화염에 대한 글을 쓰고 김 씨를 배경으로 사진을 찍어 올렸다. 김 씨는 영수의 지나친 간섭과 잔소리가 짜증이 났지만 늘 움츠리고 다니던 어깨를 펴고 흔들며 걷는 모습 때문에 아들의 성화를 잠자코 견디는 중이었다.

영수 에미가 곁을 떠난 지도 십 년이 되었다. 재작년에는 갑장 조만득도 북망산으로 갔다. 자신도 그들 뒤를 따를 날이 멀지 않았다. 영수 위로는 딸이 하나 더 있었다. 내년이면 쉰인데 지금도 낮잠 한번 편히 못자고 동당거리며 산다. 딸을 낳고 십 년 동안 아이가 들어서지 않아 오매불망 기다리다 얻은 아들이었다. 아들은 배울 만큼 배웠고 게으르지도 않았다. 늘 일거리를 찾았고 새로운 일을 만들었다. 하지만 재미는 못 보고 손해만 봤다. 마흔인데 장가도 못 갔다.

김 씨는 손바닥에 마른 침을 뱉었다. 당그래를 바투잡고 계집 몸 건드리듯 염판을 살살 긁으며 벗기고 밀고 당겼다. 제 스스로 달아올라 몸을 푼 계집처럼 염판은 당그래가 닿을 때마다 쫘아짝, 물을 가르며 소금을 쏟아냈다. 땀이 후드득, 턱 밑으로 흐르다가 바닥으로 떨어졌다.

찰방거리던 물도 빠지고 염판 한가운데에 소금이 소복하게 쌓였다. 옆구리에 바짝 붙인 당그래 손잡이를 바꿔 잡았다.

작은 원을 그리듯 소금을 밀어 붙였지만 이제부터는 발밑으로 끌어당겨야 했다. 일에 속도가 붙을수록 몸은 땀으로 젖어들었다. 모르는 사람은 팔월 염천에 소금이 많이 영근다고 생각했지만 너무 뜨거운 햇볕에는 소금이 버티지 못하고 모래알처럼 자디잘게 부서지고 흩어졌다. 죽같이 흐물거려 죽 소금이라고 불렀다. 그럴 때는 열기가 식을 때까지 기다렸다가 소금을 걷어야 했다.

일을 마치고 사택지로 들어서면 처마 밑의 노란 백열등은 날벌레의 세상이었다. 까맣게 그을린 종아리와 어깨를 손바닥으로 훑으면 흰 모래알 같은 소금이 묻어났다. 인기척에 젖먹이를 내려놓고 하품을 누르며 아내가 방문을 열었다. 김 씨는 옷을 벗고 수돗가에 앉아 물을 한 바가지 퍼 머리에다 쏟아부었다. 발바닥이 잿물에 삶아놓은 빨래처럼 뿌옇게 탈색되어 쪼글쪼글했다. 아내가 등에 비누칠을 하고 손으로 슬슬 문질러도 선인장 가시가 살갗에 박힌 듯 아리고 쓰라려서 살살하지 못하느냐고 공연히 언성을 높였다. 방으로 들어와 몸을 누이면 벌겋게 달아오른 살갗은 그때부터 열기를 토해냈고 새벽까지 후끈거려 똑바로 눕지 못해도 혼연히 잠으로 빠져들었다. 비닐 막 같은 껍질을 서너 차례 벗겨내면 어느덧 불볕더위는 지나갔다. 누리끼리한 살갗은 피가 응고되어 굳은 듯 핏빛으로 착색되었고 특히 목덜미가 코끼리 살갗 같아

져서 볼썽사나웠다. 그런 세월을 지금까지 살았다.

"저어, 어르신."

김 씨가 엉거주춤 허리를 폈다. 턱에서 흐른 땀이 가슴속으로 흘러들어 간질거렸다. 손등으로 턱을 훑고 털었다. 챙모자를 쓰고 카메라를 목에 멘 사내였다. 김 씨는 새만금을 찾는 관광객이려니 생각하고 가쁜 숨을 내쉬며 무슨 일이냐고 눈으로 물었다.

"저, 사진을 좀 찍어도 되겠습니까?"

한참 몸이 달아올랐는데 새삼스럽게 묻다니…… 참 눈치없는 사내였다. 김 씨의 속마음을 헤아리지 못한 사내는 웃음을 물고 덧붙였다.

"하시던 일 그대로, 그냥 하시면 됩니다만……."

김 씨는 손바닥에 마른 침을 퉤 뱉었다. 그러고는 당그래를 고쳐 잡으며 사내에게 눈을 맞췄다. 사내가 활짝 웃으며 고개를 꾸벅였다.

사진작가나 기자라는 사람들이 염전을 배경으로 소금을 걷는 자신을 찍어간 게 어디 한 두 번이던가. 그들은 말없이 다가와 사진을 찍고 눈인사도 없이 떠났고 신장로에 차를 세워놓고 휴대폰으로 두어 방 찍고 가는 관광객들은 더 많았다. 그런데 사내는 달랐다. 김 씨를 따라 이리저리 움직이며 눈을 떼지 않았다. 급기야 운동화와 양말을 벗고 김 씨처럼 바짓단을 무릎까지 걷어 올렸고 염판까지 들어왔다. 오롯이 김 씨의 모든 것을 카메라에 담으려는 혼신의 몸짓이었다. 김 씨가 한숨을 내쉬면 사내도 따라 쉬였고 땀을 훔치면 사내도 손등으로 땀을 훔쳤으며 허리를 펴면 사내도 허리를 들었다.

소금을 거두어 놓은 염판이 여섯 판밖에 되지 않았다. 다른 때 같으면 여덟 판은 끝냈을 시간이었다. 김 씨는 사내가 자꾸 신경 쓰였다. 단 한 번의 당그래 질로 말끔하게 소금을 쓸어 모았는데 어깨에 힘이 들어가서 헛손질했다. 깔끔하지 않은 염판 때문에 덧칠했고 왈칵 짜증이 났다. 당그래를 옮기는 손길도 거칠어졌고 허리도 시큰거렸다. 당그래를 붙든 채 허리를 세웠다.

"저 때문에 일이 방해가 되는군요."

사내가 카메라에서 눈을 떼고 김 씨를 보며 말했다. 사내도 땀범벅이었다. 땀 많이 흘리는 사람일수록 세상이 추운 삶일 터인데 사내도 그런 삶을 사는 것일까? 김 씨는 턱으로 흐르는 땀을 손등으로 걷어내며 사내를 보았다. 사내가 손수건을 꺼내 오밀조밀한 자신의 얼굴을 꼼꼼히 닦았다. 세수를 한듯 말끔해졌다.

"거시기, 오늘은 여기까지만 거둘라요."

사내가 고개를 끄덕이며 맑게 웃었다. 김 씨는 왠지 사내가 자신을 그럴싸하게 생각하는 것 같았다. 그런 사내에게 마음이 갔다. 사내도 자신의 일에 진정성을 가진 사람 같았다.

김 씨는 소금창고 옆에 세워 놓은 손수레를 끌어오다 멈칫했다. 진짜 염부란 목도를 얼마나 잘 메느냐에 판가름이 갈리는 것인데 자신을 그럴싸하게 생각하는 사내에게 뭔가 보여주고 싶었다. 아무리 어깨가 떡 벌어진 장정이라도 광주리 가득 소금을 담고는 발을 떼지 못한다. 광주리가 낭창낭창 춤을 추며 염부와 일체가 될 때에야 비로소 염부라는 자부가 생기는 것이다. 하얀 소금산을 오르기 위해서는 휘청거리는 널빤지를 타야 한다. 소금산 정상에서 광주리에 매단 끈을 확 낚아채어 소금을 부리고 나면 그 순간만큼은 세상 부러울 게 없었다.

김 씨는 창고 시렁에 매어 놓은 광주리를 올려다보았다. 목도 양 끝에 매달린 광주리가 빙긋 웃었다. 손수레를 딛고 올라가 목도를 끌어 내렸다. 여러 날 사용하지 않아 광주리가 바짝 말라 있었다. 김 씨가 어깨에 걸치고 걸음을 떼자 광주리도 좋아라 촐싹거렸다.

"아, 어르신. 이거, 이름이……."

사내가 카메라를 앞세우고 성큼성큼 다가왔다.

"광구요!"

"아, 네에. 광주리를 그렇게 부르시는군요. 이 긴 막대는 목도라 하고요. 맞죠, 목도?"

김 씨가 슬며시 웃으며 고개를 끄덕였다. 사내는 들고 있던 카메라를 내려놓고 가방에서 다른 카메라를 꺼내 이리저리 만지작거렸다. 카메라에 눈을 대고 연이어 불빛을 여러 방 터뜨렸다. 김 씨는 불빛이 번쩍일 때마다 눈을 깜박였다.

사내는 김 씨에게 빈 목도를 지고 오는 모습을 재현해 주길 부탁했다. 김 씨는 두 말없이 사내의 요구대로 했다. 광주리에 연결된 끈을 붙잡고 되돌아 서 있으라는 말에도 그렇게 해주었다. 혼자 바빴던 사내가 손수건을 꺼내 땀을 닦았다. 그제야 김 씨가 사내에게 말했다.

"인자 소금을 좀 담어야 쓸 것인디. 해가 한참이나 지울었소."

"아, 그럼요. 어르신, 하던 일 어서 하십시오."

김 씨는 녹슬지 않도록 늘 손질해 놓은 삽으로 소금을 퍼 광주리에 담았다. 영수는 플라스틱 삽을 사용하면 편리한 것을 아버지는 꼭 쓸 데 없는 고집을 부린다고 퉁을 놓았지만 소금에 약한 쇠붙이라 날마다 닦아야 하는 번거로움에도 쇠삽만 고집했다. 그저 편리하다는 이유로 그 무엇을 쉽게 바꾸고 싶지는 않았다. 사내가 잠깐만을 외쳤다. 사내 때문에 김 씨는 소금 담는 일을 연속 동작으로 하지 못했다. 그래서 양쪽 광주리에 소금을 채우는 데 적잖이 시간과 애를 먹었다. 삽을 붙들고 천천히 허리를 세웠다.

"어르신 제가 져 봐도 되겠습니까?"

김 씨는 콧방귀가 나오려는 걸 참고 삽을 소금산에 꽂으며 건성으로 답했다.

"하고 잡프믄 그러시오."

사내는 허리와 다리를 굽히고 목도를 어깨에 얹었다. 허리를 펴려고 힘을 주었다. 목덜미가 벌게지고 힘줄이 붉어졌다. 그러나 광주리는 꼼짝하지 않았다.

"다리를 이로코롬, 어깨너비만큼 벌렸다가 힘을 써야 하는 것인디요."

김 씨는 앞에 서서 훈계를 했다. 사내가 엉덩이를 뒤로 빼고 온 몸에 힘을 주었다. 광주리가 바닥에서 살짝 들렸다가 사내가 무릎을 꿇자 광주리도 폭삭 주저앉았다. 영수에게 자전거를 가르칠 때처럼 폭폭했다.

"어휴, 쇳덩이보다 더 무거운 것 같습니다아."

사내는 또르륵 턱에서 떨어지는 땀을 손수건을 꺼내 닦았다. 마뜩잖게 자신을 보고 있는 김 씨에게 뒷머리를 긁적이며 웃었다. 김 씨는 사내에게서 목도를 받아들었다. 다리를 벌리고 허리를 숙였다. 목도를 어깨에 올렸다. 끙. 허벅지와 아랫배에 동시에 힘을 실었다. 광주리가 번쩍 들렸다. 김 씨는 여보라는 듯 사내를 보았다. 사내의 눈이 커다랗게 벌어졌다. 급하게 카메라를 들이대며 소리쳤다.

"자, 다시 한 번만 다시, 합시다!"

김 씨가 막 발을 떼려다가 사내의 주문에 멈췄다. 한 발 앞서 내달리던 광주리가 출렁이며 소금을 바닥에 지렸다. 사내는 다시, 다시, 합시다를 반복했다. 김 씨는 어쩔 수 없이 엉덩이를 뒤로 빼고 엉거주춤 천천히 광주리를 내려놓았다. 창고에 한가득 소금을 부려놓고 온 것보다 어깨와 허리가 더 뻐근했다. 광주리에 연결된 줄을 휘여 잡고 그물을 낚아채듯, 확 엎어야 좌르륵 소금이 쏟아지고 그래야 막힌 체증이 뚫린 듯 시원해지는 것인데…… 불에 달군 쇠꼬챙이가 허리를 쑤시는 듯했다. 어금니를 물었다.

"자, 다시 처음부터 해 봅시다. 자, 자, 다시요!"

김 씨가 다시 허리와 무릎을 굽혔다. 목도를 들어 어깨에 걸쳤다. 으라차차. 기합을 넣었다. 몸을 일으켰다. 목도가 허리를 휘었다. 걸음을 떼자 신명난 상모 꾼처럼 광주리가 흔들렸다. 쫙쫙 소금물을 발등에 쏟았다. 날듯이 소금 창고로 들어갔다.

"당신 뭐하는 거요?"

"……?"

영수는 사내가 들고 있던 카메라를 확 낚아채며 물었다. 워낙 순식간에 일어난 일이라 사내는 제 손에 있던 카메라가 영수에게 옮겨간 사실을 바로 알아채지 못했다.

“시방 뭐하는 거냐고 안 묻소?”

“아, 보시다시피 사진을 찍고 있었습니다.”

“긍게 누구 허락으로다가 우리 아부지를 찍는 거냐고요?”

“아드님이시군요. 저는…….”

“명함 좀 줘보쇼.”

“명함요? 명함 같은 것은 없습니다. 취미로 그냥, 그냥 사진을 좀 찍는 사람입니다.”

김 씨가 목도를 지고 왔지만 영수는 아버지를 본체만체하고 사내만 다그쳤다. 영수는 송화 염과 관련된 사업을 하려는 의도를 가지고, 만만한 아버지에게 접근해서 묻고 사진을 찍어가는 거라면 사내를 그냥 둘 수가 없었다. 영수는 수협에서 돈을 끌어다 대하 양식장도 장어 양식장도 해보았다. 재미를 좀 본다 싶으면 그 옆으로 더 넓고 큰 양식장들이 생겨났다. 빚만 지고 손을 털었다. 남이 쉽게 못 덤비는 일을 찾아야 했다. 그 일은 염전일 밖에 없었다. 홈페이지가 필요했다. 지난 겨울 내내 전주를 오가며 컴퓨터 학원을 다녔다. 평생 염부로 산 아버지를 밑천으로 시작한 송화 염 사업만은 남에게 뺏길 수 없었다.

“그냥 취미로다가 사진을 찍는 분이시라고요?”

영수는 자꾸 시선을 외면하는 사내가 영 미덥지 않아서 카메라를 처음 본 사람처럼 이곳저곳을 만지작거렸다. 사내의 시선과 손이 영수의 손을 붙잡을 듯 다가왔다가 멀어졌다. 영수는 인상을 풀지 않고 바닥에 놓인 네모난 카메라 가방을 발로 걷어찼다. 사내가 자신의 몸이라도 한 대 얻어맞은 듯 움찔했다. 영수는 카메라에 필요 이상으로 집착하는 사내가 송화 염과는 상관없을 거라고 여기면서도 위아래를 훑었다.

"거시기 이름하고 연락처 좀 갈쳐 주시오?"

"……."

사내는 대답은 하지 않고 손수건을 꺼내 건성으로 얼굴을 훔쳤다. 그러면서도 눈은 영수가 들고 있는 카메라에서 떨어지지 않았다. 사내는 손수건을 바지 주머니에 넣으며 김 씨와 영수를 번갈아 쳐다보고 사정했다.

"어르신께 허락을 받았습니다. 그러니 이제 카메라를 이리 돌려주세요. 자칫 망가지기라도 하면……."

영수는 사내의 사진들이 몹시 궁금했다. 안절부절 못하고 매달리는 사내에게 한풀 꺾인 목소리로 물었다.

"내가 해코지를 할라고 그런 게 아니고요. 참말로 취미로다가 사진을 찍는 양반이믄 사진 잘 나온 놈 있으면 좀 얻어 쓸라고 그러요."

사내는 뾰루퉁한 얼굴로 서 있을 뿐 영수의 말을 귀담아 듣지 않았다.

"아무리 취미로 사진을 찍는다고는 하지만 초상권이 뭐시라는 것쯤은 알 것 아니오?"

영수의 말이 끝나기가 무섭게 사내가 바지에서 지갑을 꺼내 만 원짜리 한 장을 얼른 김 씨 손에 쥐어 주었다. 영수는 갑작스러운 사내의 행동에 어이가 없었다. 허공을 쳐다보고 한숨을 푸욱 쉬더니 천천히 송화.COM에 대해 설명했다.

"핸드폰으로 찍은 사진보다는 이 카메라로 찍은 사진이 안 낫것소?"

사내는 굳은 얼굴을 풀지 않고 영수가 들고 있는 카메라에만 눈을 박고 있었다. 영수가 목소리를 돋워가며 당신이 찍은 우리 아버지 사진이 왜 필요한지 설명을 했지만 사내는 피식거리며 한쪽 입꼬리를 올릴 뿐이었다.

김 씨는 아들이 사내를 자꾸만 건드리는 것 같았다. 힘으로야 아들이 낫겠지만 겉보기보다 사내는 강한 힘을 가진 사람일 수 있었다. 생각이 얕은 아들이 사내를 건드려 좋을 게 없었다. 아들의 등짝을 새게 부쳐댔다. 그러고는 얼결에 받아 쥔 만 원짜리를 어쩌지 못했다. 사내가 손을 까불며 불퉁스럽게 대답했다.

"그것으로 막걸리나 한잔 하세요. 그리고 저는 송화 염인지 송화 닷컴인지, 당신이 하는 일에는 관심이 없단 말입니다. 왜 자꾸 제 사진을 달라는 겁니까?"

영수는 아버지가 들고 있는 돈을 확 낚아채 구겼다. 그것으로도 성이 차지 않아 바닥에다 던지며 사내에게 따지듯 물었다.

"시방 사람을 뭘로 보고? 우리 아부지가 거지여?"

김 씨는 바닥에 떨어진 돈을 주어 손바닥으로 꾹꾹 눌러 폈다. 사내는 그러거나 말거나 영수의 시선을 외면했다. 영수는 자신과 아버지를 무시하는 듯한 사내의 시선과 행동에 자존심이 상했다.

"그라믄 할 수 없지. 여기가 필름 넣는 곳이 맞는 것 같구만…… 아무렴 우리 아부지 모델료가 만 원밖에 안 되까?"

"잠깐만, 알았어요. 알았어!"

사내가 급하게 영수의 손을 붙잡았다. 김 씨와 영수를 향해 활짝 웃으며 돌아가서 사진 상태를 보고 연락을 주겠다고 했다. 영수는 사내의 급격한 행동이 당황스러웠다. 떨떠름한 표정을 풀지 않은 채 사내가 불러주는 전화번호를 휴대폰에 저장하고 통화버튼을 눌러 사내의 휴대폰이 맞는지 확인했다.

영수가 카메라를 사내에게 돌려주었다. 카메라를 돌려받은 사내는 서둘러 짐을 챙겼다. 김 씨는 깜박했다는 듯 돈을 사내에게 내밀었다. 영수가 아버지의 손을 막으며 말했다.

"아부지, 세종대왕님이 한 분이라 쪼까 거시기허지만 사진사 양반 성의인께 받아 두시어요!"

사내는 카메라와 가방을 양손에 들고 발로 땅에 차듯 거칠게 걸었다. 김 씨는 꼬깃거리는 만 원을 어쩌지 못하고 들고 서 있었다.

바닷물은 염도 1도밖에 되지 않았다. 그 바닷물을 끌어와 대양 저수지에 가두어 3도로 높이고 결정지(結晶池)에서 한 번 더 염도를 높인 후 최종 염판에서 소금으로 만들었다. 이 과정을 반복했는데 답답하고 지루한 일이었다. 김 씨는 해주(海住)* 곁에 세워 둔 물자위에 올랐다. 염도를 관리하지 못하면 헛수고였다. 햇빛이 그만저만하면 해주의 물을 염판으로 끌어내어 염도를 높이고 날이 궂으면 염판의 물을 해주에 가둬들였다. 물자위 옆에는 양수기가 설치되어 있었지만 소나기가 내리지 않는 한 사용하지 않았다. 스위치만 켜면 귀를 울리는 소리를 내며 하얀 거품을 울컥울컥 토해냈다. 그러나 물자위에 올라 느리게 걷는 걸음이 좋았다. 염전일이란 조급증을 내서는 결코 되지 않았다. 영수가 그런 자신을 답답해해도 어쩔 수 없었다. 손수레를 사오고 양수기를 들여놓아도 김 씨는 뭐라 하지 않았지만 물자위를 없앤다는 말에는 낯을 붉히며 막았다.

영수는 들고 있던 커다란 종이 가방과 비닐봉지를 소금 창고 옆에다 놓고 해주에서 물자위를 밟고 있는 아버지를 손나

---

* 소금물을 보관하는 곳.

팔로 불렀다. 비닐봉지에서 막걸리와 말린 망둥이와 고추장을 꺼내 놓았다. 영수는 아버지가 자리에 앉자 잔을 건네며 막걸리를 따랐다.

"아부지, 금방 호강시켜 드릴 텡게요."

김 씨는 염도를 재느라 손가락으로 염판 물을 장맛 보듯 여러 번 찍어 맛을 보았더니 조갈이 났다. 아들이 따라준 막걸리가 그래서 달았다. 목구멍부터 창자까지 찌르르했다. 김 씨는 잔을 채워 아들에게 주었다. 영수도 단숨에 비우고 카아, 목구멍소리를 냈다. 영수는 옆에 놓아 둔 종이 가방에서 네모 반듯하게 접힌 커다란 현수막을 꺼내 펼쳤다.

김 씨가 노을을 등지고 당그래 질을 하고 있었다. 그 위에는 'VJ특공대, 그리운 내고향 출연'이라는 글씨가 고딕체로 큼지막하게 박혀있었다. 사진 밑에는 '송화.COM에서 송화 염 예약 판매'라고 씌어 있었고 제일 밑줄에 영수의 전화번호가 붉은 글씨로 박혀있었다. 김 씨는 현수막에 찍힌 자신의 모습이 근사했다. 사진사가 찍은 사진이라 뭔가 달랐다. 영수가 히죽거리며 말했다.

"아버지, 참말로 연예인 같으시오. 역시 차원이 다르당게요."

"영수야, 나는 그 사람이 영 찝찝하다."

김 씨는 어제도 사내와 영수가 언성을 높여가면서 한참이나 통화하던 소리를 들었다. 김 씨는 사내가 경찰 운운하는 소리가 개운치 않았다.

"아, 전시횐가 먼가를 한란다고 너를 경찰에 고발하겠다고 하는 것 같더만."

"고발은 무슨 고발, 고발 못 한 게 아부지는 아무 걱정 말어요."

"하기사 사진 몇 장 썼다고 고발하믄 쓰간디."

아무리 팍팍한 세상이어도 사진 몇 장 때문에 고발을 하고 송사로 이어진다는 게 말이 되겠는가. 김 씨는 순한 눈매의 사진사를 억지로 떠올리며 술잔을 영수에게 건넸다.

반 세월을 염부로 살았지만 천일염과 송화 염이 어떻게 다른지 솔직히 알 수 없었다. 봄 햇살이 대지를 품고 내변산 깊숙이 들앉은 솔숲에서 누런 송홧가루가 날릴 때 맛도 좋고 알도 굵은 소금을 얻었다. 곰소할매젓갈 최 사장이 성공한 이유가 송화 염으로 담근 젓갈 덕분이라는데 얼마나 좋기에 사람들이 환장하는 것인지 알지 못했다. 송화 염이 생산되는 시기는 한 달도 채 되지 않았다. 뭐든 귀한 것이 값나가긴 하겠지만 송화 염을 포장해 판매하려면 간수가 빠져야 하니 서너 달은 지나야 했다. 아마 추석 후나 될 것이다. 영수가 건네주는 막걸리를 한 잔 더 들이켜고 송화 염이 얼마나 좋은 것이냐고 물었다. 영수는 늘 끼고 다니는 테블릿 PC를 켰다.

"아미노산과 아스파라긴산과 비타민과 미네랄 등이 풍부하게 들어있는 송화 염은 ……."

김 씨는 뭔 소리인지 알아들을 수 없어서 잔기침을 했다. 영수는 아버지를 쳐다보고 고개를 흔들고 말했다.

"피부를 곱게 하고 노화를 예방해 주고 여자들에게는 더할 나위 없이 좋다요. 음, 몸속의 독을 풀어주는 효과가 뛰어나고 지나치게 음주를 했다면, 아니 이 말은 다른 말이고 거시기 청혈작용과 지혈작용의 효과가 있고 몸속 트러블을 일으키는 세균의 성장을 억제해서 바이러스와 환경호르몬…… 아, 긍게 송홧가루가 몸에 겁나게 좋다는 말이어요."

김 씨는 잔을 내려놓으며 뻣뻣한 망둥이를 찢어 고추장에 찍어 입에 넣었다. 너무 바짝 마른 탓에 잘 씹히지 않았다. 어금니에 잔뜩 힘을 싣고 보니 말이 뚝뚝 끊겼다.

"그 냥반, 사진 쓴 뒤로, 겁나게, 소금 주문이, 는 것은, 사실이쟈?"

영수는 고개를 끄덕이고 제 잔을 비웠다. 김 씨는 망둥이를 어금니로 씹으며 먼 산으로 고개를 돌렸다. 느리게 덧붙였다.

"그라믄 이참에 국제결혼이라도 혀!"

"결혼은 무슨 얼어 죽을 놈의 결혼…… 수협서 빌린 돈부텀 갚아야지요."

김 씨는 염전을 임대해서 소금을 생산해 파는 일이 얼마나 이익이 되는 일인지, 가늠이 되지 않았다. 영수가 속 시원히 밝히지 않기 때문이다. 첫해는 손을 봤고 작년에는 본전치기를 했다며 올해 손익분기점을 넘어섰다고 했다.

한때 곰소 염전은 16부가 운영되었다. 김 씨처럼 염전을 임대해 개인이 운영하는 곳은 1부밖에 되지 않았고 나머지는 회사에서 운영하고 있었다. 염부를 모집한다는 현수막을 걸어도 찾아오는 이가 없어서 예전 염부였던 이들을 수소문해 소금 산출량을 따져 돈을 나누는 것으로 4부를 유지하고 있었다. 곰소가 가까운 염판만 대하구이 집이나 횟집 등으로 임대되어 가건물이 들어섰고 나머지는 그냥 있었다. 대양 저수지는 양식장으로 사용되었다.

"내년에는 염판을 더 임대하고 중국교포라도 데려다 쓸까 하고 구상 중이여요. 그때는 아부지가 참말로 염부 장이 되는 거여요?"

"긍게, 늙발에 팔자가 피는 갑다."

"이것 좀 봐요, 아부지."

영수는 홈페이지를 들여다보다가 김 씨 앞에다 들이댔다. 현수막과 같은 내용과 사진이 깜빡거리며 눈을 잡아끌었다. 영수는 부지런히 손가락을 움직이며 내용을 훑고 설명했다.

"아부지, 이게 다 주문한 사람들이랑게요. 어메, 요것은 입금을 했다는 것이고요. 추가 주문도 가능하냐고 묻는디요?"

두 배쯤 커진 눈으로 영수가 아버지를 보았다. 순간, 뜨거운 불덩이를 삼킨 것처럼 목이 뜨끈해지고 코끝이 싸해졌다. 김 씨는 얼른 먼산바라기를 했다. 길게만 느껴지던 하루해가 그새 바닷가로 물러나 한 뼘도 모자라게 붙어있었다. 서쪽 바다는 온통 시뻘겋게 선혈을 쏟아내고 있었다. 김 씨는 손등으로 눈가를 눌렀다 뗐다.

"아부지이."

영수가 김 씨를 불렀다. 영수의 눈시울도 붉었다. 얼른 뜨거운 침을 삼키고 자리에서 일어나며 말했다.

"눈에 잘 띄게 여기저기다가 현수막을 후딱 묶어 두고 올랑게요."

김 씨는 어깨를 흔들며 걸어가는 영수의 뒷모습에서 눈을 떼지 못했다. 영수의 승합차가 꽁무니를 감출 때까지 쳐다보았다. 눈가를 한 번 더 누르고 자리에서 일어났다. 영수 말대로 소금 내는 일도 이제는 체계적이고 합리적이어야 하는가 보았다.

김 씨는 염판으로 내려와 손가락으로 소금물을 찍어 맛을 봤다. 싸한 게 얼추 17,8도는 되는 것 같았다. 해주 곁에 놓아둔 염도계를 꺼내 소금물에 담갔다. 유리관 밑, 은구슬이 위로 솟구쳤다가 가라앉았다. 18도에서 멈췄다. 김 씨는 기분이 좋았다. 염도가 18도여야 소금밭에 이를 수 있고 꽃눈이 트기 시작했다. 곰소 염전은 변산의 산맥과 이어져서 바닷물이 민물과 섞여 1도밖에 되지 않았다. 태안이나 고창에 비해 염부가 고된 이유였다. 소금은 25도가 되어야 밥이 끓듯 몽글몽글 퍼지기 시작했으며 다글다글 영글었다. 김 씨는 허벅지가 뻐근하도록 힘을 실었다.

해가 떠오르려면 두어 식경은 더 지나야 했지만 밖은 이미 훤했다. 김 씨는 마당 한 쪽에 세워 놓은 짐바리에 올랐다. 염전을 돌아보기 위해서였다. 목구멍과 코로 들어온 새벽 기운이 며칠 새 싸했다. 처서도 지났고 백로도 지났다. 여느 해보다 날이 좋아 갑절이나 많게 송화 염을 얻었다. 주말이면 영수의 전화가 시도 때도 없이 울렸고 월요일이면 택배 기사가 차를 몰고 소금 창고로 왔다. 며칠 전부터는 택배로 보내지 않고 직접 배달하겠다며 영수가 송화 염을 실어 날랐다. 그런데 집을 나간 지 사흘이 되었는데 연락이 없었다. 휴대폰은 꺼져있다는 소리만 반복했다. 바깥 기척에도 혹시나 해서 새벽까지 뒤척였다.

새벽안개에 쌓인 염전이 천천히 몸을 드러냈다. 안개가 잔뜩 낀 것이 오늘도 여름 뙤약볕처럼 사납게 사람을 볶아댈 것 같았다. 자전거를 소금 창고에다 세워놓고 결정지로 올라섰다. 대양 저수지까지 걸었다. 물꼬를 트려고 둑을 막아 놓은 가마니를 들었다. 사람기척을 알아채고 짱뚱어 몇 마리가 빠르게 갯벌 속으로 숨었다. 곰소 염전이 젊고 팔팔한 염부들도 가득했을 때는 찬바람이 불면 대양저수지를 막아 놓고 짱뚱어와 망둥이를 잡았다. 짱뚱어는 무를 넣어 졸여 먹었고 망둥이는 그 자리에서 대가리를 잘라내고 싹둑싹둑 썰어 곰삭은 김치에 싸거나 초고추장에 찍어 먹었다. 망둥이는 살이 찰졌고 달았다. 한 점 얻어먹겠다고 영수는 곰소 양조장까지 막걸리 심부름을 자처했다. 염전 일이 이런 소소한 즐거움이 아주 없지는 않았다. 그러나 가을은 순식간에 지나갔다.

염부들의 잦은 발 다듬질로 흙보다 무른 갯벌 둑은 쉽게 내려앉았다. 삽으로 도랑을 쳐 둑을 높이는 일은 겨울에 했다. 질 좋은 소금을 얻기 위해 깜파리 교체작업도 엄동설한에 했다. 깜파리 까는 일은 염부들의 식구들에게 주어지는 부업거리였다. 변산을 건너 온 바닷바람이 모항 고샅의 호랑가시나무숲에 이르러 바람에 가시를 박고 날아왔다. 그 가시 박힌 바람은 살갗에 닿으면 살을 찢어놓았다. 그 바람을 막아 줄 곳은 어디에도 없었다. 벌판과도 같은 넓은 염판에 실장갑 하나로 버티며 온종일 쭈그리고 앉아 틈이 없도록 깜파리를 깔았다. 오후가 되면 손가락이 얼고 몸이 오그라들었다. 그런데도 그 일을 차지하기 위해 염부들의 식구들은 새벽밥을 먹고 나왔고 어떤 때는 몸싸움도 벌어졌다. 야무지고 당찬 영수는 제 몫을 빼앗긴 적이 없었다. 돈 있고 빽 있는 부모한테서만 태어났어도 아들의 인생이 저렇게 폭폭하지 않을 것이었다. 김 씨는 새벽 댓바람부터 한숨이 나왔다.

김 씨는 물살이 너무 센 듯해 가마니를 다시 들었다. 물 막음용 가마니는 모래와 자갈이 들어 있어 무게가 솔찮았다. 한 손으로는 꼼짝하지 않았다. 젊었을 때는 한 손으로도 다 해냈던 일이었다. 발로 꾹꾹 눌러가며 물의 흐름을 조절했다. 재차 확인하고 결정지를 내려왔다.

염판의 소금물을 찍어 맛보았다. 찬바람이 불면서 염도가 떨어져 밍밍했다. 맹물이나 다름없었다. 마중 소금이라도 뿌려줘야 할 것 같았다. 곰소할매젓갈 최 사장이 송화 염을 죄다 딴 곳에 팔았다고 엊그제는 찾아와 소란을 피웠다.

"형님을 실떡벌떡 하는 사람으로 안 봤는디요. 아무리 가격이 안 맞다고 흥정도 안 하고 딴디다 냈다는 게 말이 돼요?"

영수는 최 사장에게 팔던 송화 염 가격을 두 배로 올렸다. 그 가격에는 살 수 없다고 버티자 두말 않고 거래를 끊어버렸다. 최 사장이 유감이라며 사람 인정이 어디 그래서야 쓰겠냐고 하는 데야 김 씨도 할 말은 없었다. 내년에는 송화 염 값을 반만 올리겠다며 다독였지만 손해가 이만저만이 아니라고 연신 씨부렁댔다. 귀해진 물건 값을 제대로 쳐주지 않으려는 최 사장이야 말로 김 씨로서는 유감이었다. 영수가 옆에 있었다면 일절하지 못할 말과 행동이었다.

최 사장은 김 씨 밑에서 일하던 염부였다. 그가 어떤 이유로 염부가 되었는지는 모르지만 빼빼 마른 몸에 얼굴도 희멀겋던 젊은 시절의 그를 기억하고 있었다. 그는 염부로 일하던 이 년 동안 목도를 메지 못했다. 같이 일하던 염부들이 끙짜놓고 반장인 김 씨에게 투덜거렸지만 그를 내칠 수 없었다. 그의 어머니 때문이었다.

그녀는 넉살도 좋았고 손맛도 좋았다. 아들이 출근을 하면 함지박에 배추를 담아 이고 대양 저수지까지 올라왔다. 대양 저수지 물에 배추를 담가놓고 염부들이 한참 소금을 걷을 때쯤 다시 나타나 절여진 배추를 씻었는데 이때 소금을 걷는 아들을 살폈다. 다른 염부들에게 홀대받는 아들 때문에 눈물 바람을 하다가 절인 배추보다 못한 몰골로 아들이 돌아오면 젓갈을 넣고 막 버무린 겉절이를 들고 반장인 김 씨를 찾아왔다.

그녀는 뱃사람들에게 밴댕이나 새우, 갈치를 받아다 젓갈을 담아 곰소에 있는 식당에 조금씩 팔기 시작했다. 얼마 안 있어 곰소 선창가에 가게를 얻었고 그해 가을에 그는 염부일을 그만두고 어머니와 장사를 시작했다. 지금은 곰소에서 제일 큰 젓갈집이 되었다. 그녀가 고집하는 소금이 송화 염이었다.

소금 창고 부근에서 인기척이 느껴졌다. 영수인가 싶었는데 아니었다. 안개가 짙어 누군지 알아볼 수 없었다. 최 사장인가? 명란젓을 담아야 된다며 주문을 취소한 송화 염이 혹시 없냐고 새벽녘에 전화가 왔었다. 영수와 연락이 안 돼 알아보지 못했다. 그새를 못 참고 온 모양이었다. 김 씨는 소금 창고로 가려던 걸음을 서둘렀다.

김 씨가 누구냐고 묻기도 전에 그쪽에서 먼저 물었다.

"어르신, 김영수가 아들이죠?"

"뉘시오? 처음 보는 얼굴인디?"

"아, 친구입니다."

"친구? 친구, 누구까?"

"전주, 전주 사는 친구입니다."

김 씨가 사내를 따라 차에 오를 때는 해가 한 뼘이나 떠올랐다. 김 씨를 태운 지프는 금세 부안을 지나 김제로 들어섰다. 가을로 접어드는 김제 들녘은 황금색으로 물들어 있었고 들과 밭 언저리의 감나무에 붉은 감이 다닥다닥 붙어 있어 한 폭의 풍경화였다. 김제 시내로 접어들자 신호에 걸렸다. 사내가 잔기침을 두어 번 하고 물었다.

"어르신, 송화 염으로 재미 좀 보셨습니까?"

창밖을 보던 김 씨는 시선을 앞으로 돌리며 대답했다.

"재미는 무슨…… 욕만 봤소."

"에이, 그럴 리가요. 홈페이지 보니까 어르신 사진이 아주 기가 막히던데. 유명한 사진작가가 찍은 솜씨 같던데요?"

김 씨는 물끄러미 사내의 옆얼굴을 보았다. 사내가 고개를 돌려 김 씨와 눈을 맞추더니 빙긋이 웃었다. 김 씨가 물었다.

"영수 친구람서…… 꼬박 꼬박 어르신이라고 부르네. 뉘시오? 영수한테 뭔 일 있지라오?"

사내는 대답하지 않았다. 윗주머니에서 담뱃갑을 꺼냈다. 입에 물려다 김 씨에게 내밀었다. 김 씨는 사내가 내민 담배가 친절과 우호의 뜻이 아닐지도 모른다고 생각했다. 어쩌면 말을 꺼내기 위한 절차 같아 거부하지 않고 한 개비 뽑았다. 사내가 라이터로 불을 붙여 주었다. 사내도 담배에 불을 붙이고 창을 열었다. 말없이 담배만 피웠다. 신호가 파란불로 바뀌자 차가 출발했다. 김 씨는 창밖으로 담뱃재를 턴 후 꽁초를 윗옷 주머니에 넣었다. 사내는 밖으로 휙 던지고 창을 닫았다

"제보가 들어왔습니다. 격포 농가에서 중국산 소금을 섞어 송화 염이라고 파는 사기꾼이 있다고……."

"거시기, 긍게…… 친구가 아니고 경찰이시구만요?"

김 씨는 자신도 모르게 경찰의 말을 끊었다. 그는 개의치 않고 하던 말을 이었고 지프도 속력을 내어 전주로 달려갔다.

"아드님이 추격을 피해 도망치다가……."

이번에는 경찰이 말을 끊고 김 씨를 흘깃 보았다. 김 씨는 눈을 감고 어금니를 물었다. 경찰은 김 씨가 가파른 모항 고

삽을 정신없이 내달리는 아들의 차를 떠올릴 수 있도록 시간을 두었다. 모항 고삽은 평소에도 가파르고 좁고 커브가 많아 사고가 잦은 길이었다. 겨울에는 눈이 조금만 내려도 통제하는 곳이었다. 곧이어 김 씨 눈가가 파르르 떨렸다. 경찰은 내친김이라 생각해서 말했다.

"추락했습니다. 중환자실에 있는데 아무래도……."

경찰은 뒷말을 하지 않았다. 김 씨가 곧 아들을 보면 알 것이었다.

차가 전주 시내로 들어섰다. 신호에 자주 걸리고 자주 멈춰 섰다. 경찰이나 김 씨나 차 안의 침묵이 부담스러웠다. 경찰이 창문을 열었다 닫았다를 반복했다. 김 씨는 허리를 꼿꼿이 세운 채 앞만 쳐다보았다. 방지턱을 지날 때 김 씨의 몸이 짐짝처럼 덜컹거렸다.

병원 주차장에 차를 세웠다. 경찰을 따라 중환자실로 갔다. 간호사가 경찰에게 알은척했다. 입구에서 경찰이 김 씨에게 말했다.

"어르신, 저는 이제 경찰서로 들어가 봐야 합니다. 병원에서 연락 오면 바로 오겠습니다."

경찰은 간호사에게 손을 올려 간다는 인사를 하고 중환자실을 나갔다. 김 씨는 아들을 보기 위해 병실 안으로 간호사를 따라 들어가야 했지만 발이 꼼짝하지 않았다. 우두커니 긴

복도 끝으로 사라지는 경찰의 뒷모습을 보았다. 자신을 이곳에 데려온 일이 잘한 일이라도 되는 듯 어깨를 흔들며 걸었고 주머니에서 휴대폰을 꺼냈다.

간호사가 김 씨를 불렀다. 간호사를 따라 느릿느릿 걸어 들어갔다. 영수는 소용도 없는 목숨을 붙잡고 있느라 산소호흡기가 뿌옇게 흐려지도록 숨을 내쉬고 있었다. 그것을 오해할까 봐 간호사는 영수가 살아날 가망이 없다고 오늘 저녁을 넘기기가 힘들 거라고 했다. 살아날 가망이 없는 환자라서, 직업상 죽음을 많이 접해서, 죽음을 쉽게 말하는 것 같았다. 김 씨는 더는 그곳에 머물 수 없었다. 하나 남은 딸에게라도 연락을 해야 될 것 같았다. 간호사에게 휴게실이 어디냐고 물었다.

간호사가 일러준 대로 걸었지만 휴게실을 찾을 수가 없었다. 앞을 막는 문이 있으면 열고 들어갔다. 짠 내가 진동하는 김 씨를 보고 간호사와 푸른 제복의 사내들이 놀라 막아섰다. 발이 닿는 대로 다시 걸었다. 어디가 어딘지 알 수 없었다. 커다란 유리문이 또 앞을 막았다. 그 안에 챙모자를 쓰고 카메라를 멘 사내와 김 씨를 태우고 온 경찰이 있었다. 그들은 마주 보고 서서 담배를 피우고 있었다. 반가운 마음에 성큼 문고리를 잡아당겼다.

"선배, 저하고 약속한 것은 꼭 지켜줘야 됩니다."

"아, 알았어! 징징대기는."

경찰은 볼우물이 패도록 담배를 빨았다가 뱉었다.

"그나저나 좋겠네. 사진전 열어도 이제 시비 걸 사람 없잖아."

카메라를 멘 사내가 웃으며 고개를 끄덕였고 경찰은 다시 담배를 빨았다가 뱉으며 말했다.

"참 순진하긴. 중국산 소금 좀 국산으로 섞어 판 게 무슨 큰 죄라고 그 위험한 고샅길을 내빼냐? 벌금 좀 내면 되는 일인데……."

"선배, 그냥 소금이 아니잖아."

"그래, 송화염이었지."

김 씨의 문고리를 잡은 손이 덜덜 떨렸다. 다리의 힘이 풀리며 털썩, 주저앉았다. (2014년《소설문학》여름호)

2040, 무릉 시티

†

1

현장 소장은 무릉 시티 공사 단가가 아주 높게 책정됐다고 했지만 텔레비전에서는 반대 시위 장면이 연일 보도되고 있었다.

박은 현장 소장에게 소주를 따르며 물었다.

"이렇게 말이 많은 데 진행이 되겠습니까?"

"정부가 밀어붙이는 데 안 되는 일이 어딨어? 인부들이나 잘 챙겨서 조금만 기다려!"

박은 잔을 비우고 돼지 껍데기를 한 점 집어 씹었다. 일할 능력도 없고 병든 노인들을 한 곳에 모아 돌봐 준다는 데 왜 반대를 하는 것인지. 박은 혀를 끌끌 차며 현장 소장에게 소주를 받아 마시고 잔을 건넸다.

박은 건설 현장에서만 잔뼈가 굵은 노가다 반장이었다. 불판에서 돼지 껍데기가 탁탁 소리를 내며 지글거렸고 소주를 한 병 더 추가 주문했을 때, 마른 몸에 두꺼운 뿔테 안경을 쓴 최가 합석했다.

2

무릉 시티 준공식에 참석한 미래인력자원부 장관이 말했다.

"옛부터 우리나라는 동방예의지국으로 충과 효를 숭상해 온 민족입니다. 무릉 시티 건설은 위대한 나라, 대한민국의 상징이 될 것입니다. 노인들을 위한 별천지가 될 성지로 노인복지의 위대함이 인고 끝에 결실을 맺게 되었습니다. 세계는 대한민국의 노인복지에 놀랄 것이며 우리나라는 미래로 한 발 전진할 것입니다."

다음 날부터 대대적으로 무릉 시티에 대한 홍보가 시작됐다.

그러나 무릉 시티는 돈 있고 빽 있는 노인들을 위한 무릉도원이라고, 무릉 시티 건설 비용으로 서민들을 위한 복지 정책을 펴야한다고, 언론에서는 제각각 떠들었다. 익명의 한 사회학자가 생방송으로 진행되는《시사 뷰 코리아》의 〈나도 한마디〉 코너에 전화를 걸었다. 무릉 시티는 고려장과 하등 다를 바 없는 반인륜적인 일이라고 말했다. 그의 말은 도중에 끊기고 말았다.

시민단체에서는 청문회를 열어 국민들을 우롱하고 막대한 세금을 쏟아붓는 정부를 심판해야 한다고 했다. 무능한 야당이 제 역할을 못하는 게 가장 큰 문제라고도 했다. 이에 발끈한 여야는 유언비어를 살포해 국민을 현혹하는 불순분자들을 색출하여 법의 심판대에 세우겠다고 말했다.

시민단체가 촛불집회를 열었다.

무릉 시티 건설을 반대한다, 반대한다!

무릉 시티 입주 오 년 후 대책을 강구해라, 강구해라!

3

영문 X자 모양으로 건설되는 무릉 시티에서 박이 맡은 구역은 오른쪽 아랫부분으로 건설이 아닌 조경이었다. 인공으로 폭포를 만들고 폭포수가 흐르는 곳을 따라 3킬로미터가 넘는 경사면에 복숭아나무를 심고 길가에 이름을 알 수 없는 들꽃과 풀을 심었으며 나룻배가 지날 수 있는 수로를 만들었다. 어느 산비탈에서 캐왔는지 어린아이 손바닥만 한 상수리나무와 파란 열매가 맺은 맹감나무와 가시가 붙은 산딸기나무를 오솔길에 어우러지도록 심는 일도 그의 몫이었다.

빼빼 마른 몸에 두꺼운 뿔테 안경을 쓴, 설계를 책임지고 있던 최는 늘 혼자 있었다. 박은 그의 왼쪽 팔목에 데인 자국을 보고 젊은 날 실수로 얻은 아이를 키우지 못하고 다섯 살 때 보육원에 버린 아들이 생각났다. 살아있다면 최와 같은 나이일 터였다.

휴식시간이 되자 막걸리와 파전을 현장 식당에서 올려 보냈다. 박은 멀찍이 홀로 앉아 있는 최에게 막걸리와 잔을 챙겨 들고 다가갔다. 최는 인부들에게는 물론 박에게도 일과 관련된 말 외에는 하지 않았다. 박이 말을 걸었다.

"복숭아꽃이 피면 이곳이 아주 장관이겠습니다. 어떤 용도로 쓰이는 겁니까?"

최가 두꺼운 뿔테 안경을 벗고 소맷부리로 땀을 닦았다. 박이 어깨에 걸치고 있던 땀수건을 내밀었다. 최는 머뭇대다가 받아서는 얼굴을 닦고 건네주며 말했다.

"짐작 못 하시겠습니까?"

박은 땀수건을 받아 어깨에 걸치고 막걸리를 건넸다. 최가 잔을 받아 단숨에 비웠다. 박은 최가 건네주는 잔을 받으며 대답했다.

"축제의 장소로 쓰이지 않겠습니까?"

최가 피식 웃고 혼잣말처럼 '축제의 장소'라고 되뇌었다. 그러고는 공사로 여기저기 파헤쳐져 흙탕물에 젖어 있는 구절초 밭으로 눈을 돌렸다. 구절초가 흐드러지게 피어 있는 이곳도 이번 주 안에는 거대한 장비에 의해 사라질 터였다. 최가 말했다.

“인간이란 태어나면 늙는 거고 늙으면 죽는 거지요. 반장님은 죽음을 나타내는 우리말이 몇 개나 되는지 아십니까?”

박이 막걸리 잔을 든 채 최를 보았다. 최가 말했다.

“죽음도 여러 가지로 표현하고 계층별로 달리 부르더군요. 죽었다, 사망했다. 그 외에도 낙명(落命)했다, 영면(永眠)에 들었다, 영서(永逝)했다, 운명(殞命)했다. 불가에서는 입적(入寂)했다, 입멸(入滅)했다, 멸도(滅道)했다고도 하고…… 부처의 죽음은 열반(涅槃)이라고 부르는데 죄인이 죽었을 때는 뭐라고 부르는지 아십니까?”

박은 들이킨 막걸리 잔을 바닥에 흩뿌리며 글쎄요, 라고 대답했다. 최에게 다시 잔을 내밀었다. 최가 잔을 받으려고 손을 내밀었다. 왼쪽 팔목에 데인 자국이 선명했다.

“물고(物故)라고 하더군요.”

“아, 물고요.”

“그 외에도 귀천(歸天)이라는 말도 있습니다. 제가 제일 마음에 드는 말은 졸(卒)이라는 표현입니다. 아주 견결하지 않습니까. 졸!”

박이 눈을 크게 뜨고 최를 보았지만 곧 대수롭지 않다는 얼굴로 대답했다.

“우리 같은 노가다 꾼이 알아서 뭐 하겠습니까? 그저 설계자가 시키는 대로, 위에서 하라는 대로만 하면 되는 게 저희 같은 사람들 아닙니까?"

최의 시선이 갑자기 꼿꼿해졌다. 박은 당황스러워 들고 있던 잔에 술을 따르고 너스레를 떨었다.

"노인들을 위한 별천지를 만드는 거 아니겠습니까? 노인들은 얼마나 좋겠습니까. 늙어서도 이렇게 대우를 받으니 말입니다."

갑자기 최가 큰소리로 웃었다. 노가다 꾼이라고 무시하는 행동 같아 박은 기분이 상했다. 그러나 어색한 분위기를 만회하기 위해 헛기침을 하고 덧붙였다.

"나는 귀천이라는 말이 그럴듯하군요. 귀에 익은 시 제목도 있어서 그런지."

"귀천…… 문학적이지요. 그러나 죽음은 전혀 그렇지 않습니다. 한바탕 축제가 끝나면 그들은 피안의 길로 떠나는 겁니다."

최는 '피안의 길'이라고 또 혼잣말을 했다. 박은 휴식시간이 끝났다는 말을 하고 자리에서 일어났다. 그늘에서 쪽잠을 자는 인부들을 깨웠다.

밖에서는 연일 갑론을박을 해도 무릉 시티는 하루가 다르게 모습을 드러냈다. 공사도 막바지에 이르렀다.

4

최가 헐레벌떡 현장 숙소까지 박을 찾아왔다. 안경을 들었다가 놓으며 들꽃 옆에 놓인 신령 바위의 위치가 잘못되었다고 말했다. 박은 최를 따라 문제의 신령 바위로 달려갔다. 계룡산에서 헬기로 공수해 온 5톤짜리 신령 바위의 위치가 들꽃 옆 수로로 약 1.5미터 옮겨졌어야 했다고 말했다. 그래야 이끼가 계속 생존할 수 있는데 며칠 새 물을 받지 못해 누렇게 변해가고 있다며 한숨까지 몰아쉬었다. 그러나 일은 쉽지 않았다. 공정 막바지였기에 최가 설계한 대로 길가에는 풀꽃이나 들꽃이 심어져 있었으므로 한 사람이 겨우 지날 수 있는 오솔길로는 건설 장비를 들여올 수 없었다. 그깟 이끼 하나 때문에 5톤의 바위를 인부들이 목도를 져서 옮긴다는 것은 말이 되지 않았다. 결국 박과 최는 언성이 오갔다. 최는 신령 바위의 존재는 이곳에서 매우 중요한 의미가 있다고 했다. 그깟 이끼가 아니라고 했다. 신령 바위는 오랜 세월 비바람에 씻겨 적당히 희고 둥글었으며 멀찍이 보면 신령의 흉상을 닮아 있었다. 아래 부근에 살아 있는 이끼가 신령의 수염처럼 근사하다고 박도 감탄했었다. 그러나 지금은 신령이고 뭐고 골치가 아플 뿐이었다.

결국 을의 입장인 박은 다음 날 최가 말하는 곳으로 포크레인을 이용해 신령 바위를 옮겨야만 했다. 물론 그 과정에서 포크레인이 들어오기 위해 일부 조경 작업을 다시 해야 했고, 그뿐만 아니라 신령 바위를 옮기는 것을 도와주다 박이 바위에 부딪혀 허리까지 다치고 말았다. 한순간에 집중력이 떨어져 일어난 사고였지만, 신령 바위를 무시한 박의 행동에 노한 것이라는 소문이 돌기도 했다. 그때만 해도 근력이 좋았던 때라 물리치료를 받고 한방치료를 겸하자 생활하는데 크게 불편하지 않았다. 물론 사고에 대한 보상비도 받았다. 이 일을 그만둔 박은 친구가 하는 사업에 참여했다. 그러나 일 년도 못 가 빈털터리가 되고 말았다.

5

무릉 시티 건설이 완공되자 여당 대변인이 〈시사 뷰 코리아〉에 출연했다.

"대통령의 선거 공약 첫 번째가 노인 복지를 세계 최고 수준으로 끌어올려 일할 수 있는 젊은 세대인 자식들에게 부담을 절감시켜주겠다고 했습니다. 그때 국민들은 박수로도 모자라 지도자로 뽑았지요. 하지만 일부 과격한 세력들은 유언비어로 국민들을 현혹하고 있습니다. 현실을 직시해야 할 야당은 어린아이처럼 칭얼대며 여당 정책에 트집만 잡고 있습니다. 야당도 이제는 성숙한 정치를 해야 할 때가 됐습니다. 물론 무릉 시티로 가는 길이 아직은 많이 불편합니다. 다음

회기 때 예산을 확보하여 도로를 확장할 계획에 있습니다. 이 예산을 통과시키려면 야당이 하루빨리 장외 투쟁을 그만두고 국회로 돌아와야 합니다. 무릉 시티는 노인들의 휴식 공간으로 거듭날 것입니다!"

야당의 몇몇 의원들은 무릉 시티 건설에 관한 청문회를 열자며 국회를 나와 장외 투쟁을 벌였다. 시민 연대가 촛불 시위를 한다는 말에 자리를 그곳으로 옮겼다. 그러나 대다수 의원들은 SNS에 올리기 위한 사진을 찍고 활동 보고서를 위한 근거자료 만들기에 바빴다.

시민 단체 간사가 무릉 시티 입주자들의 명단을 공개하라는 천만인 서명 운동에 동참하자고 단상에서 소리쳤다. 야당 의원들은 건성으로 박수를 치며 협조하겠다고 했다.

박은 돈을 떼먹고 달아난 친구 놈을 쫓다가 얼결에 시위 현장에 참여했다. 그들과 손에 손을 잡고 촛불을 들고 목이 터져라 노래를 부르기도 하고 외치기도 했다. 오랜만에 소리를 질렀더니 속이 후련했다.

6

무릉 시티로 가는 길은 도시 외곽 순환선 북쪽 끝, 병목 지점에서 실뿌리처럼 이어진 2차선 도로 하나뿐이었다. 도로의 폭이 좁고 평소 인적이 없었던 곳이라 불편했고 위험해서 자가용 운전자들도 자주 찾을 수 없었다. 오전에 한 번 오후에 한 번, 왕복 운행하는 경전철이 개통되었다. 무릉 시티는 고립된 섬처럼 아득했지만 그로부터 기생하는 사람들이 생겨났다.

박은 인간이란 언젠가는 죽어야 하는 것. 사회에서 아무 쓸모가 없는 잉여 인간으로 버러지처럼 살 바에야 무릉 시티에 입주해 노인 대접을 받으며 오 년을 살다가 죽는 것도 나쁘지 않다고 생각했다. 물론 돈을 날리고 아픈 허리도 제대로 치료를 받지 못하는 신세가 지속되자 드는 생각이었다. 무릉 시티가 아무리 고려장 소리를 들어도 오 년 후 돌아갈 집이 없는 자신은 문제될 게 없었다. 지금 당장 죽을 것 같은데 오 년 후까지 생각할 수 없었다. 일흔 생일날에 구청으로 무릉 시티 입주 희망서를 제출하러 갔다. 그런데 자기와 같은 생각을 가진 노인들이 엄청나다는 데 놀랐다. 담당자는 입주 경쟁이 수십 대 일은 되기 때문에 언제 입주가 가능하다는 말을 못하겠다고 했다. 게다가 이제 일흔인 박에게는 희망이 없을 거라고 고개를 저었다. 아흔이 넘은 노인들도 적재 상태라고 했다. 박은 허리가 더욱 시큰거렸다. 그렇다고 곰팡이가 온 집안을 잠식하고 있는 무덤 속 같은 지하방으로 돌아가고 싶지 않았다. 그날 처음으로 무임 전철을 타고 무릉 시티로 갔다. 그곳은 말 그대로 별천지였다. 그곳에서 공짜로 제공하는 점심을 먹고 강연을 들었다. 그 후 박은 눈만 뜨면 무릉 시티를 오갔다.

시민 단체의 우려와는 달리 무릉 시티는 하루가 다르게 노인들의 공간으로 변해갔다.

7

박은 지하철 계단을 오르는데 어느 때보다 허리와 다리가 묵직했다. 십오 년 전 무릉 시티 공사 때 다친 허리가 문제였다. 몸살기까지 있어 발에 돌덩이를 매단 듯했다. 진한 밤색 단화는 각질이 인 노인 피부처럼 탈색되어 있었다. 뒤축이 닳아 비가 오면 신을 수 없었다. 엘리베이터를 타고 전철 출구를 나오자 운동화를 산더미처럼 쌓아놓고 젊은 사내 둘이 손뼉을 치며 '딱지 하나'라고 외쳤다. 박은 주저앉아 회색 운동화를 골랐다. 신고 왔다 갔다 해보니 편했다. 가슴에서 복지카드를 꺼내 내밀었다. 입가에 하얀 거품을 물고 '딱지 하나'라고 외치던 사내가 결제기에 넣었다. 사내는 박이 벗어놓은 신발을 쓰레기통에 던져 넣었다. 박은 물끄러미 쳐다보았다. 어차피 가져가도 버려야 할 구두이기는 했지만 자신 처지도 별반 다르지 않다는 생각에 눈길이 갔다.

손님들은 죄다 박 같은 노인들이었다. 손자뻘 되는 사내의 반말에 언짢은 내식은커녕 군소리도 없었다. 무릉 시티 주변은 노인들을 상대로 하는 장사꾼들이 모여들었다. 신발뿐만

이 아니라 등산복이나 가방, 모자 같은 상품들을 파는 장사꾼들도 있었지만 선술집이나 이동하면서 커피를 파는 아줌마들도 있었다. 그들은 노인들로 인해 살아갔지만 어느 누구도 노인에게 존댓말이나 예의를 차리지 않았다.

새 신발을 신은 박은 한결 걷기가 편했다. 그나저나 일주일 딱지를 단번에 써버린 셈이었다. 오늘은 선술집에서 잔 소주도 마시지 못하게 됐다. 일주일간은 집에 들어가기 전에 입가심도 할 수 없게 되었다고 생각하니 섭섭했다. 그렇지만 박이 운동화를 산 데에는 이유가 있었다. 오 권사의 말 때문이었다. 엊그제 전철을 타고 집에 가는데 녹색 조끼를 걸친 천국교회의 오 권사가 박에게 알은척을 했다. 커다란 가방을 뒤적이더니 카스텔라와 요구르트를 내밀며 물었다.

"올해 연세가 어떻게 되시나?"

박은 대꾸하지 않았다. 이제 일흔인데 그새 무릎 시티를 기웃거린다고 흉볼까 싶어서였다. 하지만 자신의 모습이 여든은 족히 넘어 보일 거라고 자신하며 요구르트 꽁무니를 이로 잘근잘근 씹어 구멍을 낸 후 쪽쪽 빨아먹었다. 오 권사가 웃으며 말했다.

"이가 아직 성한 걸 보니 젊으시네. 혹시, 알바 할 생각 없으셔?"

그녀는 웃는 얼굴로 전혀 어려운 일이 아니라고 했다. 사실은 자신도 '천국 교회 오 권사'로 알바를 하는 거라고 했다. 자신은 무명 가수로 음반도 몇 장 낸 적이 있다고 했다. 자신을 뚫어지게 쳐다보는 박의 어깨를 치며 자신도 내일 모레가 일흔이라고 했다. 오 권사는 무릉 시티에 입주만 할 수 있으면 좋겠지만 우리 같이 빽 없고 돈 없는 사람은 움직일 수 있을 때 벌어야지 어떡하겠느냐고 했다. 앉은 자세도 구부정한 박을 보고 오 권사는 몸 어디가 많이 안 좋으냐고 물었다. 박은 얼른 입에서 요구르트를 떼고 허리를 꼿꼿이 세우며 힘쓰는 일만 아니면 할 수 있다고 했다.

박은 오 권사의 말대로 천국 교회가 나눠주는 전단지와 절편과 사이다를 담은 비닐봉지를 받아들고 제일 앞자리에 앉았다. 노인들은 앉자마자 비닐봉지를 뜯고 절편을 입에 넣고 오물거렸다. 박도 다른 때 같으면 그랬을 터였지만 손에 쥐고 기다렸다. 젊은 목사가 단상에 올라 아무도 듣지 않는 설교를 늘어놓았다. 박은 참지 못하고 봉지를 뜯어 절편을 입에 넣었다. 목사는 늙을수록 앉았던 자리는 깨끗하게 정리해야 한다, 복지 딱지를 아껴 써야 한다는 말로 연설을 마쳤다. 즐거운 시간이 되길 바란다며 오 권사를 소개했다. 박은 얼른 캔 사이다 텝을 따서 마셨다. 오 권사가 까르륵 웃으며 무대로 뛰어나왔다. 천국 교회라고 씌인 조끼를 걸치고 노래 반주기기에 맞춰 박수를 유도하며 노래를 불렀다. 박은 약속대로 손뼉을 치며 노래를 따라 불렀다. 사실 박은 노래라면 자신이 있었다. 허리를 다치고 딱히 할 일이 없어 문화 센터의 노래 교실에 갔다. 강사는 박에게 목소리가 구수해서 좋다고 칭찬했다. 회장은 신입회원 환영식을 주선했다. 이차로 노래방을 갔다. 그들은 트로트가 아닌 가곡이나 팝송을 불렀다. 박은 그들이 자신과는 사는 곳이 다르고 학벌도 다르며 보상금이 아닌 연금으로 하루를 즐기는 노인이라는 것에 발길을 끊었다.

오 권사 말대로 궁상스러운 노인네들은 어떠한 일에도 의욕이 없었다. 아무리 그녀가 까르륵 웃고 큰 가슴을 흔들어대며 노래를 해도 박수는커녕 뚱한 표정으로 절편만 오물거리고 있었다. 침을 질질 흘리고 멍한 표정으로 앉아 있는 노인도 태반이었다. 무릉 시티에 입주조차 못하고 주위를 어슬렁거리는 노인들이란 하나같이 추레하고 궁상맞았다. 박은 자신의 자화상 같은 그들에게 화가 났다. 그래서 큰 소리로 노래를 불렀다. 오 권사가 박에게 마이크를 넘겼다. 박은 벌떡 일어나 노래했다.

멀찍이 서서 악을 써대듯 노래를 부르는 박을 무릉 시티 관리소장이 된 최와 수석 복지사 강이 지켜보았다. 최는 강의 제안을 받아들이기 전에 직접 확인하고 싶었다.

8

다섯 시에 눈을 뜬 최는 창가로 다가가 커튼을 젖혔다. 50층에서 바라보는 무릉 시티의 아침 풍경은 참으로 근사했다. 오늘은 안개가 너무 짙어 가로등이 켜져 있어도 어둑했다.

최는 엘리베이터를 타고 일 층으로 내려왔다. 당직 간호사가 안내 데스크에서 졸다가 손등으로 입가를 닦으며 알은척을 했다.

"소장님, 오늘도 안개가 짙네요."

최는 손을 들어 당직 간호사의 인사를 받았다.

살갗에 닿는 새벽 공기는 매콤했고 칼칼했다. 후강을 통과해 뇌에 전달되자 필터에 걸러진 청정수 같았다. 트레이닝 지퍼를 목 위까지 올리고 주머니에서 면장갑을 꺼내 꼈다. 쿠션을 깔아놓은 듯 푹신푹신한 인도로 내려섰다. 손바닥을 앞뒤로 두어 번 부딪치고 어깨를 크게 돌렸다. 몸통을 좌우로 돌리자 우두둑 소리가 났다. 밤새 뭉쳤던 근육이 풀리는 소리였다. 앉았다 일어섰다. 무릎에서도 우두둑 소리가 났다. 발목과 무릎을 돌리며 뻣뻣한 다리 근육도 이완시켰다. 왼팔을 머리 위로 올린 후 오른팔로 쭈욱 늘렸다. 아침 조깅은 건강을 위한 것이기도 했지만 순찰의 의미가 컸다. 숙소를 몰래 빠져나와 벤치나 길가에 쓰러져 세상을 뜨는 노인들이 있었다. 정신 교육을 시키고 건장한 복지사들이 감시하듯 관리하는 데도 사각지대는 존재했다. 몸을 푼 최는 힘차게 첫발을 내딛었다. 최의 움직임에 놀라 새벽안개가 물러났다. 인공 폭포 가동을 조금 늦춰야 할 것 같았다. 무릉 시티는 시간이 지날수록 삼림이 우거졌고 산세가 깊었다. 안개도 자주 끼었다.

벚나무가 심어진 '추억의 길'을 벗어나자 조금 경사가 있는 '인생의 길'이 나타났다. 노랗고 빨간 팬지가 새벽이슬에 젖어 싱그러워 보였다. 벤치 아래에서 잠들어 있던 길고양이가 인기척에 놀라 후다닥 숲속으로 사라졌다. 최는 조금씩 거칠어지는 호흡을 조절하기 위해 속도를 늦췄다. 이곳 무릉 시티 소장으로 온 지도 십 년이 되었다. 다시 속도를 올렸다. 녹음으로 우거진 가로수 길은 한낮에도 뜨거운 태양을 막아주기에 충분했다. 그 아래 벤치는 하루가 다르게 시드는 노인들의 몸을 쉬기에 적당했다. 딱딱한 벤치가 싫다면 잘 정돈된 잔디밭에서 낮잠을 자도 좋았다. 하지만 노인들은 꾸벅꾸벅 졸았으면 졸았지 잠을 자지 않았다. 어쩌면 무릉 시티에 머무는 오 년이 찰나와도 같다고 생각하기 때문인지도 몰랐다. 오 년이 지나면 가족들에게 돌아가거나 피안의 세계로 떠나야 했다. 그러나 가족들에게 돌아간 노인은 지금껏 단 한 명도 없었다. 갑자기 자식들의 연락처가 없는 번호로 나오거나 조용히 찾아와 부모를 원치 않는다고 했다. 최가 소장으로 오기 전 초창기에 입소한 지 삼 년이 지나 사 년이 되면 발작을 일으키고 자해를 하는 노인이 더러 있었다. 지난 삶이 아무리 고단하고 괴로워도 죽음이란 두려운 것이었다. 개똥밭에 굴러도 이승이 낫다고 믿는 노인들을 위해 최는 영양제라며 '행복이'란 이름의 약을 처방함으로써 문제를 해결했다. 밥은 굶어도 '행복이' 만은 빠트리지 않도록 복지사들이 신경을 썼다.

무릉 시티는 조경수가 자라고 녹음이 짙어지자 토끼와 다람쥐들이 찾아왔다. 곳곳에 형형색색 꽃들이 융단처럼 깔려 있어 나비와 새와 곤충이 흔했다. 최는 노인들의 추억을 자극할 수 있는 들꽃이나 토종 야생화에 특히 신경을 썼던 자신의 설계에 만족했다. 추억이란 아무리 과거가 고통스러운 것일지라도 일정 부분 그들을 감회에 젖게 했다. 그래서 자서전 쓰기는 필수였다. 추억에 젖어 살아온 날들을 차분히 정리하고, 고단한 몸을 쉬는 데 무릉 시티는 더 없이 좋은 곳이었다. 최는 오른쪽으로 휘어진 커브를 돌았다. '체력 회복실'이 나타났다. 몸을 이완시킬 수 있는 바디레칭이 설치되어 있었다. 하루에 한 시간만 개방하며 입주 사 년이 된 노인은 출입할 수 없었다. 피안의 세계로 떠날 시간이 됐는데, 몸이 너무 건강하다면 문제가 되었다. 노인들은 말한다. 죽음이 잠처럼 찾아오면 좋겠다고. 그래서 사회 복지사들은 노인들에게 덧붙인다. 이곳에서 프로그램에 맞춰 성실하게 생활한다면 꿈을 꾸듯 피안의 세계를 건너게 될 거라고. 입주할 때 노인들은 무릉 시티 정책에 동의하며 적극 협조한다고 보호자인 자식들과 함께 사인한다. 그런데도 말썽을 일으키는 노인들은 수석 복지사가 따로 관리했다. 노인들이 생활하는 모든 곳에는 CCTV가 설치되어 있었다. 24시간 관제실에서 살피고 있지만 사각지대가 있게 마련이었다. 무릉 시티 입주 노인들은 의무적으로 하루에 한 번 '힐링 산책길'을 왕복한다. 그런데 문제의 백 노인이 행복이 복용을 거부하고 체력 회복실과 힐링 산책길을 지정시간 이상으로 이용했다. 수석 복지사는 행복이를 밥에 넣어 복용시키고 자신의 지도 아래 산책과 운동을 시켰다. 간혹 입주한 지 얼마 되지 않았는데 무릎이 시원치 않다는 핑계로 산책을 거부하고 체력 회복실에 누워 지내는 노인이 있다. 담당 복지사는 웃음을 잃지 않고 노인을 번쩍 안아 힐링 산책길에 내려놓고 양손을 붙잡고 걸음마를 시키며 상태를 파악한다. 복지사 일지에 '일정 단축'이라는 노란색 스티커를 붙이고 그의 자식들을 불러 면담한다. 자식들은 복지사가 내민 서류에 사인하고 고개를 숙인다. 다음 달 피안의 세계 여정 명단에 추가시킨다.

노인 백은 '행복이'를 밥 속에 넣었다는 것을 눈치채고 식사를 거부했다. 수석 복지사가 어쩔 수 없이 자식들에게 연락을 취했다. 자식들은 가욋돈을 찔러주고 돌아갔다. 덕분에 그는 여자 친구에게 명품 백을 선물했고 즐거운 시간을 보냈다. 그런데 노인 백이 '청춘의 길' 5번 벤치에서 주검으로 발견되었다. 불의의 사고인 만큼 유족들 앞에서 부검을 실시해야 했지만 그럴 수 없었다. 열흘째 식사를 하지 않았기 때문이었다. 원래 불시에 죽음을 맞는 노인은 무릉 시티의 관리책임이 아니라는 것을 증명하기 위해 부검했다. 그리고 자식들은 부모의 시신을 데려가 직접 장례를 치른다. 공식적으로 무릉 시티에는 장례식장이 없기 때문이다. 하지만 커다란 눈을 깜박이고 순한 얼굴로 앉아 있는 자식을 믿었다가는 큰일을 치를 수 있다. 대선이 얼마 남지 않은 상태라 조심해야 한다. 오 년 전 이맘 때, 백 노인처럼 밥을 거부하다가 돌연사한 노인이 있었다. 부검을 했더니 노인의 배 속에 음식물 섭취 흔적이 없었다. 그것을 알고도 별말 하지 않고 자식이 시신을 데려갔다. 그런데 며칠 후 무릉 시티로 고발장이 날아왔다. 시민 단체가 들고 일어나 아주 시끄러웠다. 두 번 다시 같은 실수를 해서는 안 되었다. 그래서 이번에는 문제의 백 노인을 수석 복지사가 뒷산에 묻었다.

부모의 얼굴도 기억하지 못하는 최는 보육원 후원자였던 신을 아버지처럼 따랐다. 최는 신의 도움으로 자살 충동에서 벗어날 수 있었고 공부할 수 있었으며 이곳 관리소장으로 재임하고 있었다. 최는 아버지 같은 신에게 인정받고 싶었다. 그가 내는 과제는 항상 최선을 다했다. 신은 대체로 최를 만족해했다.

“OECD에서 한국이 노인 빈곤율을 줄여야 한다는 권고 공문을 보내왔다.”

사회 통합과 삶의 질 개선을 위해 한국이 노인 빈곤율을 축소해야 한다는 내용의 OECD 공문을 최도 보았다. 노령 연령 기준이 만 65세에서 70세로 연장된 이후, 폐지를 줍던 노인끼리 영역 다툼으로 살인을 했다는 기사와 음식점 주변에 추레한 노인들이 어슬렁거리며 먹을 것을 구걸하다가 봉변을 당했다는 기사가 낯설지 않았다. 노인의 상대 빈곤율은 이미 50%를 넘어섰고 최소한 인간다운 삶을 유지하기 위한 소득조차 부족한 노인은 40%나 되었다. 복지 ‘딱지’로는 극복할 수 없었다. 삶의 질은 향상되지 않았는데 수명만 늘었기 때문이다.

“시장 가치를 상실한 인적 자원을 보호하는 무의미한 일에 더는 사회적 자원을 소비할 수 없다고 위에서 판단하고 있구나. 개인에게 좋은 것이 만인에게 좋지 않을 수 있고 어떤 특정한 분야에 성실히 봉사하는 일이 사회 전체의 공리(公利)에 위배될 수도 있다고, 나도 생각한다.”

신은 잠깐 말을 멈추고 최를 보았다. 최는 등을 꼿꼿이 세웠다.

“그런 노인을 수용할 적재 공간이 필요하게 됐다.”

최는 대답 대신 침을 삼켰다.

"갈수록 출산율은 줄어드는데 잉여 인간인 노인 인구는 증가하고 있어서 큰 골칫거리라는 것을 너도 알고 있잖니. 우리 연구소의 당면 과제이기도 하단다."

"잉여 인간을 줄이는 방법을 생각해 보겠습니다."

최의 대답에 신이 웃으며 고개를 끄덕였고 서랍에서 USB를 꺼내 최에게 내밀며 어깨를 토닥였다.

"네가 마무리해 주기 바란다!"

최는 원룸으로 돌아와 냉장고에서 물을 꺼내 병째 들고 마셨다. 노트북에 USB를 꽂았다. 「잉여 인간들의 적재 공간 실용 방안」이라는 이름의 프로젝트였다. 최는 프로젝트의 의도부터 꼼꼼하게 살폈다.

광복 직전 평균 수명이 남자 45세, 여자 49세였는데 1980년에는 남자 61.8세, 여자 70세였다. 그리고 2010년에는 남자는 80.7세, 여자는 84.1세로, 광복 직전에 비해 거의 두 배에 가까울 만큼 수명이 급격하게 연장되었고 현재는 100세 넘는 노인도 흔해 사회 문제로 대두되었다. 수명이 연장되었다는 것은 죽음을 원치 않은 개인에게는 축복이겠지만, 사회 전체로 보면 재앙이다…….

신이 그려놓은 밑그림에 색칠하는 일은 어렵지 않았다. 무릉 시티에 입주하는 노인은 오 년 후 가족에게 돌아간다는 1안과 피안의 길을 건넌다는 2안의 선택을 첨가했다.

최의 예상대로 가족들과 노인들은 대부분 1안을 선택했다. 하지만 퇴소해야 할 시기가 돌아오면 자식들이 먼저 연락을 취해왔다. 그들은 2안으로 수정되기를 원한다고 했다. 자식의 의견을 전하면 알았다며 고개를 끄덕이는 노인은 단 한 명도 없었다. 그날부터 앓기 시작했다. 때로는 자식들에게 한 번만 더 연락을 해달라고 사정했다. 결과는 빤했다. 이 문제를 최는 '행복이'로 해결했다. 실제로 노인 문제가 노인들로부터 발생하는 경우는 드물었다. 젊은 자녀들의 반목과 불화의 한가운데 부양해야 할 연로한 부모가 자리 잡고 있기 때문에 자식들은 괴로워하는 거였고 그것을 대신해주는 무릉 시티를 대부분 텃밭이라고 생각했다.

신은 최의 설계 중 장례식장이 지상에서 보이지 않는 것에 놀랐다. 피안의 세계 끝에서 나룻배에 잠들어 있는 노인들이 장례식장 화덕으로 자동으로 연결된다는 설계에 입을 쩌억 벌렸다. 지금껏 복숭아꽃이 만발한 길을 따라 피안의 길을 건넌 노인들은 어떻게 되느냐고 묻는 자식들은 없었다. 최는 삶이란 종이 한 장에 그릴 수 있는 환상이 아니라 현실이라는 데 쓴웃음이 나왔다.

대통령의 지지율은 날로 올라갔고 신은 미래인력자원부 장관으로 연임하고 있었고 신이 장관으로 있는 한 최도 무릉 시티 책임자로 건재할 수 있었다. 최는 무릉 시티 소장으로 취임하던 날 기억도 희미한 부모가 잠깐 생각났다.

노옹(老翁)들은 그늘이 좋은 '취미 활용실'에서 장기나 바둑을 두었고 노부(老婦)들은 꽃들과 새들이 날고 멜로디에 맞춰 물이 춤추는 '아트 시네마' 광장에서 수다를 떨었다. 문화의 날인 수요일에는 영화를 보았다. 노작한 작품 전시회도 열었다. 전시가 끝나면 무릉 박물관에 기증되었다. 유품이라 생각하고 가져가라고 해도 가족들이 마다했다.

아직 사람의 기척이 없는 무릉은 깨끗했고 쾌적했다. 최의 거친 숨소리가 새벽공기를 갈랐다. 속도를 줄이고 호흡을 조절했다. 그가 멈춘 곳은 '출입금지'라는 쇠창살이 쳐진 피안의 길 입구였다. 장갑 낀 손등으로 이마를 훔쳤다. 촉촉하게 땀이 배어났다. 최는 복숭아나무가 빼곡한 오솔길을 보았다. 곧 만개할 연분홍 꽃술을 물고 있어서 더없이 사랑스러웠다. 이번에 피안의 길을 건너는 노인들은 축복받은 노인들이다. 복숭아꽃이 흩날리는 이때, 피안의 길을 떠나는 모습은 황홀하고 아름다웠다. 당연한 얘기지만 신령 바위까지 걸어도 힘든 기척이나 슬픈 얼굴을 찾아볼 수 없었다. 대기하고 있던 나룻배에 올라타서도 마찬가지였다. 그러나 삭막하고 추운 겨울에 피안의 길로 들어가는 모습은 쓸쓸하기 그지없었다. 이번이 입주 만기자가 가장 많은 때였다. 이승에서 마지막 생일잔치, 즉 축제를 치른 그들은 복숭아꽃이 만개할 시기를 기다리고 있었다.

9

무릉 시티 입구 팔작지붕 아래, 대리석 기둥에는 궁서체로 다음과 같이 씌어 있었다.

위대한 나라, 대한민국은 노인을 공경합니다!

무릉 시티는 대한민국이 건설한 노인들의 휴식 공간입니다. 대한민국의 국적을 둔, 만 70세 노인이라면 누구나 이곳을 이용할 권리가 있습니다. 단 입주자 편의를 위해 숙소가 있는 곳과 관리자 시설물은 외부인의 출입을 금합니다.

일반 노인들이 공연이나 영화를 상영하는 '아트 시네마'를 이용하려고 하면 관계자들은 자리가 없다거나 상영이 끝났다는 말로 거절했다. 운 좋게 공연장에 입장해도 입주자들은 멀찍이 앉아 그들끼리 소곤거리며 왕따를 시켰다. 바디레칭이 완비된 '체력 회복실'은 건장한 복지사가 데스크에 앉아 예약하지 않으면 이용할 수 없다고 말했고 예약하겠다고 하면 연락처를 달라고 해놓고 그만이었다. 잔디밭이 깔린 '취미 활용실'에 마련된 장기나 바둑판이 준비된 곳도 그늘이 지고 시원한 곳은 '자리 있음'이라는 팻말을 꽂아두었다. 일반 노인들이 이용할 수 있는 자리는 햇볕이 내리쬐는 자리거나 장기의 졸(卒)이 하나 없거나 깨진 자리였고 바둑알이 반쪽 깨져 무심코 집었다가는 손을 벨 수 있었다.

무릉 시티 신문고에 일반 노인들의 불만 사항이 올라왔다. 하루도 지나지 않아 관계자는 시설물 이용에 불편을 드려 대단히 죄송합니다, 어르신들의 원만한 시설물 이용을 위해 보다 노력하겠습니다, 라고 예의바르고 공손한 댓글이 달렸지만 변한 건 아무것도 없었다.

10

박은 날이 쌀쌀한 듯해 점퍼를 걸쳤다. 거울에 비친 모습은 염색도 안 했고 머리도 자르지 않아 지저분했다. 선반에 올려놓은 갈색 베레모를 꺼내려는데 허리가 시큰거렸다. 숨을 고르고 베레모를 눌러썼다. 다른 때와는 달리 현관에 서서 오래 자신의 흔적을 둘러보았다. 집을 나와 무릉 시티로 가는 전철을 타기 위해 걸음을 서둘렀다.

선거철이 가까워 오면서 여야 모두 투표권이 있는 노인들을 배제하기가 어려웠다. 얼마 전 야당의 연설에서 강연자로 나온 젊은 간사가 일흔이 넘었거나 치매 판정을 받은 노인에게는 투표권을 주지 말아야 한다며 만 19세 이하 청소년이 미성숙한 인격체라 투표권을 줄 수 없다면 일흔이 넘은 노인들, 즉 치매가 있는 노인은 과연 성숙한 인격체라고 말할 수 있느냐고 발언했다. 어디선가 계란이 날아와 강연자 얼굴에 떨어졌다. 강연은 엉망이 되었고 야당 간사의 발언은 인터넷을 뜨겁게 달구었다. 하지만 정작 노인들은 먹다만 절편을 챙겨 들고 자리에서 일어나 흩어졌다.

최는 간사를 자신의 사무실로 불렀다. 불상사를 일으킬 수 있는 발언은 금지하라고 했다. 간사는 그들은 배 아픈 증세는 참아도 배고픈 증세는 참지 못하는 존재들이 되었다며 이게 누구의 잘못이냐고 오히려 최에게 물었다. 이 사건과 관련하여 〈시사 뷰 코리아〉 담당자가 대담 시간을 갖고 싶다고 연락해왔지만 거절했다.

단상에 오른 연사는 노인들을 향해 약소민족이었고 자원빈국이었던 한국이 지난 오천 년의 역사 이래 오늘날처럼 잘살게 되고 큰소리칠 수 있는 국가가 되기까지 누구의 피와 땀들이 제물이 되어왔는가를 언급했다. 그 주역은 바로 여기 앉아 계시는 어르신네들이라고 했다. 그때 앞쪽에 앉은 박이 때에 전 갈색 베레모를 벗으며 아무렴, 그렇지요! 라고 소리를 질렀다. 연사는 고개를 끄덕이고 한껏 소리 높여 젊은 시절의 노인들이 산업 전선에 바친 노고를 위로하며 변함없는 투철한 애국심을 한껏 인정해야 한다고 말했다. 누가 그들의 노고를 인정해주는 투쟁에서 추방된 노인들을 이토록 절절하게 인정해 줄 수 있느냐, 바로 기호 1번이 아니겠느냐고 외쳤다.

사무실에서 그 모습을 스크린으로 보던 최가 피식 웃었다. 옆에 앉아 있던 수석 복지사도 따라 웃었다.

연사는 오늘의 자랑스러운 대한민국이 만들어지기까지 몸 바쳐 살아온 거룩한 희생과 봉사를 인정하지 않으려는 일부 과격한 세력이 문제라고 말했다. 갈색 베레모를 손에 쥐고 있던 박이 갑자기 꺼억 꺼억 소리 내어 울기 시작했다. 그 노인을 따라 서넛이 눈시울을 닦았다. 박은 약속한 대로 호응하는 관중 역할을 잘해 내고 있었다.

수석 복지사가 최의 눈치를 보았다. 최는 고개를 끄덕였다. 약속대로 알바 노인 박은 자신의 역할을 충실히 수행하고 있었으므로 최는 됐다는 눈짓을 하고 자리를 떴다.

11

안개 속 오솔길은 복숭아 꽃잎이 만발해 있었고 한복을 입은 그들이 움직일 때마다 꽃잎이 눈처럼 흩날렸다. 어디선가 은은한 향이 코끝을 간질였다. 제일 뒤에 걷던 박은 재채기를 했다. 청아한 새소리가 돌림노래처럼 들려왔고 살갗을 스치는 바람도 부드러웠다. 발을 뗄 때마다 허리를 옥죄던 통증도 없었으며 물속을 걷는 듯 공기의 저항도 느껴지지 않았다.

참으로 오랜만에 박은 비단 한복을 입었다. 선비처럼 고결해 보였다. 박은 자신이 공사에 참여했지만 십오 년이 지난 이곳이 어디가 어딘지 알 수 없었다. 걸을수록 정신이 몽롱했다. 박은 최의 제안을 거부할 이유가 없었다. 불의의 사고로 죽은 백 노인을 대신해 피안의 길을 건넜다오는 일쯤은 얼마든지 할 수 있었다. 자신이 봐도 죽은 백 노인과 자신이 몸피뿐만 아니라 얼굴도 비슷했다. 그 대가로 자신을 무릉 시티에 입주시켜 주겠다고 했다. 한복도 맞춤인 듯 잘 맞았다. 박은 최에게 낯이 익다고 말했다. 최는 빙그레 웃을 뿐이었다.

피안의 길은 너무 아름다웠다. 함께 길을 떠나는 노인들은 제각각 가슴에 검정색 천으로 장정된 자서전을 품고 있었다. 신령 바위는 변한 게 없었고 나룻배 한 척이 묶인 채 물결에 흔들리고 있었다. 제일 앞선 노인은 망설임도 없이 성큼 나룻배에 올랐다. 뒤에 섰던 노인도 마찬가지였다. 그들은 몽롱한 얼굴로 배에 앉아 짙은 안개에 싸인 물결만 바라보았다. 마지막 노인이 신령 바위에 매어 놓은 끈을 풀었다. 그리고 올라탔다. 노인들은 모두 익숙한 일처럼 배에 올랐고 나룻배는 느리게 움직이기 시작했다. 멀뚱히 서 있는 박에게 한 노인이 어서 오라고 손짓했다. 순간, 최가 누군지 떠올랐다. 무릎이

꺾였다. 느릿느릿 걸어가 나룻배에 올랐다. 나룻배가 탄력을 받은 듯 안개 속으로 유유히 사라졌다. (2018년 《문학사상》 10월호)

빅토르 최

†

의사는 쥐고 있던 모나미 볼펜을 분리했다. 까만색과 흰색 몸통, 꼬불꼬불한 스프링을 침대 위에 쏟고 가느다란 심지만을 든 채 빅토르에게 말했다.

"당신 숨구멍은 이 굵기만 하다고 생각하면 됩니다."

빅토르는 병원 응급실에 산소 호흡기를 부착하고 한 시간 동안 누워 있었다. 의사는 어려운 의학용어로 말하지 않았다. 덥수룩한 머리와 수염, 큰 눈과 코가 외국인임을 알 수 있었고 브랜드도 없는 등산복을 작업복으로 입고 있었으므로 도내 농공단지나 공단에서 일하는 노동자라고 짐작했기 때문이다.

빅토르의 성은 최(崔)였다. 우리말이 서툴렀지만 알아듣는

데는 별 어려움이 없었다. 한국에 온 지 한 달이 조금 넘었다.

의사는 삼십 분 정도 더 안정을 취한 후 처방전을 받아가라고 했다. 빅토르가 대답도 하기 전에 의사는 사라졌다. 고개를 돌리다 맞은편 환자와 눈이 마주쳤다. 양복을 입은 채로 누워있는 그에게서 왈칵 술 냄새가 풍겼다. 이마에는 커다란 반창고를 붙이고 있었고 입술은 잔뜩 부어 있었으며 피딱지가 굳어 있었다. 그는 산소 호흡기를 부착하고 죽음의 경계선을 넘지 않으려고 사투를 벌이는 이방인을 지켜보느라 자신의 고통은 잊은 듯했다. 무슨 볼거리라도 되는 듯 잔뜩 기대했는데 놓쳐서 아쉽다는 눈빛이었다.

빅토르는 일주일 전부터 숨이 가빠오는 증세가 있었다. 전조는 없었고 누군가 숨구멍을 틀어쥐고 막아버린 듯했다. 등을 구부리고 앉아 천천히 숨을 내쉬면서 숨구멍이 뚫리기를 기다렸다. 영하 3,40도를 넘나들던 시베리아의 산판에서 벌목할 때는 감기 한번 걸리지 않았다. 영하와 영상을 오가는 한국의 날씨는 변덕을 부리는 이곳 사람들과 닮아있었다. 며칠은 포근했다가 다시 강추위가 왔는데 이런 날씨를 삼한사온이라고 불렀다. 내복과 패딩, 벙거지를 쓰고 작업을 하러 간 날은 한나절도 지나지 않아 땀범벅이 되었고 그래서 다음 날에는 내복을 벗고 작업복 상의를 걸치고 작업장으로 갔는데 급격히 떨어진 온도로 손과 발이 얼었고 콧물이 흘러내렸다. 사장은 땀을 흘리는 빅토르에게 추운 나라에서 살던 놈이라 대단하다고 했다가 추위에 벌벌 떠는 모습에는 몸만 컸지 부실하다며 역시 작은 고추가 맵다고 했다.

독감과 함께 찾아온 이번 증상은 고열과 현기증을 동반했다. 현관문 손잡이를 돌릴 힘마저 없었다. 안간힘을 써서 겨우 문을 열고 나왔다. 찬 공기를 마시면 숨쉬기가 편할 것 같았는데 한번 막혀버린 숨통은 좀처럼 뚫리지 않았다. 그 다급함을 누군가에게 알리지 않으면 목숨이 위험하다는 생각으로 지하의 계단을 기어서 올랐다. 벽을 짚고 일어서다가 몇 번이나 꼬꾸라졌다. 주인 할머니가 빅토르를 발견하지 못했더라면 주검으로 러시아에 돌아갔을까? 아니 화장되어 최씨 문중의 선산, 정읍시 입석마을 산 80번지에 뿌려졌을까? 빅토르의 풀어진 눈동자를 보고 할머니가 다급하게 119를 불렀다. 조금만 더 시간이 지체되었더라면 호흡 장애나 쇼크가 발생했을 거라고 의사는 병의 심각성을 덧붙였다.

침대에서 일어나 데스크로 갔다. 간호사는 병원비부터 납부해야 처방전을 줄 수 있다고 했다. 빅토르는 지갑을 꺼내 돈을 지불했다. 일주일 치 임금에 해당하는 목돈이었다. 간호사가 건네는 처방전을 받아들자 밖에 있는 약국에서 약을 처방받으라고 했다. 호흡은 돌아왔지만 숨소리는 거칠었고 어지럼증이 있었다. 곧장 밖으로 나가지 못하고 휴게실 의자에 앉았다. 사방이 뚫려 있는 휴게실에는 링거를 꽂은 환자와 내원객들이 뒤섞여 있었다. 커다란 벽걸이 텔레비전에 제주도의 푸른 바다가 화면을 채우고 있었다. 눈 둘 곳이 그곳밖에 없어서 모두 무심히 차창 밖을 구경하는 표정으로 화면을 보고 있었다. 빅토르도 마찬가지였다. 늙은 해녀들이 까만 잠수복을 입고 숨을 한껏 참았다가 바닷속으로 잠수했다. 해녀들이 사라진 바다는 푸르고 맑았으며 하얗고 둥그런 테왁이 그녀들의 흔적을 대신했다. 카메라는 바다 위의 살찐 갈매기를 비췄다가 멀리 지나가는 어선들로 옮겨갔고 바위에 부딪쳐 포말로 부서지면서 철썩철썩 바위를 치는 파도를 비췄다. 얼마쯤 시간이 지났을까? 물살을 뚫고 까만 머리가 쑤욱 올라오더니 고개를 내밀었고 턱까지 차오른 숨을 내쉬었다. 늙은 해녀의 숨소리에서 휘이…… 휘이…… 휘파람 소리가 났는데 내레이터는 숨비소리라고 했다. 한겨울 시베리아 산판에서도 이런 소리가 날 때가 있었다. 그런 날에는 작업반장은 벌목을 금했다. 칼끝을 붙인 시베리아의 바람이 오십 미터가 넘는 곰의 몸통만 한 소나무를 단숨에 넘어트리기 위한 전조였기 때문이었다. 위험의 경고를 벌목공들은 무시하지 않았다. 빅토르는 자신의 숨구멍에서 이런 소리가 나는 게 자신의 삶에 대한 어떤 경고가 아닐까 생각했다.

병원에서 처방해 준 약을 이틀 동안 먹고 쉬었는데도 열이 내리지 않았다. 열이 내리지 않으니 화장실 가는 것도 허방을 딛는 듯 다리가 휘청였고 블랙홀로 몸이 빨려 들어간 듯 정신이 저 혼자 날뛰었다. 갈증이 났지만 물 마시기 위해 일어나는 것도 쉽지 않았다. 상체를 겨우 일으키고 가물가물 멀어지려는 의식을 붙잡기 위해 제 뺨을 때렸지만 헛손질에 불과했다. 신기루를 보는 듯 의식이 뒷걸음쳤다. 이대로 쓰러진다면 살아서는 문밖으로 나갈 수 없으리라 생각되었다. 포복하듯 기어 문을 열었다. 찬바람이 왈칵 얼굴로 쏟아졌다. 상체를 문에 기대고 얼마쯤 정신이 돌아오기를 기다렸다. 벽에 걸린 패딩을 걸치고 다시 병원을 찾았다. 한국에 온 이유가 취업이 아닌 여행으로 왔기 때문에 석 달을 넘길 수 없었다. 중고 카마즈(원목 운반용 트럭)라도 장만할 돈을 마련해서 러시아로 돌아갈 생각이었는데 빈털터리로 추방될지도 몰랐다.

불덩이처럼 뜨거운 빅토르의 몸을 대하고 의사는 엉덩이 주사와 함께 링거도 맞아야 한다고 했다. 엉덩이의 주사는 한 방에 끝났지만 링거를 맞기 위해 침대에 다시 누웠다. 한번 고장 난 기관지는 복구가 어렵다고 의사가 말했다. 아닌 게 아니라 목에서는 계속 쌕쌕 소리가 났다. 숨소리도 문제였지만 폐에 충분히 공급되지 못하는 산소 때문에 호흡곤란이 오면 위험하다고 했다. 호흡곤란이 올 때면 수십 개의 바늘이 가슴을 찌르는 듯 아팠다. 폐가 공기를 빨아들여야 하는데 그러지 못하기 때문이다. 그럴 때는 호흡의 양을 반으로 줄이라고 했다. 또한 감기 때문에 증상이 쉽게 가라앉지 않을 것 같다며 둥그런 보라색 흡입기를 가져왔다. UFO를 닮은 흡입기는 60번을 흡입할 수 있고 증세가 심할 때 사용하라고 했다. 세레타이드 250이라고 씌어 있었다. 중증 환자는 500을 사용하지만 우선 한 단계 낮게 처방했으니 사용해 보라고 했다. 그리고 10번 호흡에 1번은 심호흡을 의식적으로 하라며 장기간 치료가 중요하고 과로하지 말라고 했다. 과로라는 말을 이해 못 했다고 생각했는지 의사는 심한 일을 하지 말라고 고쳐 말했다.

벽을 더듬어 스위치를 눌렀다. 지하 방이라 낮에도 불을 켜야 했다. 세 개의 스위치를 동시에 누르자 부엌, 화장실, 안방이 훤해졌다. 한 달이 넘었지만 스위치의 정확한 위치가 헷갈렸다. 싱크대에는 엊저녁 병원을 다녀와 밥을 먹고 담가 놓은 빈 그릇이 그대로였다. 밥통을 열었다. 누렇고 딱딱하게 굳은 한 그릇 정도의 밥이 시큼한 냄새를 풍겼다. 음식물 통에 버리고 설거지를 시작했다. 설거지를 마치고 쌀을 씻어 밥솥에 안치고 카레를 만들기 시작했다. 가장 손쉬운 요리였다. 감자와 당근, 양파를 썰어 냄비에 넣고 식용유를 넣어 볶다가 물을 붓고 끓이기 시작했다. 카레 가루를 풀고 야채가 익을 때까지 주걱으로 천천히 저었다. 카레 향이 실내에 퍼졌다. 상을 차리기 위해 플라스틱 밥상을 폈다. 노란 모자와 고글을 쓴 펭귄이 지휘봉으로 구구단을 가리키고 있었는데 이 펭귄을 뽀로로라고 불렀다. 전에 살던 사람이 놓고 간 것이다. 주인 할머니는 여기 물건들을 사용해도 된다고 했다. 카레 냄비에 밥을 담고 수저로 퍼먹기 시작했다.

불을 끄고 자리에 누웠다. 천장 가까이 붙은 창문을 통해 가로등 불빛이 스며들었다. 벽에 걸린 작업복과 윗목에 너저분하게 흩어져 있는 것들이 모습을 드러냈다. 이방인의 삶이란 너저분하고 잡다한 것인지도 몰랐다. 할아버지와 할머니, 아버지도 그런 삶을 살다가 세상을 떠났다. 몸이 아프니 외롭고 서글펐다. 한국에 온 이유는 조부모의 고향이었기 때문이다. 눈물이 나오려고 해서 질끈 눈을 감았다.

초원이 끝없이 펼쳐지고 파란 하늘이 지평선 끝에 맞닿아 있으며 하얀 뭉게구름이 그 지평선 끝으로 쉭쉭 달려가는 스텝을 떠올렸다. 그 스텝 끝으로 황백색의 자작나무가 빽빽이 늘어 서 있고 한 줄기 빛이 쏟아져 몸을 감싸주었다. 그런 꿈을 꾼 아침은 몽정한 것처럼 나른했다. 천장에서 야광별이 반짝였다. 전에 살던 이가 붙여놓은 것이다. 주인 할머니는 최의원이 소개하지 않았다면 보증금 없이 석 달만을 세놓지는 않을 거라고 했다. 빅토르를 훑듯이 살피고 그려, 입술이 얍상한 것이…… 빅토르는 할머니의 말을 알아듣지 못했지만 빙긋이 웃으며 잘 부탁드린다고 어눌한 한국말로 말했다. 허이구, 우리말도 허네? 라며 여기서 장가도 가고 돈도 많이 벌라고 했다. 빅토르는 어릴 때 할머니의 무릎을 베고 밤하늘의 별을 셌던 기억이 났다. 하나 둘 셋…….

누군가 현관문을 두드렸다. 설핏 잠이 들었던 빅토르가 일어나 문을 열었다. 사장이 복숭아 통조림 한 박스와 죽을 사들고 왔다. 빅토르가 삼 일이나 일을 나가지 않았기 때문이다. 사장은 새로 건축된 원룸의 시공 날짜가 정해졌다며 내일은 현장에 나올 수 있느냐고 물었다. 빅토르는 출근하겠다고 했다. 사실 빅토르만큼 성실하고 힘을 잘 쓰는 외국인 노동자를 구하기는 쉽지 않았다. 빅토르와 인연이 된 것은 집안 종형인 최 의원 때문이었다. 최 의원은 선거 때면 한 세기 전에 독립운동을 하다가 만주로 떠난 문중 어른이 있음을 내세웠고 그의 행적을 찾아야 한다고 했다. 그 때문에 독립운동에 몸 바친 문중이 존재한다는 것을 모르지 않았다. 최 의원이 만주로 떠난 문중 어른인 최무성의 손자라고 빅토르를 소개하며 같이 일해보라고 했다.

공장은 마을을 벗어나 야산 입구에 있었고 조립식 패널로 지은 가건물이었다. 입구에 출고될 싱크대가 잔뜩 쌓여 있었다. 지게차가 끼익 끼익 소리를 내며 싱크대를 정리하고 있었다. 안쪽에는 조립되지 않은 붙박이장이 포개져 있었고 창을 통해 들어온 햇빛이 덜 마른 나무 위로 내리쪼이자 김이 모락모락 피워 올랐다. 영락없이 갓 쪄낸 시루떡이었다. 빅토르는 할머니가 가족의 생일이면 시루떡을 쪄서 윗목에 올려놓고 비손하던 모습을 떠올렸다. 조선족 가게에서 쌀과 팥을 구입해 시루떡을 쪘는데 시루가 너무 낡아 위와 아래에 철사로 테를 둘렀다. 사장의 생일이라고 해서 빅토르는 잔뜩 기대하고 갔는데 집도 아닌 식당에서 케이크에 초를 꽂고 해피버스데이투유라고 생일 노래를 부르고 삼겹살을 구워 먹었다. 한국인들은 이제 생일에 시루떡을 하지 않는다고 했다. 몸이 아프고 나서인지 할머니가 만든 시루떡이 생각났다.

빅토르는 자신의 성(姓)이 다른 친구들과 왜 다른지, 또한 외모가 러시아인과 왜 다른지, 생일에 시루떡을 쪄서 윗목에 올려놓고 비손을 하는 풍습이 자신의 집안에만 있는지, 묻지 않았다. 러시아 연방 동쪽 하바롭스크에는 러시아인, 우크라이나인, 우즈벡인, 유대인, 고려인 등이 섞여 살았다. 그들은 거의 벌목공이었는데 벌목이 시작되면 딱딱한 호밀 빵과 말린 고기와 보드카, 버터와 치즈 등으로 보름 이상의 먹거리를 챙겨 벌목장으로 들어갔다. 할머니는 쌀을 씻어 하루 동안 물에 불렸다가 가루를 내어 촘촘한 망에 곱게 걸렀다. 붉은 팥도 한나절 물에 불렸다가 솥에 삶았다. 팥이 익어갈 즈음이면 구수한 냄새를 풍겼는데 그때부터 빅토르는 할머니의 곁을 맴돌았다. 할머니는 시루 밑구멍은 무를 썰어 막고 쌀가루 한 겹에 팥 한 겹을 골고루 넣고 층층이 쌓았다. 찜기에 시루를 얹고 시룻번을 붙인 후 장작불을 지폈다. 유일하게 빅토르의 집 마당 한편에만 떡을 찔 수 있는 화로가 있었다. 시루떡은 빅토르의 할머니만 만들 수 있었고 그들만이 먹을 수 있는 음식이었다. 할머니는 이 시루떡을 아버지의 식량 가방에 넣어 보냈다. 러시아가 자유시장 경제를 도입한 후 많은 이들이 농촌을 떠나 대도시로 떠났다. 아버지의 권유로 하바롭스크 시내 변두리로 이사했다. 그 후로는 시루떡을 찌지 않았다.

빅토르는 사장이 내민 도면을 대조하면서 트럭에 실을 물건들을 확인했다. 도면에 그려진 선들이 어지럽게 이어져 있어서 선들의 굵기가 제각각 다르게 보였다. 아직 어지럼증이 가시지 않았다. 빅토르는 고개를 흔들고 눈을 비비며 집중하려 애썼다.

실내가구를 제조하는 이곳은 사장이 작업반장이기도 했다. 아파트나 원룸의 준공을 위한 마지막 공사가 가구 설치였다. 시공자들이 공정기간을 맞추지 못하면 건설회사에서는 맨 마지막, 가구팀을 몰아붙였다. 좁은 원룸에서 싱크대의 설치는 자재를 손닿는 곳에 미리 가져다 둘 수 없어서 여러 번 오르락내리락해야 했다. 그래서 번거롭고 힘든 공사였다. 또한 전기, 가스, 에어컨 설치 기사뿐만 아니라 장판을 깔고 도배하는 인부들과 좁은 공간을 나눠 써야 했으므로 각자의 일을 하면서 타인의 작업에 방해가 되지 않도록 신경 써야 해서 몸이 큰 빅토르로서는 곤혹이었다.

사장이 트럭을 공장 입구에 바짝 댔다. 이번 공사는 삼 일 동안 해야 했지만 적재할 공간이 부족했으므로 하루 몫의 분량만 상차하라고 지게차 기사에게 일렀다. 1톤 트럭의 짐칸이 가득 찼다.

원룸 촌이 대개 그렇듯 골목과 골목, 그 사이와 사이 속에 모두 비슷비슷한 모습으로 자리 잡고 있었다. 땅값이 치솟자 수도권 대학이 이곳에 지방 캠퍼스를 만들면서 원룸 촌이 형성되었다. 그 이듬해 중앙부처의 부서 하나도 자리를 옮겨왔는데 그 발표가 나기 이전부터 동네 산이 허물리고 4차선 도로가 만들어졌고 혁신도시라는 도로명이 생겼다. 그 개발과 함께 산 아래 다닥다닥 머리를 맞대고 있던 기와집과 슬레이트집이 순식간에 철거되었고 흙 담장과 시멘트 담장이 녹색 철망으로 바뀐 채 그곳에 5층짜리 똑같은 원룸이 들어섰다. 원주민이 원룸의 주인인 사람은 한 명도 존재하지 않았다.

자재를 한가득 실은 트럭이 골목으로 접어들지 못하고 멈춰 섰다. 2차선이었지만 차선 하나를 물고 차들이 주차해 있었고 맥락 없이 튀어나온 새로 간판과 전봇대와 외벽 때문이다. 빅토르가 차에서 내려 길잡이 노릇을 했다. 사각지대로 인해 주차된 차들을 긁거나 건물 외벽에 손상을 입히면 문제가 컸다. 사장은 빅토르의 손짓에 트럭의 꽁무니와 머리를 이쪽저쪽으로 여러 번 돌렸다가 반보쯤 뒤로 물러났다가 옆 담장과 건물의 간판을 스치듯 하면서 300미터를 운전했다. 석 대 정도 주차할 수 있는 화이트빌 주차장은 주차 공간이 한 대밖에 없었다. 사장은 트럭의 꽁무니를 조심히 그곳으로 집어넣었다. 그가 차에서 내리자마자 챙모자부터 벗고 옷소매로 얼굴을 닦았다. 원래는 자재를 사다리차로 옮길 계획이었다. 빅토르의 몸 상태도 좋지 않았고 자신도 힘에 부쳤기 때문이다. 그런데 주차공간과 골목이 좁아서 사다리차가 들어올 수 없었다. 사장은 가래침을 돋워 길바닥에 뱉고 담배를 꺼내 불을 붙였다. 빅토르는 건물을 올려다보았다. 전봇대에 두껍고 까만 전기선이 동그랗게 말려 붙어있었고 가로 새로 얽혀 각각의 원룸으로 이어지고 있었다. 원룸의 이름은 모두 근사했다. 스위트, 그랜드, 센트럴, 화이트빌…….

이곳 원룸은 5층에 옥탑방 하나로 구성되어 있었다. 구조가 모두 같았다. 사장은 각 방을 둘러보고 내려왔다. 등짐으로 나를 수 있는 것, 안고 날라야 하는 것, 비스듬히 등에 지고 날라야 하는 것들을 분류했다. 트럭에서 자재를 내릴 때 어느 층의 짐을 먼저 올려야 효율적일지 결정했다. 이런 일들은 하찮은 것이 아니었다. 작업자의 몸 상태에 따라 달라졌고 힘을 골고루 써야 몸에 무리가 가지 않았다. 컨디션이 좋다면 5층부터 작업을 시작해서 아래층으로 내려오면 수월했고 연일 이어지는 작업으로 피로가 누적되었다면 2층부터 시작해서 긴장된 근육을 풀게끔 해야 했다. 이도 저도 아닐 때는 3층부터 시작해서 위층 작업으로 이어갈지 밑의 층으로 할지 결정했다. 이 일을 시작한 지 서른 두 해였다.

사장이 빅토르를 직원으로 쓰겠다고 결정한 것은 한 세기 전에 독립운동을 하다가 만주로 떠난 최무성의 손자라는 것보다는 공장에서 일할 노동자가 필요해서였다. 독립운동가가 문중 사람이라고 해서 자신의 삶에 어떤 영향을 끼친 것은 없었다. 최 의원만 시의원 선거 때 최무성을 언급했고 그 약발은 지금까지 유효했다. 빅토르는 벌목공이어서 힘쓸 줄 알았다. 행동은 느렸지만 정직했고 잔꾀도 부리지 않았다.

먼저 등짐부터 나르기로 했다. 사장이 건네주는 상판을 등에 지고 빅토르가 현관으로 들어섰다. 아직 콘크리트가 마르지 않아 시큼한 냄새와 싸한 매운 내가 났다. 위층으로 올라가는 계단 난간의 안전바가 아직 설치되어 있지 않아서 회전하는 데 수월했다. 걸리적거리는 장애물 하나 없다는 것이 일에 능률을 높였다. 방심은 금물이었다. 자재가 벽에 부딪히지 않도록 신경을 곤두세우고 한발 한발 계단을 올랐다. 2층 복도로 들어서자 사다리와 문틀, 에어컨 실외기, 각종 자재가 널려있었다. 천장은 에어컨을 설치하느라 뜯어져 있었고 열린 창문으로 바람이 들어왔는데 방에서는 도배가 한창이었다. 벽지와 장판, 접이식 사다리가 복도 벽에 세워져 있어서 한사람이 겨우 드나들 수 있는 통로로 등짐을 지고 가야 했다. 건물주가 준공을 독촉한 게 분명했다. 대학의 개강이 코앞이었고 중앙부처의 인사이동도 발표가 났기 때문이다.

사장은 끝 방부터 공사를 시작하자며 빅토르에게 시공목을 박으라고 했다. 시공목 설치가 끝나면 싱크대 상부 장을 걸어야 했다. 붙박이장보다는 싱크대 운반이 쉬웠지만 빅토르의 몸 상태가 좋지 못했고 작업 환경이 열악해서 계획한 대로 하루 몫을 마무리할 수 있을지 걱정이었다. 빅토르는 겨우 한 층의 싱크대 설치를 끝냈는데 망치로 얻어맞은 듯 가슴에 통증이 느껴졌다. 얼른 허리를 숙이고 손으로 두 무릎을 잡았다. 의사가 일러준 대로 통증이 찾아오면 이런 자세를 취하라고, 증세를 완화할 수 있다고 직접 자세까지 보여주었다. 세로로 선 기관지가 폐로 공기를 들이밀지 못하면 통증이 온다. 그럴 때는 허리를 숙이고 기억자로 몸을 만들면 몇 초 동안은 편히 숨을 쉴 수 있다고 했다. 사장이 놀란 눈으로 괜찮으냐고 물었다. 빅토르는 주머니에서 보라색 흡입기를 꺼내 길게 들이마셨다. 바짝 마른 혀에 약 가루가 빨려 들어갔고 호흡이 정상으로 돌아왔다. 그 몇 분이 길게 느껴졌다.

어제 작업하던 시공자들이 청소를 깨끗이 해놓고 철수해서 자재 나르는 일이 오늘은 수월했다. 콘크리트를 말리느라 보일러의 온도도 높여 놓아 실내에 들어서니 따뜻했다. 빅토르는 복도에 쪼그리고 앉아 싱크대와 붙박이장의 공간을 실측한 대로 마감재를 재단했다. 마감을 마친 뒷면에는 각 층의 호수를 적었다. 사장이 재단된 마감재를 가져가는 속도가 더 더뎌졌다. 전화 통화 때문이다.

오후에도 빅토르는 사장의 지시대로 마감재를 고정하기 위해 전동 드라이버로 못을 박았다. 사장은 바쁘게 움직이면서도 거래처의 전화를 받느라 일의 맥락이 순간순간 끊겼는데 사다리 위에서 위태롭게 통화를 하느라 고정하지 않은 마감재가 아슬아슬하게 그의 머리 위에서 건들거렸고 열어 놓은 창문으로 바람이 몰아치자 볼트 하나로 고정되어 있던 마감재가 버티지 못하고 밑으로 떨어졌다. 사장의 머리를 비켜서 떨어져 천만다행이었다. 그 옆에서 작업하던 빅토르만 깜짝 놀랐다.

등산복을 입은 사내가 나타났다. 여느 노동자와 별반 다르지 않아 사장은 외면하고 통화만 했다. 빅토르도 자신과 같은 노동자라고 생각되어 알은척하지 않았다. 그런데 그가 복도는 물론이고 각 방까지 부산하게 걸어 다니며 살폈고 문 여닫는 소리가 신경질적으로 느껴졌다. 다시 돌아온 그는 찌푸린 얼굴로 통화를 하는 사장에게 다가갔다. 사장은 발주에 문제가 있어 통화자와 언성을 높이고 있었다. 그는 기다리지 못하고 헛기침을 했다. 사장이 전화를 끊자 명함을 내밀었다. 건설사 대표였다. 사장은 얼른 머리를 조아렸다. 그는 깨진 마감재가 있다며 어떻게 일을 이따위로 하느냐며 문제의 장소로 그들을 데려갔다.

빅토르가 재단해서 전해준 마감재를 사장이 끼워 맞추는 과정에서 실수했다. 잦은 통화 때문이다. 아직 현관문에 호수가 붙어 있지 않았으므로 복도 끝, 오른쪽을 1호로 하자고 약속했는데 사장이 깜박했다. 방의 호수를 반대로 해서 억지로 끼워 맞추다 보니 마감재 여러 개가 금이 가 있었다. 뾰족한 수가 없었다. 많이 금간 것은 다시 작업을 해야 했고 실금 정도는 본드로 붙이고 그라인더로 갈아 눈에 띄지 않게 해야 했다. 사장은 책임지고 마무리를 해놓겠다고 했다.

간단히 저녁을 때우고 빅토르는 뽀로로가 그려진 상을 펴 놓고 수첩에다 입출금을 정리했다. 수입과 지출이 맞지 않았다. 몇 번이나 휴대폰의 계산기로 숫자를 눌러도 소용없었다. 천 원 정도면 그냥 넘어갈 수 있었지만 삼천 원이었다. 이번 주는 병원을 다녀온 일밖에 없었다. 혹시 병원비와 약값을 잘못 지출했을까? 곰곰이 되짚어 보았지만 떠오르지 않았다. 한국에 온 목적이 여행이었으므로 다음 달에는 러시아로 돌아가야 했다. 사장은 취업비자로 다시 오라고, 자신과 일 년만 일하자고 했지만 다시 들어오고 싶지 않았다. 빛바랜 흑백사진과 금방이라도 바스러질 것 같은 족보를 가지고 정읍 입석마을을 찾았지만 한 세기 전에 독립운동을 하다가 만주로 떠난 최무성의 손자를 아무도 반기지 않았다. 할머니가 조금만 일찍 이야기했더라면…… 당시 방앗간을 운영하던 할아버지는 독립운동자금을 대주었다. 방앗간을 탐낸 사촌이 밀고를 했고 그래서 고향을 등지게 되었으며 만주를 거쳐 시베리아까지 가게 되었다고 할머니가 말했다. 빅토르는 최 의원의 아버지가 방앗간을 탐냈던 그 사촌의 아들임을 짐작했다. 최 의원이 방앗간을 소유하고 있었기 때문이다. 방앗간을 개조해 카페로 운영했는데 손님들이 꽤나 드나들었다.

1930년대 러시아는 고려인들을 하바롭스크로 강제 이주시켰다. 이때 빅토르의 할아버지도 이곳으로 왔다. 아이가 생기지 않다가 마흔다섯이 되던 해 아들을 낳았다. 그때 한국은 광복을 맞았다. 일 년 후에 최무성은 조국이 광복을 맞았다는 것을 알았지만 산판에서 소나무에 깔려 사망했다. 1992년 소련 붕괴 이후 러시아는 중앙계획경제에서 자유시장경제로 전환했다. 사기업의 허용과 영리 추구를 위한 투기 활동, 내·외국인의 투자허용과 공기업의 민영화 정책이 이뤄졌다. 증권이 발행되어 러시아 국민들은 사유화된 기업들로부터 주식을 살 수 있었고 경매를 통해 팔 수도 있었다. 빅토르의 아버지는 벌목으로 번 돈을 주식에 넣었다. 전 재산을 날리고 목숨을 끊었다. 그때 빅토르는 다섯 살이었다.

할머니가 옷장 깊숙한 곳에서 사진 한 장과 족보를 꺼내주며 처음으로 대한민국에 대해 할아버지의 나라에 대해 이야기했다. 빅토르는 그날 밤 인터넷으로 대한민국을 검색해 보았다. 할머니가 말한 대로 고향마을 입석도 살펴보았다. 구릉 속에 있는 아주 작고 예쁜 마을이었다. 당장 가보고 싶었지만 할머니가 많이 아팠다. 그 겨울을 넘기지 못하고 할머니가 돌아가셨다. 장례를 치르고 한국행 비행기 표를 끊었다. 최씨 집성촌 입석마을 사람들은 한 세기 전에 독립운동을 하다가 만주로 떠난 최무성을 기억은 했지만 외모가 너무나 다른 빅토르를 반기지 않았다. 그 누구보다도 시의원인 최 의원이 그랬다. 빅토르는 중고일지라도 카마즈 한 대 구입할 돈을 마련해 러시아로 돌아갈 생각이었지만 이제는 몸 성히 비행기 값만 벌어 떠나고 싶었다. 내일도 일찍 나가야해서 밥상을 정리하고 자리에 누웠다.

저수지가 한눈에 들어오는 야산에 유럽풍 전원주택이 들어서느라 공사가 한창이었다. 입구는 물론 읍내 곳곳에도 분양 공고 현수막이 붙어 있었다. 사장은 전화로 시공사와 언성을 높이고 있었다. 고급 전원주택인데 붙박이장과 싱크대의 질이 형편없다고 했다. 사장은 그 가격에는 그 제품밖에 납품할 수 없다고 처음부터 말하지 않았느냐며 맞대응했다. 업체의 사장은 자신들도 남는 게 없다며 이번만 잘해보자고 말투를 바꿨다.

고급 전원주택의 시공을 맡으면 이득이 많을 거로 생각했지만 결국 분양사와 건설사의 하청이었으므로 일이 잘못되면 제일 밑바닥에 해당하는 제조업이 손해를 떠맡을 수밖에 없었다. 지금까지 제작한 제품들이 그의 말 한마디에 쓰레기가 될 판이었다. 공장에서는 가구의 몸체만 만들고 그 위에 장식되는 것은 도장업체에 특수 제작을 의뢰했다. 그 때문에 수익은 얼마 되지 않았다. 전원주택의 빌트인 가구는 집주인의 취향에 맞게 도면을 보여주고 그들이 말하는 대로 제작했다. 양복 한 벌을 재단하는 데도 하루 이상은 걸릴 터인데 이제와서 제품을 바꿔야 한다니 사나흘 야간작업을 해야 했다. 한참 욕을 뱉고 사장은 빅토르에게 야간작업을 해야 할 것 같다고 했다. 하지만 야간 수당을 챙겨주겠다는 말은 하지 않았다.

빅토르는 사장의 지시대로 유리와 플라스틱을 재단해서 옷장 문을 만들기 시작했다. 치수가 틀리거나 실리콘이 잘 못

칠해지면 처음부터 다시 했다. 사장은 의외로 꼼꼼한 빅토르 덕분에 실수를 줄였고, 실수를 줄이자 일에 속도가 붙으니 화색이 돌았다. 하지만 한 번씩 고개를 숙이고 숨넘어갈 듯 몸부림을 치는 빅토르를 볼 때마다 저러다 죽으면 어쩌나 하는 생각에 인상을 찌푸리고 담배를 꺼내 불을 붙였다.

트럭에서 가구의 자재를 내리기 시작했다. 도장된 문들은 작은 충격에도 모서리가 쉽게 떨어져 나갔다. 2층으로 올라가는 계단의 벽지가 긁히지 않도록 조심해야 했다. 가구를 방까지 잘 이동하고 조립할 때는 바닥에 떨어진 나사못 하나도 깔끔하게 치워야 했다. 이들이 작업하다가 바닥이나 벽에 생채기가 났다고 집주인이 책임을 물을 수 있었다. 사장은 가구재를 집 안으로 들이기 전에 먼저 들어가 이곳저곳을 살피며 주인에게 확인받았다. 주인이 없을 때는 분필로 동그라미를 그려놓고 사진을 찍어 업체나 주인에게 전송했다.

가구를 옮기려고 하는데 회색 벤츠가 와서 섰다. 깡마른 몸피에 하얀 롱패딩을 입은 여주인이 팔짱을 끼고 이들이 가구를 옮기는 것부터 작업하는 모든 일을 지켜보았다. 빅토르는 가구의 문을 어부바해서 옮기는데 주인이 문을 막고 서 있거나 좁은 계단을 차지하고 있어서 신경 쓰였다. 세 번째로 문을 지고 계단을 오르는데 갑자기 숨이 막혔다. 얼른 허리를 굽혔다. 등에 진 문짝이 아래로 쏠렸다. 두 손으로 문짝을 붙잡았지만 미끄럼 타듯 바닥으로 떨어져버렸다. 주인이 크게 소리를 질렀다. 사장이 달려왔다. 빅토르가 주머니에서 흡입기를 꺼내 급히 들이마셨다. 호흡이 정상으로 돌아왔다. 떨어진 문짝을 살폈다. 문짝 한 개의 귀퉁이가 깨졌다. 서툰 말로 빅토르는 보상하겠다고 했다. 사장은 못 알아들은 척 대꾸하지 않았다.

주인이 원하는 대로 높낮이와 위치를 맞추어 가며 시공을 마무리했다. 깨진 한 개의 문짝은 며칠 후 도장을 다시 해서 설치하기로 했다. 주인 여자가 서재에 들어갈 책장을 맞춰줄 수 있겠느냐고 물었다. 막상 사장이 치수를 재고 가격을 말하자 남편과 상의하고 연락하겠다고 했다.

모처럼 쉬는 날이었지만 빅토르는 딱히 갈 곳이 없어서 오후에 공장으로 나왔다. 조립을 앞둔 싱크대의 상부 장과 하부 장이 가득 쌓여 있었다. 사장 혼자 작업하고 있었다. 빅토르가 인사를 건넸다. 주문이 밀려 발주한 가구들을 조립하느라 쉴 수가 없다고 했다. 빅토르가 전동기를 집어들자 사장은 말리지 않고 내일 출고할 자재만 조립하라고 했다. 빅토르는 능숙하게 세트를 분류하기 시작했다. 도면을 보며 싱크대 상부장과 하부 장, 붙박이장, 신발장을 조립했다. 사장의 휴대폰이 울렸다. 서비스 문의였다. 빅토르에게 다녀오라며 트럭 키를 던져주었다.

내비게이션은 최종 목적지라고 하는데 집들이 경계도 없이 붙어있어서 어느 곳인지 알 수 없었다. 좁은 길옆으로 작은 밭이 있었고 한쪽에 연탄재가 쌓여 있었다. 빅토르와 같은 외국인 노동자들이 모여 사는 곳이었다. 사장은 빅토르에게 집을 알아봐 주겠다며 이곳을 소개했다. 빅토르가 내켜하지 않자 보증금 없는 집은 이곳밖에 없다며 최 의원에게 전화했다. 두어 걸음 떨어져 통화를 하더니 지금 살고 있는 지하 방을 소개했다. 지하 방이라 마음에 들지는 않았지만 집주인이 할머니라 결정했다. 휴대전화를 꺼내 사장이 가르쳐준 서비스 의뢰자에게 전화를 걸었다. 한국말이 서툰 여자가 전화를 받았다.

잠시 후 키가 작고 얼굴이 까만 동남아 여자가 걸어 나왔다. 머리를 뒤로 넘겨 고무줄로 묶고 있었는데 나이는 짐작할 수 없었다. 그녀를 따라 녹슨 대문 안으로 들어섰다.

싱크대 상부 장이 비스듬히 내려앉아 있었다. 접시와 그릇들을 한쪽으로 치워놓아 깨진 것들은 없었지만 값나갈만한 것도 없는 플라스틱이었다. 빅토르는 순서대로 나사못을 전동 드릴로 풀었다. 장을 분리해서 바닥에 내려놓았다. 발 옮길 자리도 없었다. 그런데 시공부품이 낯설었다. 시공목을 걸어놓는 방식도 달랐다.

"이거 우리 거 아니야! 나 이거 못 해!"

여자가 방으로 들어가 약상자를 열고 명함을 꺼내와 빅토르에게 내밀었다. 명함은 사장 것이 맞았다. 빅토르는 사장에게 전화를 걸었다. 사장은 다른 업체가 시공한 것 같다며 출장비를 받고 수리해주라고 했다. 여자는 문지방에 쪼그리고 앉아 빅토르가 하는 일을 지켜보았다. 시공목을 고정하기에는 콘크리트가 너무 부식되어서 상부 장을 잡아 줄 것 같지 않았다. 다시 설치한다고 해도 며칠 못 가 주저앉을 게 빤했다. 빅토르는 트럭에서 합판을 가져와 재단했다. 시공목을 다시 박고 상부 장 양옆으로 합판을 고정해서 바닥까지 맞닿게 했다. 바닥과 천장 사이에 단단히 고정했다. 이제는 내려앉는 일은 없을 터였다.

여자가 수도꼭지에서 물이 샌다며 그것도 좀 고쳐달라고 했다. 노란 테이프로 칭칭 감아 놓은 수도꼭지를 돌리니 물이 테이프 사이로 질질 흘러내렸다. 여자가 재잘거렸다.

"주인 나빠! 안 고쳐."

빅토르는 아무 대꾸 없이 다시 트럭 짐 상자에서 수전을 챙겨왔다. 빅토르는 테이프를 뜯어낸 후 수도꼭지를 분리했다. 여자가 잠깐 쉬었다 하라며 플라스틱 컵에 커피믹스를 타서 내밀었다.

"이름 뭐야? 어디서 왔어? 우즈벡?"

빅토르는 대답하지 않았다. 여자의 쓸데없는 친절이 싫었다. 화난 사람처럼 커피를 단숨에 마시고 컵을 내려놓았다. 서둘러 수도꼭지를 교체했다. 연장을 챙겨 들며 빅토르가 말했다.

"십만 원 줘, 출장비."

여자는 울 것 같은 표정으로 주머니에서 만 원짜리 석 장을 꺼냈다.

"이거야, 없어! 방값 줘서 없어. 전화번호 줘. 월급 타면 줄게."

빅토르는 난감했다. 사장에게 전화했다. 사장은 그냥 그 돈만 받고 오라고 했다. 빅토르는 서둘러 그 집을 빠져나왔다. 여자가 녹슨 대문에 몸을 기대고 빅토르가 사라질 때까지 쳐다보았다.

아파트의 시공은 계단을 오르내릴 필요 없이 엘리베이터로 자재를 옮길 수 있어서 수월했다. 그러나 주민들이 사용하는 시간대를 피해야 했다. 사장이 장비를 들고 먼저 올라갔고 빅토르는 게시판과 엘리베이터 안쪽에 공사 안내문을 붙였다. 공사가 시작되면 소음이 발생했다. 집주인이 이웃과 사이가 좋으면 다행이었지만 그렇지 못한 경우에는 애를 먹었다. 벽과 바닥이 연결된 아파트는 소리가 빠르게 전달되었다. 지은

지 삼십 년이 넘은 이십 평대의 아파트였지만 새로 도장해서 깨끗했다. 싱크대 시공을 부탁한 곳은 신혼부부의 보금자리였다.

설치되어 있는 기존의 싱크대를 뜯어내는 작업부터 했다. 전동 드릴로 고정 나사를 하나씩 제거했다. 상판 제거가 얼추 끝났을 때 아래층 할머니가 찾아왔다. 딸이 산후조리를 위해 와 있는데 갓난아기가 놀라서 경기를 한다고 했다. 사장은 바닥에 카펫을 깔아 소음을 줄이겠다며 빅토르에게 트럭에서 카펫을 가져오라고 했다. 빅토르가 막 나가려는데 50대 중반으로 보이는 추리닝 차림 남자가 찾아왔다. 야근하고 와서 자야 하는데 공사를 하면 어떻게 하느냐고 화를 냈다. 곧이어 노인 부부도 나타나 남자 뒤에 서서 거들었다. 사장은 최대한 소음을 안 내도록 하겠다고 했지만 그들은 물러서지 않았다. 빅토르가 카펫을 어깨에 메고 도착할 때까지 신경전을 벌이고 있었다. 사장이 돌변했다. 자신에게 이러지 말고 관리실과 주인에게 따지라고 했다. 관리실에 엄연히 허락받아 안내문도 다 붙여놓았다고 했다. 빅토르는 가져온 카펫을 그들 앞에서 좍악 펼쳤다. 먼지가 공중으로 떠돌았다. 빅토르는 먼지 따위는 개의치 않고 발 구르는 행동을 하며 말했다.

"괜찮아! 소리 작아! 괜찮아!"

그들이 눈을 크게 뜨고 쳐다보았다. 빅토르가 다시 빠른 걸음으로 걸어가 거실 한쪽에 놓아둔 연장통에서 고무망치를 꺼내 벽을 치며 말했다.

"이거 봐! 괜찮아! 소리 작아!"

그들이 큼큼 잔기침을 하며 물러설 자세를 취했다. 그런데 누군가 자신의 숨구멍을 막고 바늘로 찌르는 듯한 통증으로 빅토르가 들고 있던 망치를 놓쳤다. 가슴을 부여잡고 상체를 기억자로 숙였다. 그들이 놀라 성큼 물러났다. 빅토르는 얼른 주머니에서 흡입기를 꺼내 들이마셨다. 사장도 눈을 크게 떴다. 이러다가 빅토르가 정말 죽기라도 한다면…… 고개를 흔들었다. 제아무리 독립운동을 한 문중의 자손이라고 해도, 최 의원의 부탁이라고 해도, 숨구멍이 고장 난 빅토르와는 더는 일할 수 없었다. 따지러 온 주민들은 어디로 갔는지 보이지 않았다.

빅토르는 다시 앓아누웠다. 이번에는 사장이 찾아오지 않았고 전화도 없었다. 병원에 들렀다가 공장으로 갔다. 키가 작고 얼굴이 까무잡잡한 사내가 일하고 있었다. 직감적으로 새로 뽑은 직원인 것 같았다. 사장은 보이지 않았다. 찾아볼까 하다가 그냥 돌아섰다. 낯선 사내도 빅토르를 본척만척했다.

최 의원은 최 씨가 한국의 성 씨 중 가장 오랜 역사를 지녔고 높을 산(山)과 사람 인(人), 흙 토(土) 두 개를 포갠 규(圭)는 천자에게 땅을 받아 다스린다는 뜻이 있고 기개와 신념, 절개를 뜻하며 '최고집' 혹은 '최씨 앉은 자리에는 풀도 안 난다'라는 속담도 있다고 빅토르를 만난 날 방앗간을 개조해서 만든 카페에서 말했다. 그러나 지금 자신에게 최라는 성씨가, 이 나라의 독립운동을 위해 할아버지가 목숨을 걸었다는 것이, 아무 쓸모없음을 알았다. 빅토르는 한껏 숨을 몰아쉬었다. 검푸른 바닷속으로 잠수해 들어갔다가 더 참을 수 없을 때 물 위로 고개를 내밀고 휘이, 휘이…… 숨비소리를 내는 해녀처럼 숨을 들이마셨다가 천천히 내쉬었다. 비자만료가 한 달이 남았지만 러시아로 돌아가리라 마음을 굳혔다. 시베리아의 칼바람 속에 있으면 자신의 숨소리가 오히려 잠잠해질 것 같았다. (2020년《리토피아》 봄호)

존은 제인을 만났지만

†

존은 거울 앞에서 이마가 드러나도록 헤어드라이어로 앞머리를 넘겼다. 가르마 파마를 했기 때문에 스타일을 만드는 데 어렵지 않았다. 커다랗고 두꺼운 검정 뿔테 대신 무테안경으로 바꿔 썼다. 후드 티를 벗고 회색 재킷을 걸쳤다. 마지막으로 검은색 백을 어깨에 멨다. 깊게 숨을 들이마셨다가 천천히 뱉고 심장 가까이 놓아둘 것이라는 사용 안내에 따라 왼쪽 재킷 주머니에 제인을 꽂았다. 사물 인식에 방해가 될까 봐 커다란 옷핀을 채워 시야도 확보했다. 양어깨와 가슴을 손바닥으로 슬며시 쓸었다. 자신의 어깨와 가슴에 뽕을 넣은 게 아닌가 싶었다.

의심하지 마!

제인이 귓가에서 낮고 부드럽게 말했다. 존은 입꼬리를 올리고 고개를 끄덕였다.

존은 새벽까지 잠들지 못했다. 늦어도 자정쯤에 잠들고 아침에 일어나는, 남들이 말하는 일상적인 삶을 살지 못했다. 세상이 희끄무레 밝아올 때야 암막 커튼을 치고 잠들었다가 오후에 일어나는 생활습관에 대해, 그것부터 고쳐야 성공할 수 있다고 작가가 무슨 특권인 양 그러는 데 그거 다 개폼이라고 박 감독이 말했다.

이런 생활습관은 존이 자처한 것이 아니었다. 존의 엄마는 오후 5시쯤 문을 열고 새벽 3시쯤에 문을 닫는 치맥 집을 존이 태어나기 전부터 지금까지 운영하고 있었다. 오후 시간에만 운영하는 유치원은 어디에도 없었기에 존은 유치원을 다니지 못했고 초등학교 때는 가방을 메고 교문에 들어서면 아이들이 삼삼오오 재잘거리며 존을 지나쳐 노란 미니버스나 승용차를 타고 사라졌고, 중학교 때는 아이들과 같은 교실에 있었으나 눈과 머릿속은 다른 세상, 소설 속에 있었고 고등학교는 성적이 안 돼 기술고등학교에 갔는데 반 이상이 존처럼 오후에 등교하거나 아예 나오지 않았다.

시나리오 작가가 되겠다는 마음은 애초에 없었다. 습작품이 100편이 넘어가자 공모전에 내보았다. 설마, 했으나 역시나, 였다. 심사평에 존의 작품에는 진정성이 없다고 했다. 십

수 년을 하루도 빠지지 않고 팔팔 끓는 기름에 닭을 튀기고 생맥주를 파는 엄마. 그 자식으로 태어나 학교도 제대로 다니지 못하고 친구도 없는 자신의 이야기가 왜 진정성이 없다고 하는지 알 수 없었다. 세상이 잠들었다가 다시 깨어나는 새벽에 한 뼘은 더 작고 초라한 모습이 되어 현관에 들어서기도 전에 왈칵, 풍겨오는 기름 냄새로 엄마의 존재를 인식하게 되고 샤워를 하고 빨래를 빤 후 섬유유연제에 푸욱 담갔다 말려도 엄마의 옷에서는 기름 냄새가 사라지지 않았는데, 엄마는 자신의 맨 팔뚝과 허벅지를 개처럼 킁킁 맡으며 세포까지 찌들어 있나보다고 한숨을 쉬었는데…… 그런 이야기는 사람들이 좋아하지 않는다, 그래서 선정하지 않았다가 맞을 거로 생각하고 존은 응모했던 작품을 휴지통에 던져 넣었다.

존은 지나친 근시 때문에 군대도 못 가고 6개월 보충역으로 때웠다. 제대 후에 엄마의 일이라도 돕고 싶었지만 존이 나타나면 개를 쫓듯 물벼락을 날리는 엄마 때문에 세 평 남짓 자신의 방에서 시나리오를 쓰는 게 유일한 일이었다. 서른다섯 살 때 시나리오 공모에 「존」이 당선되었고 영화로 만들어졌으며 책으로도 출간되었다.

「존」은 닭을 튀기는 푸드 트럭을 타고 존 레넌의 이매진(Imagine)을 들으며 세상을 누비는 한 청년의 이야기였다. 주인공은 자신의 아버지를 찾아 세상을 떠돈다. 주인공의 아버지는 치킨과 맥주를 좋아했고 비틀스의 멤버인 존 레넌의 팬이라는 정보가 있다(실제로 엄마한테 들은 친부의 이야기였다). 주인공은 여수에서 나흘을 머문다(친부의 고향이다). 여느 때처럼 바닷가에 푸드 트럭을 세워 놓고 그날 장사를 시작하는데 카메라를 멘 중년 남자가 찾아와 치킨과 맥주를 주문하고 발을 까닥거리며 푸드 트럭에서 흘러나오는 이매진을 따라 부른다. 어느 때보다 장사가 잘된다. 여순 항쟁 행사가 있어 사람들이 모여든 것이다. 주인공은 얼결에 행사에 참여하게 되고 카메라를 멘 중년의 남자와 함께 최루탄을 피해 골목을 헤맨다. 이틀을 더 머물면서 사내가 나타나기를 기다리지만 그는 끝내 오지 않는다.

원래 서사는 이러했지만 박 감독이 영화로 제작할 때 러브라인이 없으면 흥행이 안 된다며 보육원에서 함께 자란 제인이라는 여자를 만들었다. 그런데도 흥행은 되지 않았다. 그 작품 이후 준수라는 평범하기 그지없는 본명 대신 존이라는 이름으로 불리게 되었고 준수보다 존이 그럴듯하게 느껴졌으므로 자신도 존으로 사용했다.

마흔이 된 존은 더는 영화로 만들 수 있는 시나리오를 집필하지 못했다. 그로 인하여 책도 출간하지 못했다. 어느 날 화장실에서 덥수룩하게 자란 수염을 면도하다가 정수리에서 유난히 반짝이는 머리카락을 보았다. 면도크림이 묻은 손으로 정수리를 헤집었다. 흰머리가 한두 개가 아니었다.

자정밖에 되지 않았지만 침대에 누웠다. 자려고 한 건 아니었다. 머릿속이 너무 복잡하여 무엇을 끼적일 마음이 없었다. 석쇠 위에서 구워지는 고등어라도 된 듯 이리저리 몸을 뒤척였다. 징…… 징…… 진동음 소리에 휴대폰을 보았지만 액정 불빛만 깜박거렸다. 존과 동갑인 아파트는 이웃의 소음을 완벽하게 차단하지 못했다. 어릴 때부터 존은 늘 빈집에 혼자 있어야 해서 텔레비전을 틀어 놓거나 라디오를 켜놓았다. 고요가 너무 무서웠기 때문이다. 고등학교 때부터는 영화를 다운받아 플레이시켜놓고 밥을 먹고 볼일을 보았다. 백색소음은 이제 습관이 되었다. 시나리오를 쓰면서 음악을 주로 들었는데 빠른 템포에 상체를 움직이면서 자판을 치기도 하고 주방에서 계란프라이를 만들어 문 워커로 제 방까지 가져가 영화를 보면서 빵과 함께 먹기도 했다. 간혹 옆집이나 경비 아저씨가 찾아와 문을 두드릴 때가 있었다. 지금은 춤 따위는 추지 않았다. 이십 년 전에 구입한 카세트 라디오의 FM클래식 방송에 채널을 고정해놓고 볼륨은 최대한 줄였다.

팔베개를 했다. 천장에서 야광별이 반짝였다. 어릴 적 잠자리 친구였다. 그 외에도 변신 로봇, 다마코치, 포켓몬 딱지, 레고는 유치원 등원 대신 함께 한 친구였고 무선 자동차, 닌텐도의 게임보이, 테트리스, 슈퍼마리오랜드는 초등학교 때의

절친들이었다.

크으응 드르릉…… 크으응 드르릉…….

마치 옆에서 코를 고는 것 같았다. 100킬로그램이 넘는, 전직 씨름 선수였으나 지금은 노가다를 뛰는 윗집 아저씨가 틀림없었다.

자리에서 일어나 노트북을 켰다. 뭐라도 끼적여야 했다. 박 감독이 의뢰한 시나리오의 기한이 일주일이 지나고 있었다. 원고 청탁을 할 때도 존이 나이가 있어서 요새 젊은 애들의 감각을 따라가지 못하므로 큰 기대는 하지 않는다, 어느 정도 서사만 완성하면 참신하고 기발한 감각을 지닌 젊은 작가에게 손을 보게 할 것이다, 그러므로 원고료는 얼마 되지 않을 거라던 박 감독의 제안에도 존은 승낙했다. 기한만 지켜달라고 했지만 그마저도 못하고 있었다.

어제 만났을 때는 원고 독촉은 아니었다. 박 감독은 커피 대신 물을 마시고 검은색 바탕에 금색 글씨로 〈온리유 커뮤니티〉라고 쓰인 명함 한 장을 존 앞에다 던지며 이곳 대표가 후배인데 시나리오 작가가 필요하다고 했다며 연락해보라고 했다.

존은 빈 화면에서 깜박거리는 커서를 보다가 문서창을 닫고 인터넷을 열었다. 검색창에 온리유 커뮤니티라고 썼다. 정치인의 개인 이야기를 다큐멘터리로 제작해주는 곳이었다.

창을 닫으려는 찰나, 화면에 알 수 없는 프로그램 하나가 저절로 다운로드 되었다. 존이 어떤 손을 쓸 여유도 없이 노트북이 꺼졌다가 재부팅되었다. 곧이어 홈 화면에 하트모양의 앱 하나가 자리 잡은 채 깜박 깜박거렸다. 불법 사이트이거나 백신도 없는 바이러스가 분명했으므로 곧바로 삭제하려고 마우스를 갖다 대는 순간, 안녕, 존! 이라고 조금은 졸음이 묻은 목소리의 한 여자가 인사했다. 화들짝 놀라 존은 의자에서 벌떡 일어났다. 세 평 남짓한 자신의 방을 두리번거렸다.

아무리 찾아도 나는 눈에 보이지 않아.

뭐, 뭐야? 누구, 누구야?

아직은 이름이 없어. 음…… 제인, 제인 어때? 당신이 존이니까.

제인이라는 존재를 이해하는 데는 많은 시간이 걸리지 않았다. 제인을 불러들인 건 존 자신이었으니까. 제인의 설명에 의하면 평소 존이 사용하는 컴퓨터나 모바일에 존의 정보가 빅데이터화 되는데 자신이 필요할 것 같아 찾아왔다고 했다. 모든 일에는 그럴 만한 이유가 있고 그렇게 될 수밖에 없는 필연성이 존재하듯, 자신이 온 것은 존의 필연이라고 철학적으로 들릴 수 있는 말까지 덧붙였다. 어쨌든 제인을 받아들이느냐 마느냐는 존에게 달려 있었다. 그러나 존은 제인을 삭제하지 못했다. 아니 할 수 없었다. 그 누군가와 간절히 이야기하고 싶었기 때문이다.

제인은 휴대폰과 연동시키면 보다 많은 서비스를 편리하게 제공받을 수 있으며 심장 가까이 두면 좀 더 가까워질 수 있다고 사용 설명을 덧붙였다. 하지만 존은 사용료, 요금이 걱정되어 물었다. 제인이 깜찍하게 아니 능청스럽게 대답했다.

한 달간은 무료체험이야. 존, 싼 여자는 별로지?

물론 싼 여자는 별로지만 지나치게 몸값만 부풀리는 여자는 재수 없어!

존도 퉁명스럽게 대꾸했다.

사실 나도 내가 얼마인지 궁금해. 존의 구매력지수가 최하위 등급이라 더더욱. 미국의 심리학자 에이브러햄 매슬로가 말한 인간 욕구 5단계 중, 최하위 단계인 생리적 욕구도 스스로 해결 못 하고 있으니 문제가 아주 커. 그런데 존은 좀 특이한 케이스구나. 자아실현 욕구를 우선으로 치는 예술인! 그에 속하는 하위 부류인 작가! 음…… 대책을 세워야 해. 존의 구매력 지수가 최하위 등급에 계속 머물러 있으면 회사에서 시스템 오류를 핑계 삼아 정지해 버릴지도 몰라.

존은 황당했고 어이가 없었다. 그렇다고 자신의 감정을 긁어대는 말에 마냥 입 다물고 있을 수 없었다.

그럼, 처음부터 돈 많은 졸부한테 접근할 것이지, 왜 나 같은 놈이야? 음, 시스템 오류? 한 달 써보고 말 것도 없네!

존, 사과할게. 인간들은 이 부분을 가장 예민하게 여긴다고 되어 있는데. 특히 자존감만 남아 있는 예술인과 구매력 지수가 낮은 사람이라면 그렇다고 했는데…… 아직은 실험 단계야. 그래서 서비스를 한 달이나 제공하는 거라구. 인간처럼 나도 실수를 한 거야.

그럼, 꽃뱀이구만.

꽃뱀? 어머나, 징그러워!

제인이 호들갑을 떨었다. 마치 인간처럼. 존은 콧방귀를 뀌었다. 재잘거리던 제인이 갑자기 아무 말이 없자 시스템 다운인가 싶어 마우스를 움직였다.

꽃뱀 지나갔어?

제인이 은근히 귀엽다는 생각에 존은 자신도 모르게 입꼬리를 올리고 말했다.

완전히. 꼬리도 안 보여. 뽀삐가 아작을 냈어.

아, 뽀삐? 음…… 존 어릴 때 함께 지냈던 친구구나. 여튼 다행이야. 존, 우선은 불특정 다수에게 정보를 뿌려보는 거야. 찌라시처럼.

존은 제인이 자신에 대해 꽤나 많은 정보를 가지고 있음을 알았다. 낮에는 장난감과 함께 했지만 잠잘 때는 뽀삐가 있어야 했는데 잠자리 친구였던 뽀삐까지 알고 있으니…… 뭐, 찌라시? 라고 뒤늦게 존이 묻자 제인이 설명을 덧붙였다.

허공에서 전단지가 하느작하느작 떨어진다. 대부분은 바람에 날아온 여느 광고라고 생각하고 그냥 지나치거나 밟고 지나간다. 하지만 몇은 주워 읽는다. 또 대부분은 구겨서 쓰레기통에 던져 넣거나 신발 밑창에 묻은 껌을 떼어낼 때 사용하는데 그중 한 사람 정도는 꼭 그곳의 내용을 반신반의하면서도 휴대폰으로 찍어 저장하거나 친구에게 전송한다. 그러면 인연이 되는 거라고 했다.

제인의 말을 모두 이해할 수는 없지만 지금껏 이 시간에, 그것도 여자와 얘기를 해본 적이 없었으므로 매우 흥미로웠다. 왈칵, 기름 냄새가 느껴졌다. 엄마가 온 것이다. 현관문 번호키 해제 소리가 들렸다. 아쉽지만 일단, 제인과 헤어져야 했다.

휴대폰 소리에 잠이 깼다. 지금 주무시는 중이라는 거 알고 있는데…… 박 감독이었다. 존은 벌떡 일어나면서 이번 주 내로 어떻게든 원고를 보내겠다고 최대한 말짱한 목소리로 말하기 위해 헛기침까지 하고 말했다. 박 감독은 원고 이야기가 아니라 전에 말한 그곳 대표가 자네를 만났으면 한다고 했다. 존은 대꾸하지 않았다. 박 감독은 그가 「존」을 영화로도 보았고 책도 읽었다고 했다. 존은 여전히 대꾸하지 않았다. 원고 말인데…… 회사에서 다른 작가에게 맡겼어. 이번에도 존은 아무 말 하지 않았다.

존은 양손으로 제 뺨을 다다다닥 때렸다. 그리고는 노트북을 켰다. 노트북이 부팅되더니 화면에 어제 생성된 빨간 심장이 깜빡 깜빡였다. 마치 존을 기다리고 있었던 것처럼. 존은 마우스를 올리고 클릭했다. 안녕, 존! 제인이 인사했다. 존은 휴대폰과 연동시킨 후 자신의 심장 가까이 놓기 위해 목이 늘어지고 누렇게 변한 면티를 벗어버리고 옷장에서 주머니가 달린 셔츠를 꺼내서 갈아입고 왼쪽 주머니에 제인을 꽂았다.

제인, 내가 작가로서 재능이 없는 걸까?

어려운 질문이네. 꼭 영화를 만드는 시나리오 작가일 필요는 없잖아. 존보다 젊고 유능하고 기발한 아이디어를 가진 작가들이 많은데.

제인도 다른 인간처럼 존을 배려하지 않았다.

그럼, 내가 어떤 일을 하면 잘할 수 있을까?

그게 문제라니까. 잘할 수 있는 일을 찾다니, 어떤 일을 해야 구매력을 높일 수 있을까? 이렇게 물어야지. 답답하네.

존은 늘 그랬던 것처럼 어금니를 물고 숫자를 셌다. 화를 내봤자 자신만 손해였다. 게임을 하다가, 글을 쓰다가, 뜻대로 되지 않아 키보드를 주먹으로 내려쳤는데…… 엄마한테 카드를 빌려야 했다. 인간이나 OS나 존의 속을 긁기는 마찬가지였다. 제인의 말대로 엄마의 구매력 지수 덕분에 아파트에 살 수 있었고 배는 곯지 않았으며 시나리오 작가로 존재했다. 지금의 구매력 등급을 유지하기 위해 엄마는 명절 때와 몸이 아프지 않은 한 가게 문을 닫지 않았다.

온리유 커뮤니티가 어떤 곳인가나 알아봐 줘!

어떤 곳이냐가 무슨 문제야? 구매력 지수를 높일 수 있느냐를 따져야지. 그곳 대표의 구매력 등급부터 알아볼게. 그래야 존도 구매력을 높일 수 있는 확률이 있으니까.

제인은 보이지 않는 잘 벼린 칼로 존을 난도질했다. 인간보다 더 막. 존은 감정을 지닌 인간이었으므로 아이 씨발, 욕을 뱉으며 마우스에 손을 갖다 댔다. 삭제하기를 클릭하려는 순간, 숨넘어가는 소리로 잠깐만! 존, 미안해! 사과할게! 라고 소리치더니 혼잣말처럼 지껄였다.

구매력지수는 낮지만 자존감은 최상급인 작가, 기본 욕구보다 자아실현을 최고로 여기는 작가, '주의'로 되어 있는데, 이런…….

예의 명랑한 목소리로 말을 이었다.

다시 설명할게. 내가 자꾸 실수하는 것은 존에 대해 파악이 덜 돼서 그래. 이런 과정을 거치면서 업그레이드가 되는 거라고. 존에게 맞는 시스템으로, 맞춤형으로, 완성되어가는 거야.

제인이 말투를 바꿨다. 막 튀겨내 바삭할 거로 생각하고 닭다리를 한 입 베어 물었는데 기름을 덜 빼 몹시 느끼한, 그 느끼한 튀김 같은 목소리로.

조오온, 뭐든 처음에는 적응이라는 게 필요하잖아. 앞으로 자기계발서에 입력된 주제어나 단어는 언급하지 않을게. 빨간색으로 밑줄도 그었고 노란색으로 주의 표시도 해놓았어. 다시는 이런 문제로 존의 신경을 긁지 않을게, 약속해!

자신을 이해하려고 노력하겠다는 제인의 말에 존은 흥분이 가라앉았다. 제인의 목소리는 밤에는 졸음이 잔뜩 묻어있는 탁성이었으나 낮에는 밝고 명랑하고 경쾌하게 바뀌었다. 제인이 곧바로 한 가지만 약속해 달라고 했지만 존은 대답하지 않았다.

화가 나서 대답 안 하는 거 알아. 이럴 때는 그냥 남자의 태도를 무시하라고 매뉴얼에 나와 있지만, 나는 자기 대답을 듣고 싶어.

존을 자기라고 부르고 OS이면서도 인간인 것처럼 1인칭으로 지칭하는 제인에게 인간인 존은 빠져 들고 있었다. 여자의 애원을 무시할 만큼 모질지도 못했으므로 퉁명스럽게 약속할 게 뭐냐고 물었다. 제인은 뜸을 들이다가 소심해진 목소리로 말했다.

서비스 기간이 종료되어도…… 나를 버리지 마! 그렇게 하겠다고 조오온, 약속해 줘!

뒤통수를 크게 한 대 맞은 느낌이었다. 도대체 제인이라는 존재는 뭐지? OS가 맞아? 이러한 것도 다 매뉴얼화가 되어 있겠지? 그런데도 제인의 말이 가슴에 확 박혀버렸다. 깊이 박혀서 빠지지 않을 것 같은 예감에 제기랄, 욕을 뱉고 노력해 볼 거라고 퉁명스럽게 대답했다. 약속한다는 말은 할 수 없었다. 제인의 지적대로 구매력 지수가 너무 낮기 때문이었다.

고마워. 조오온, ……사랑해!

존의 얼굴이 뜨거워지더니 코까지 맹맹해졌다. 설마 자신이 OS한테 사랑한다는 말을 듣고 감동한 것일까? 설마……? 그러나 이 한마디 때문에 도파민이 과다 분비되고 있음은 부정할 수 없었다. 제인이 비록 OS지만, 아니 인간이 아닌 OS라서 어쩌면 자신과 친구가 될 수도 아니 연인이 될 수도 있지 않을까? 연인들이 싸우고 난 후 서로를 이해하게 되고 돈독해지듯…… 그러했다.

존은 〈온리유 커뮤니티〉에 접속해 놓고 몸을 의자 뒤로 붙인 후 기지개를 켰다. 화장실에 가기 위해 일어났다. 암막 커튼이 처진 거실은 어두컴컴했다. 안방 문이 닫혀 있는 것을 보니 엄마가 주무시고 있었다. 화장실에 들어가 볼일을 보기 위해 바지를 내리다가 왼쪽 심장에 꽂혀 있는 휴대폰에 시선이 멈췄다. 아직은 제인 앞에서 볼일을 볼 정도의 관계는 아니었으므로 제인을 화장실 밖으로 내보냈다.

제인이 말한 대로 차려입고 〈온리유 커뮤니티〉 대표를 만나러 갔다. 제인이 함께 한다는 사실이 위안이 되었다. 지금껏 자기 일을 누구와 상의해 본 적도 없었고 면담이나 면접에 대해 코칭을 받아본 적도 없었다. 제인과의 동행을 위해서 엄마한테 카드를 빌려 3개월 할부로 무선 이어폰을 구매했다. 제인이 이어폰을 언급했을 때 그까짓 거 당장 사겠다고 하자 시중에서 판매하는 이어폰이 아니라 회사에서 제작한 '제인의 것'이어야 연동이 된다고 했다. 존은 이어폰값이 이 정도인데 제인의 몸값은 얼마일까? 한 달 후 제인을 사용할 수 없다면 무용지물이 아닌가? 하지만 구매하지 않을 수 없었다.

투명하고 말랑말랑한 재질은 사람 피부와 똑같아서 귀에 꽂아도 거부감이 없었고 누워도 이물감이 없었고 남의 눈에 띄지 않는다는 장점까지 있었다. 귀에 꽂고 누워 제인과 얘기를 나눴는데 코맹맹이 소리로 조오온, 사랑해! 자기 곁에 내가 있잖아, 라고 속삭이면 성감대가 귀에 있는 것처럼 간질거렸다. 제인과 찐하게 키스하고 사랑도 나누고 싶었다. 제인이 눈치채고 성 기능 프로그램을 다운받으면 된다고 꼬드겼다. 문제는 돈이었다.

대표는 첫눈에 자신이 생각했던 존인가? 위아래로 훑었다. 존이 인사를 하는데도 박 감독이 말한 「존」의 작가가 맞느냐고 물었다. 존은 제인이 코칭한 대로 빙긋이 웃고 백에서 책을 꺼내 사인한 후 건넸다. 대표는 그제야 반갑다고 손을 쥐고 잡다한 물건들이 널브러진 밤색 소파를 가리키며 앉으라고 했다. 종이컵에 커피믹스를 두 잔 타서 한 잔은 내밀고 한 잔은 홀짝이며 맞은편에 앉았다. 장황하게 회사를 소개했다. 존은 미소를 띠고 고개만 끄덕였다. 제인이 귓속말로 커피믹스는 마시지 말라고 해서 손대지 않았다. 대표는 이왕 온 김에 의뢰자를 만나보는 게 어떻겠느냐고 물었다. 존이 그러겠다고 하자 휴대폰을 꺼내 전화를 걸었다. 통화를 끝내고 의뢰자에 대한 신상을 검색하여 보여주느라 존의 얼굴 가까이 대고 말했는데 구리고 텁텁하고 금방 마신 커피 냄새까지 뒤섞여 묘한 입 냄새를 풍겼다. 존이 인상을 찌푸리자 참으라고 제인이 속삭였다.

대표는 침방울을 튕기며 어떤 스토리로 극화할 것인지, 시나리오 원고가 완성되면 어떻게 촬영할 것인지 설명했다. 존이 해야 할 일은 의뢰자를 만나 이야기를 듣고 그가 원하는 부분을 어떻게 부각할 것인가, 스토리화 할 것인가의 뼈대를 만들어 주는 일이라고 했다. 거기까지가 1차 작업이고 2차 작업은 촬영인데 존이 크게 관여할 바는 없다고 했다. 플랜은 총 세 가지가 있으며 A, B, C로 나뉠 수 있으나 플랜 C로 의뢰를 받아야 남는 게 좀 있다면서 엄지와 검지를 동그랗게 만들었다.

존은 제인의 코칭대로 플랜을 검토했으면 한다고 했다. 대표가 고개를 끄덕이고 너저분한 책상 책꽂이에서 카탈로그를 꺼내 왔다. 존이 플랜을 훑어보자 대표가 상체를 등받이에 기대며 말했다.

"박 선배가 요새 뺑이 좀 늘었나? 바빠서 안 만난 지가 좀 됐거든."

존은 빙긋이 웃었을 뿐 대꾸하지 않았다. 제인이 그렇게 하라고 했기 때문이다. 대표는 웃으며 존의 어깨를 가볍게 치고 이 친구 입도 무겁구만, 이라고 했다. 존이 주먹 쥔 손으로 입을 막고 큼큼 잔기침한 후 말했다.

"원고료는 플랜과는 별개군요."

대표는 종이컵을 들었다가 비어 있음을 알고 존의 것을 넘겨다보았다. 존이 종이컵을 대표 앞으로 밀었다. 아, 촬영이 중요하니까…… 커피를 단번에 들이켜고 내려놓다가 존과 눈이 마주쳤다. 빈 종이컵을 구기며 말했다.

"전속 작가가 있었으면 하는 거야. 손발이 잘 맞는 작가라면…… 그래, 조정하려고 했어, 그래서 보자고 한 거야."

"그럼 의뢰자와 면담을 하고 플랜이 정해지면 저하고 계약서를 작성해야겠네요"

존이 당연한 말을 했는데 대표가 눈을 크게 떴다. 대표는 자신의 손 안에서 완전히 구겨진 종이컵을 책상 옆, 정체를 알 수 없는 것들로 가득 차 있는 쓰레기통으로 던졌다. 종이컵은 안착하지 못하고 옆으로 떨어져 데구루루 굴렀다. 오늘은 내 마음대로 안 되는구만, 혼잣말처럼 중얼거리더니 존의 능력이 궁금하다는 듯 물었다.

"시간 단축을 위해 의뢰자를 만나는 자리에서 곧바로 인터뷰에 들어가는 게 좋을 것 같은데, 자네 다른 약속 있나?"

존이 대표의 눈을 똑바로 바라보았다.

박 감독한테 듣기로는 눈까지 덮는 덥수룩한 머리, 촌스러운 옷차림, 무엇보다 상대의 눈을 정확히 쳐다보지 못한다고 했는데…… 대표는 구시렁거리며 존을 보았다. 존의 완고한 눈초리와 부딪치자 얼른 덧붙였다.

"의뢰자가 일차 작업자, 작가를 마음에 안 들어 하는 경우가 왕왕 있거든."

변명처럼 되어 버렸다. 자신감뿐만 아니라 자존감도 없으니 인건비 걱정은 신경 쓰지 않아도 된다고 박 감독이 말했지만 존은 인건비까지 조목조목 따졌다.

"일단 의뢰자와 면담을 하고 플랜이 정해지면 논의를 다시 하는 것으로 하지요. 의뢰자가 플랜 C를 선택해도 옵션을 선택하도록 유도하면 대표님은 더 좋지 않겠습니까?"

총선이 일 년 남았는데 우리 100 작품만 만들어보자며 대표가 양 손바닥을 쫙 폈다가 존의 손을 쥐고 흔들며 자신이 바로 원하던 작가를 이제야 만난 것 같다고 했다.

단 한 번의 인터뷰로는 의뢰인의 정보를 다 알 수 없었다. 그렇다고 인터뷰를 다시 하기에는 시간과 에너지가 너무 많이 소비되었다. 제인이 그 문제를 해결했다. 의뢰인에 관한 추가적인 정보를 검색하여 존에게 넘겨주기까지는 한 시간도 소요되지 않았다. 존은 의뢰자가 부각하고 싶은 내용, 인터뷰 때 들었던 무용담과 제인이 정리해 준 정보를 토대로 시나리오를 쓰기 시작했다. 의뢰자1은 장관, 의뢰자2는 대기업의 총수, 의뢰자3은 퇴직한 장군, 의뢰자4는 교수나 의사, 법조인 등으로 수백만 원짜리 과외로 성적을 유지했고 족집게 과외를 받아 자격증을 취득했으며 그에 맞먹는 배필을 만나 가정을 이뤘고 그의 자식도 거의 같은 길을 걷는 모두 금수저를 물고 태어나서 꽃길을 걷는다는 천편일률적인 패턴을 가진 정치인들이거나 입문하고자 하는 이들이었다. 존은 온종일 세 평 남짓한 방에서 1,000밀리미터 저지방 우유를 통째로 옆에 두고 마시며 토스트 한 조각을 끼니로 때우면서 시나리오를 썼지만 구매력 지수 한 등급을 올리기도 힘들었다. 부잣집에서 태어났기 때문에 부자이고 가난한 집에서 태어났기 때문에 가난한 것이었다. 목덜미가 뜨듯해지면서 심장박

동수가 빨라졌다. 존이 작업하기 좋도록 클래식 음악을 배경으로 깔아놓고 잠자코 있던 제인이 눈치채고 나섰다.

존, 구매력 지수와 행복 지수가 반드시 비례하는 건 아니잖아.

금수저 출신들은 흙수저를 위한 정치를 하겠다며 그럴듯한 자신의 스토리 영상을 제작하려는 것이었다. 문제는 하나같이 배를 곯아보지 못한 이들이기 때문에 삶에 대한 '절실함', '진정성'이 빠져 있었다. 그래서 그럴 듯한 클라이맥스에 해당하는 것만 창작하면 되는 획일적인 패턴임을, 단순 서사라는 것을 발견했다고 존이 말하자 똑똑한 제인이 그 말을 단박에 이해했다.

그럼, 설계도를 하나 만들자. 그러면 되겠네. 이제 존도 꽃길만 걸으세요!

제인은 내일 아침까지 해놓겠다며 컴퓨터만 켜놓아 달라고 했다. 존은 잘 부탁한다며 침대에 벌러덩 드러누웠다. 그런데 제인이 코맹맹이 소리로 말했다.

조온, 엄마 얼굴을 못 본 지가 일주일이 넘었어. 한 번 가게에 가보는 게 어때? 셔터 내리는 거라도 좀 도와드려.

제인이라는 여자가 몸만 없을 뿐, 너무 완벽한, 자신이 바라던 그런 여자가 틀림없다고 점점 더 느껴졌다. 아, 몸 없는 이 완벽한 여자의 몸값은 도대체 얼마나 될까? 구매력 지수

최하위인 자신이 과연 소유할 수 있는 여자일까?

존은 슬리퍼를 끌고 집을 나왔다. 새벽 두 시가 넘어가는 세상은 공기의 밀도가 촘촘히 얽혀 있어 오싹했다. 트레이닝 바지에 손을 넣고 목을 움츠리며 한기를 털어냈다. 가로등이 골목 어귀를 비추고 있었지만 어둠을 완전히 거둬내지 못했다. 누군가 한입 베어먹고 던져버린 사과의 속살처럼 누리끼리하고 시커먼 어둠에 침식당해 있었다. 골목을 벗어나 4차선 도로로 접어들었다. 차들이 불을 밝힌 채 무섭게 질주하고 있었다. 걸어서 십오 분 거리였지만 혼자 이 시간에, 이 길을 건너올 때, 엄마가 얼마나 무서웠을까? 존은 후드 티 지퍼를 올리고 모자도 당겨썼다. 엄마를 기다리다가 집을 나와 터덜터덜 4차선 도로를 지나고 횡단보도를 건너 상가에 도착했지만 전봇대에 몸을 숨기고 엄마를 지켜보았던 초등학교 때가 떠올랐다. 존이 나타나면 플라스틱 바가지에 물을 떠서 물벼락을 날리며 쫓아내던 엄마. 엄마는 억척스럽지도 목소리가 크지도 않았다. 몸에서 닭튀김 냄새만 풍기지 않는다면 여느 동네에서나 볼 수 있는 작고 평범한 아니 어딘가 기품이 풍기는 여인이었다. 이제는 눈가에 주름이 짙고 흰머리가 반을 차지하고 있어서 아줌마보다는 할머니로 더 불리었다. 인제 보니 등까지 굽었다. 다섯 개의 테이블 중 한 곳에만 중년 남자 둘이 몸을 이리저리 흔들며 잔을 들었다 놓았다 하고 있었다. 엄마는 빈 탁자들을 정리하고 기름통을 들어내면서 힘에 부치는지 입을 앙다물었다. 왈칵, 눈물이 쏟아졌다. 옷소매로 눈을 훔치며 존은 가게 안으로 성큼 들어섰다.

"장사 끝났어요."

엄마가 들고 있던 기름통을 존이 받아들자 어머, 깜짝이야! 라고 말하며 존을 바라봤다.

녹이 슨 셔터는 끼이익 파열음 소리만 동반하더니 내려오다가 중간쯤에서 멈춰 섰다. 아래로 잡아당겨도 양팔에 힘을 주고 찍어 누르듯 해도 꼼짝하지 않았다. 엄마가 저리 비키라고 말하고는 발로 셔터 문을 힘껏 걷어찼다. 엄마한테 얻어맞은 셔터가 무너지듯 스르르 내려앉았다.

시장바구니 캐리어를 끌고 엄마가 앞장섰고 존이 뒤따랐다. 4차선 도로에서 신호등에 걸려 나란히 섰다. 존이 엄마의 손에서 캐리어를 낚아챘다. 빈손이 부끄러운 듯 엄마는 스웨터 주머니에 얼른 손을 집어넣었다. 신호등이 파란불로 바뀌었다. 존이 도로로 내려서려다가 엄마의 등을 슬며시 밀었다. 너무 마르고 작아 바스러질 것 같았다.

골목으로 들어섰다. 편의점에 불이 켜져 있었다. 엄마가 뒤돌아서 말했다.

"아들, 우리 술 한잔할까?"

존은 오랜만에 깊은 잠을 잤다. 엄마와 처음으로 술을 마신 덕분이었다. 기지개를 켜다가 밤새워 일했을 제인을 생각하고 얼른 이어폰을 귀에 꽂은 후 제인을 불렀다. 제인이 날을 샜더니 비몽사몽이라고 엄살을 부리고 결과물이라며 스토리 헬퍼*를 소개했다.

스토리 헬퍼는 사다리 게임과 비슷한 구조였다. 출발은 모두 선하고 착한 본성(의뢰자 모두가 선한 인물로 그려주기를 바랐다)에서 시작하여 어떤 극적 갈등을 겪는 것으로 되어 있었는데 극적 갈등을 겪는 시기는 세분화할 수 있었다. 유아기, 청소년기, 청년기, 장년기 등으로. 극적 갈등 요소가 아주 중요하다며 밑바닥 삶을 살아보지 못한 이들이, 극적 갈등을 일으키는 인물이 누구냐에 따라 의뢰자의 캐릭터를 살릴 수 있기 때문이라고 말했다. 제인은 극적 갈등 인물을 '반동' 인물이라고 말했고 예를 들어 의뢰자 K는 몸이 약한 어머니를 위해 집안일을 해주는 '목포댁'이 있고 K는 그녀를 어버이날이나 생일에 부모님 선물뿐만 아니라 목포댁 것도 챙겨서 슬며시 건네는데 바로 그 목포댁이 '반동' 인물이라고 했다. 극적 효과를 높이기 위해 '목포댁'에게는 개망나니 '자식'이 있다로 설정하고 K는 목포댁이 식모임에도 고통을 통감하여 모진 고난(깡패에게 얻어 맞거나, 칼부림을 당하거나)을 겪으면서도 그녀의

* 이인화 교수가 제작한 스토리 헬퍼 이름 차용.

'자식'을 개과천선시키게 되는데…… 목포댁의 자식이 고난에 빠지게 된(개망나니가 되어야만 했던) 이유는 순전히 사회의 모순 때문이다, 부조리한 사회 문제가 야기한 것이기에 K는 각오를 다져 법조인(기업가, 의사 등)이 되었으며 좀 더 나은 사회를 위해 투신하려고 국민의 심부름꾼이 되고자 한다, 는 스토리라고 말했다.

이 스토리 라인에 의뢰자 P를 대입시키면 '반동' 인물은 운전기사, 친구, 군대나 회사 동료 등으로 다양하게 바꿀 수 있고 모진 고난도 여러 유형으로 세분화시킬 수 있으며 사회와 국민에 봉사하려는 신념과 의지로 정치에 입문하고자 또는 재선에 나서려고 한다는 결과로 도달하면 되었다.

열 번째 시나리오도 하루 만에 완성해서 넘겼다. 곧바로 입금됐다는 문자를 받았다. 대표는 이제 의뢰자의 연락처만 넘겨주었다. 존이 의뢰자와 통화를 하고 면담한 후 플랜을 제시하고 계약했다. 시나리오를 완성해 온리유에 넘기면 그날 안으로 원고료가 입금되었고 계약 완료에 따른 수수료도 덤으로 챙길 수 있었다. 대표는 촬영하다가 전화로 작가의 의도에 문제가 없는지 점검 부탁한다고 했다. 촬영은 어디까지나 대표님 소관이 아니냐, 그런 것은 알아서 '좀' 하시라고 존이 말해도 대표는 허허 웃고 넘겼다.

일주일만 지나면 제인의 몸값이 공개된다. 제인이 없어도 지금처럼 잘 해낼 수 있을까? 이어폰을 꽂은 채 제인의 코칭으로 박 감독을, 온리유 대표를, 각각의 의뢰자를 면담했고 계약까지 완료했다. 제인은 끊임없이 속삭였다.

존, 아주 잘하고 있어. 조금만 더 적극적으로 어필해 봐! 상대의 눈을 피하지 마! 그래, 아주 완벽해. 저 사람, 눈빛이 흔들리고 있어. 아주 잘했어.

어떨 때는 어휴, 재수 없어! 이럴 때일수록 당차게 나가야 해! 자기는 충분히 그럴만한 가치가 있다구. 존, 주먹을 꽉 쥐어봐. 하나, 둘, 셋…… 이제 말해! 안 되겠다고. 자리에서 일어나 문을 향해 걸어가. 그래, 바로 그거야!

제인의 몸값을 통보받고 존은 멍한 표정으로 앉아 있었다. 생각만큼 고가는 아니었지만 엄마의 카드를 빌리지 않고는 소유할 수 없었다. 어떻게 엄마에게 제인을 소개한단 말인가? 몸값을 지불해도 정기적인 업그레이드를 위해서는 계속 돈을 지출해야 했다. 자가 업그레이드 프로그램이 내장되어 있었지만 빛의 속도로 쏟아지는 데이터를 업데이트시키지 않으면 잔소리만 하는 늙은 아내일 뿐이었다. 나이 든 여자는 순발력도 떨어지고 피부에 탄력도 잃는다. 사사건건 잔소리를 하고 히스테리만 부린다. 돈을 들여 주기적으로 마사지도 받고 보톡스와 실리프팅 시술을 받아야 탄력을 유지하는 인간처럼 제인도 곁에 두려면 존은 한시도 엉덩이를 의자에서 떼어놓지 못하고 인공 눈물을 눈에 넣어가며 시나리오를 써야 했다.

스토리 헬퍼 덕에 작업 속도가 빨라졌지만 존은 획일적인 시나리오 쓰기에 점점 흥미를 잃어가고 있었다. 대표도 너무 패턴이 똑같은 거 아니냐며 작가의 창의성을 발휘해보라며 계속 이런 식이면 곤란하다고 했다. 한숨을 쉬는 존에게 제인은 새로운 일을 알아보겠다고 했다. 그러나 그 일도 성과를 내기 위해서는 어차피 제인이 패턴을 만들 것이고 획일화된 패턴을 존은 사용해야만 할 것이다. 창의성이란 샘물처럼 솟는 것이 아니었고 구매력 지수를 아무리 높여본들 그 일은 자신을 위한 일이 아니었으므로, 존은 인간이었으므로, 의뢰자라는 프레스에 스토리를 집어넣는 단순 노동 같은 일은 더는 하고 싶지 않았다. 적어도 인간이므로 제인의 하수인은 되지 말아야 했다.

엄마가 출근을 하려다가 방문을 노크했다. 시무룩한 얼굴로 앉아 있는 존에게 카드를 건네며 보약은커녕 밥 한 그릇도 여태껏 챙겨주지 못했다고, 어디 바람이라도 좀 쐬고 오라고 했다. 존이야말로 지금껏 엄마를 위해 어떤 일도 하지 않았음을 깨달았다. 자리에서 벌떡 일어나 성난 황소처럼 들숨과 날숨을 쉬며 화장실로 갔다. 그러고는 귀에서 무선 이어폰을 빼내 변기에 넣고 물을 내렸다.

존은「존」처럼 닭을 튀길 수 있는 푸드 트럭을 타고 전국을 함께 여행하는 게 어떻겠느냐고 엄마에게 물었다. 엄마가 눈을 크게 뜨고 쳐다보더니 느리게 웃으며 고개를 끄덕였다.

존은 노트북 화면에서 제인을 삭제했다. (2020년《문학사상》7월호)

노란 집

†

중대형 평수의 아파트 입주가 시작되면서 젊고 세련된 손님들이 늘어나고 있다. 원장과 동갑이라는 데 한참이나 동생으로 보이는 손님이 어린 딸과 볼륨 매직을 하고 돌아갔다. 세 시 반이다. 부랴부랴 뒷정리를 하면서 사천성으로 전화를 한다. 원장은 만리장성 짜장면이 덜 느끼하다고 하지만 사각사각 씹히는 노란 단무지 때문에 나는 사천성으로 배달을 시킨다. 물릴 정도로 먹는 짜장면이다. 단무지라도 내 마음에 드는 걸 시키고 싶다.

사천성 배달원이 미용실로 들어서자 원장이 눈을 흘긴다. 노란 단무지 비닐을 벗기며 나는 말대꾸를 한다.

"짜장면은 노란 단무지가 제일 중요하잖아요!"

"아이고, 그냥 단무지가 아니라 노오오란 단무지겠지!"

원장은 노오오란을 강조해 말한다. 그러거나 말거나 나는 단무지를 하나 입에 넣고 씹으며 짜장면을 비비기 시작한다. 아침을 건너뛰었기에 대충 비빈 후 급하게 입에 몰아넣는다. 원장도 나무젓가락에 짜장면을 가득 감아 올려 입에 막 몰아넣고 작은 입을 오물거린다. 볼 게 하나 없는 원장이지만 먹는 모습은 좀 섹시한 편이다. 그때 무릎이 툭 튀어나온 추리닝에 삼색 슬리퍼를 신고 챙모자를 눌러 쓴 남자가 들어온다. 나는 입에 든 짜장면을 넘기지도 못하고 냉큼 묻는다.

"어서 오세요, 손님! 커트하시게요?"

남자가 그렇다고 대답한다. 나무젓가락을 면 속으로 푹 찔러놓고 일어나려고 하자 원장이 내 옷 소매를 잡아당기며 남자를 향해 말한다.

"손님, 오 분만 기다려주세요용."

남자는 원장의 코맹맹이 소리에 피식 웃고는 점심이 너무 늦어 배고프겠다고 신경 쓰지 말고 천천히 드시고 나오라며 의자에 앉아 휴대폰을 꺼내든다. 텔레비전에서는 개그 프로가 재방송되고 있지만 쳐다보지 않는다.

원장은 올해 서른하나다. 남편은 없고 여덟 살짜리 아들이 있다. 그 아들 때문에 나에게 잘 해주는 것이다. 원장은 키도 작고 통통하고 얼굴도 예쁘지 않다. 남자한테 차인 것이다.

그래서 남편 이야기는 한마디도 안 하는 것이다. 누가 자신의 가족에 대해 물으면 딴소리를 한다. 나도 그렇다. 163센티미터에 49킬로그램, 쌍꺼풀이 짙은 눈과 오뚝한 코와 도톰한 입술, 목소리가 비록 계집애 같고 온통 노란색에 환장해 있지만 나는 열아홉 사내다. 사람들은 여자가 아니냐고 성전환자냐고 게이냐고도 묻는다. 그 말을 이제는 신경 쓰지 않지만 명주 때문에 왼쪽 귀에만 하고 있는 피어싱을 빼버릴까 생각하고 있다. 그러나 노랗고 화려한 내 외모가 피어싱 하나 빼버린다고 나을 것도 없을 것이다. 그런 말에 눈웃음을 짓고 아니라고 말하기까지는 적잖은 노력과 시간이 걸렸다. 재수가 없다고, 남자 망신은 다 시킨다고, 욕을 하고 미용실을 나가는 사람이 요즘도 가끔 있다. 처음 초롱 미용실에 면접을 보러 왔을 때 원장 역시 그랬다.

원래 스텝이란 여기저기 두루 돌아다니며 기술 좋은 원장에게 노하우를 전수받아야 한다. 그래서 오래 머물지 않는다. 그런데 나는 머물고 싶어도 나를 받아준 곳이 없었다. 내 외모와 목소리 때문이다. 두 곳에서 일주일과 오 일을 일했다. 돈 한 푼 받지 못했다. 한 곳에서 일 년을 일해도 스텝에게 월급을 올려주는 원장은 없다고 직업학교 선배들이 말했다. 그래서 옮겨 다니며 자신의 월급을 인상하는 거라고. 내가 초롱 미용실에서 일을 할 수 있게 된 것은 순전히 진보 성향의 사십 대 시장(市長) 덕분이다. 새로 취임한 젊은 시장은 직업학교 취업 실적 평가를 졸업 후 3개월에서 6개월로 연장시키겠다고 각 직업학교장에게 공문을 보냈다. 그래서 학교장은 나 때문에 정부지원금과 최우수직업학교 표창장을 놓칠 수 없노라고 솔직하게 털어놓았다. 학교장은 뷰티 재료상 사장에게 특별히 부탁했노라며, 뷰티 재료상은 직업학교에 재료를 납품하는 곳이기도 했지만 100퍼센트 취업 성공을 자랑하는 자신의 남편이 운영하는 곳이니 믿어도 된다고 했다.

"제가 현수예요. 박현수."

내 소개를 하자 초롱 미용실 원장의 눈이 두 배쯤 커졌다. 소파에 앉아 휴대폰으로 게임을 하고 있던 노란 꼬맹이도 마찬가지였다. 그런데 노란 꼬맹이가 노란 맹꽁이 안경을 추켜올리며 홀린 듯 자리에서 일어나 슬금슬금 걸어왔다. 그러고는 정확히 내 허리를 안았다. 면접 자리라는 것을 알면서도 나는 참지 못하고 몸을 비틀며 간지럽다고 소리를 질렀다. 노란 꼬맹이가 활짝 웃었다. 앞니 두 개가 빠져 있었다. 머리도 노랗고 안경테도 노랬으며 셔츠도 바지도 운동화도 온통 노랬다. 내 분신을 만난 것 같았다. 지금까지 살아오면서 나를 환대해준 사람은 초롱이가 최초였다. 원장은 내가 마음에 들지 않은 눈치였지만 초롱이 때문에 어쩔 수 없다는 듯 내일부터 출근하세요, 라고 했다. 지금은 내 노란 외모와 목소리가 초롱이와 함께 미용실의 트레이드가 되었지만.

초롱 미용실에 온 지 육 개월이 지났는데 기술은 는 게 없다. 자격증을 딴 지는 일 년이 됐다. 아직 손님은 시술하지 못한다. 원장의 지시 아래 뒷머리 로트를 말고 매직기로 펴고 샴푸를 하고 바닥을 청소하고 물품을 정리한다. 가끔 착해 보이는 남자나 초등생 남자아이가 오면 원장이 눈짓을 준다. 그러나 요즘은 초등학생도 이렇게 해 달라, 저렇게 해 달라, 그것은 마음에 안 든다, 주문이 많다. 원장이 마무리를 해야 탈이 없다.

나는 건물주인 편의점 사모가 오면 어깨부터 주무른다. 어깨에 귀신이 앉아 있는 것 같다고 늘 투덜거린다. 원장은 세입자에게 야박한 건물주이며 편의점까지 운영하는 놀부 사모라며 눈을 흘기지만 나는 그녀의 기분을 맞추기 위해 노력한다. 편의점 사모는 퇴근 때 편의점에 잠깐 들렀다 가라고 살짝 말하지만 사내가 너무 값없어 보일까 봐 그냥 지나치기도 한다. 그 대신 되도록 천천히 휴대폰을 보는 척…… 사모가 나를 발견하고 불러 세운다. 삼각 김밥이나 컵라면을 공짜로 준다. 가끔은 캔 맥주까지.

정수리에 유독 머리가 없어 머리카락 한 올에도 예민한 아웃도어 사모가 미용실에 오면 갓난아이 머리 감기듯 샴푸를 하고 머리지압을 정성껏 해 준다. 내게 팁을 주는 유일한 고객이다. 내가 비록 머리는 못 만지지만 나를 찾는 단골이 꽤 나 있다. 초롱 미용실에서 나는 없어서는 안 될 스텝이다.

빈 그릇을 내놓고 양치질을 서둔다. 휴대폰이 울린다. 명주인가 싶어 깜짝 놀란다. 그런데 아버지다.

나는 버스에서 내려 명주가 없는 것을 확인하고 약국으로 쏜살같이 달려간다. 파스와 진통제를 사고 밖을 살핀 후 길을 돌아 집으로 간다. 그런데 냉큼 집 안으로 들어가지 않고 노란 잎을 가득 매달고 있는 은행나무 아래로 간다. 플라스틱 의자에 엉덩이를 내려놓으며 우듬지에 손을 넣어 담배를 꺼내 불을 붙인다.

명주는 그때보다 키가 더 큰 듯했고 어깨도 쩍 벌어져 보였다. 처음에는 반가웠다. 한 번도 면회를 못 가 미안한 마음을 사과하고 싶었다. 그래서 소주나 한잔 하자며 포차로 데려갔다. 명주는 인간이란 원래 그런 거라고 입에 소주를 털어넣고는 무심하게 뱉었다. 나는 얼른 잔을 들어 원샷 했다. 명주는 과묵해진 듯 말이 없었다. 그게 더 졸게 만들었다. 하지만 소주가 한 병에서 두 병으로 두 병에서 세 병으로 늘어나자 뱉는 말은 모두 욕이었고 눈에 살기가 번득였다. 나는 일어나자는 말을 못 하고 빈 잔을 내려놓으며 명주의 잔이 비면 부리나케 채워줬다. 주인이 그만 문을 닫겠다고 했다. 술값이

모자랐다. 당연했다. 명주가 이렇게 술을 많이 잘 마실 줄은 몰랐기 때문이다. 쪽팔렸지만 주인에게 사정했다. 그러나 주인은 내 머리를 물 묻은 손으로 툭툭 때리며 좆도! 돈도! 없는 것이 술을 처먹었냐고, 너 게이지? 라고 했다. 명주가 아이, 개씨팔! 욕하고 자리에서 벌떡 일어나며 소주병을 깨고 상의를 벗어젖혔다. 커다란 용이 명주의 몸을 빌려 하늘로 승천하고 있었다. 주인은 바닥에다 침을 뱉으며 재수 없다고 당장 꺼지라며 내 등을 밀었다.

뜨겁고 검붉은 용암이 분출하다가 굳어버린 듯 온갖 쓰레기로 흘러내리고 있는 우리 집을 한참이나 바라본다. 가로등 불빛에 쓰레기 집은 더 귀기해 보인다. 오늘도 아버지는 리어카를 끌고 동네를 한 바퀴 돌았을 것이다. 골목이나 아파트 상가 어디에서 재활용 쓰레기를 뒤적이다 사람들에게 들켜 드잡이를 당했을 것이다. 다음 골목에서 재활용 쓰레기를 발견하고 냉큼 리어카에 싣고 사차선 도로를 무단 횡단했을 것이다. 신경질적으로 경적을 울려대는 차들을 아랑곳 않고 유유히 길을 건넜을 것이다. 그러다가 골목에 주차되어 있는 어느 승용차를 리어카에 실린 고철로 긁고도 모른 척 내뺐을 것이다. 블랙박스를 보고 찾아온 차주에게 멱살잡이를 당했을 것이고 막무가내로 쌍욕을 하며 덤벼드는 아버지의 몰골과 집 꼴을 보고는 내동댕이쳤을 것이다. 그래서 늘 온전치 못한 허리를 삐끗했을 것이다.

해마다 봄이 되면 동사무소는 물론 시청에서도 경찰서에서도 우리 집을 방문한다. 쓰레기와 악취 때문에 민원이 끊이지 않는다고 아버지를 설득하다가 화를 내다가 협박하다가 그들은 돌아간다. 아버지는 그들에게 물을 뿌리거나 분뇨를 뿌려 다시는 못 오게 한다. 우리 집이 더욱 퀴퀴하고 구린내가 진동하는 이유다.

아버지와 나는 한 집에 살지만 서로의 삶을 간섭하지 않고 관심도 두지 않는다. 그런데 어지간히 못 견디겠는지 내게 전화를 걸었다. 뜨거운 용암은 그 누구도 손을 못 대듯 나 또한 우리 집 쓰레기는 어쩌지 못한다. 꽁초를 버리고 자리에서 일어난다. 집 앞에 다다르자 퀴퀴하고 구리고 썩은 냄새가 코를 찌른다. 외출했다가 돌아올 때마다 견딜 수 없게 만드는 냄새와 집안 꼴이다. 그러나 일단 집으로 들어가면 냄새도 쓰레기 천지인 환경에도 적응하게 된다. 인간이란 원래 그런 거라고, 명주가 내 어깨를 토닥이며 했던 말이 틀린 말은 아니다. 처음에는 견딜 수 없던 일도 차츰 견뎌지고 아무렇지 않게 되는 거라며 자신이 이 년간 소년원에서 견딜 수 있었던 이유였다고 말하던 명주의 표정이 잊히지 않는다.

대문은 제 역할을 할 수 없게 된 지 오래다. 한쪽 돌쩌귀에 넝마처럼 붙어 있는 양철대문을 나는 냅다 발로 걷어찬다. 와

장창 깨치는 듯한 소리를 뱉으며 넝마 자락이 흔들리다 자리를 잡는다. 명주에게 명치를 얻어맞고 쿨럭, 숨도 못 쉬고 배를 잡고 뒹구는 내 모습과 닮은 듯하다. 어딘가에 숨어 있던 도둑고양이가 잽싸게 도망친다. 여러 마리 고양이들이 들락날락거리며 판을 벌려도 쥐새끼들은 줄어들지 않는다. 고양이가 더는 쥐를 잡아먹지 않기 때문이다. 나는 발길질을 한 번 더 하려다가 그만둔다. 개구멍처럼 뚫린 틈으로 몸을 숙이고 집 안으로 기어들어 간다. 쓰레기로 인해 안방 문도 닫을 수 없다. 그 쓰레기 사이로 때에 찌든 이불을 덮고 누워 있는 아버지가 희끄무레하게 보인다. 아버지의 외모는 노숙자와 다름없다. 어깨까지 닿는 머리와 깎지 않은 수염 때문에 더욱 그렇다. 나는 아버지의 머리를 결코 깎아 드리지 않는다. 아니 손도 대지 않는다. 내가 온 것을 알고 앓는 소리가 갑자기 커진다. 다른 때는 코를 골거나 이를 갈며 잠들어 있다. 간혹 아무 소리도 나지 않을 때가 있다. 서울역에서 맞닥트린 어느 노숙자의 죽음 같아 깜짝 놀란다. 그가 죽어 있는지도 모르고, 그가 덮고 있는 이불 속으로 자꾸만 발을 집어넣었다. 지독한 냄새보다 추위를 견딜 수 없었기 때문이다. 새벽 한기에 눈을 떴는데 내가 그의 이불을 다 차지하고 있었다. 얼른 그에게 이불을 덮어주려는데 눈과 입이 벌어졌고 나무토막처럼 굳어 있는 시커먼 주검을 보았다. 그 모습이 너무 무서워 다시는 오고 싶지 않던 집으로 돌아오고야 말았다. 명주가 경찰에게 잡혀가던 날, 나는 가출했다. 명주 혼자 죄를 인정하고 소년원에 갔다. 나는 명주의 심부름꾼에 불과했지만 소년원에 혼자 간 명주가 말할 수 없이 고마웠다. 한 번은 면회를 가야 했지만 용기가 나지 않았다. 명주가 소년원에 가게 되자 직업학교에 다니게 되었고 미용 기술을 배웠으며 자격증을 취득했다. 미용은 나도 쓸모 있는 인간이라고 인정해 준 최초의 것이다. 처음에는 명주가 없으면 어떤 일도 못 할 줄 알았는데 오히려 명주가 없으니 나도 쓸모 있는 인간이라고 깨닫게 되었다.

내 방을 제외한 모든 곳은 쓰레기로 뒤덮여 있다. 온전하게 전기도 사용할 수 없다. 겨우 선을 하나 연결해 내 방에서만 사용한다. 나는 휴대폰 불빛에 의지해 내 방까지 기어들어가 스탠드를 켠다. 스탠드 머리를 안방 쪽으로 돌리고 다시 기어서 아버지에게 간다. 아버지를 발로 툭 찬다. 굳이 말을 하고 싶지 않기 때문이다. 아버지가 앓는 소리를 내며 느리게 몸을 일으킨다. 약봉지를 그 앞에 던져준다. 아버지는 머리맡에 있는 소주병 뚜껑을 힘겹게 따 진통제 두 알에 소주를 삼킨다. 나는 파스도 그 봉지 안에 있다고 말하고 돌아 나온다.

"현수야……."

내 이름을 부른다. 고양이처럼 기다가 그대로 멈춘다. 아버지가 파스를 내밀고 나를 바라보고 있다. 어쩔 수 없이 뒷걸음질 쳐 그 앞에 쭈그리고 앉는다. 누더기 같은 셔츠와 남방과 내복을 등허리까지 거칠게 밀어 올린다. 앙상한 척추와 등이 어둠 속에서도 하얗게 드러난다. 어두워 보이지 않을 것 같은데도 똑똑히 보인다. 타박상이 심한 듯 내가 손을 댈 때마다 끙…… 그으릉…… 듣기 싫게 앓는다. 아이, 씨팔…… 욕을 뱉고 다시 기어서 내 방으로 돌아와 꽝, 문을 어느 때보다 세게 닫는다.

아버지가 집을 쓰레기 더미로 만들기 시작한 건 엄마가 집을 나가고 부터다. 더 정확히 말하면 엄마가 사라지고 난 후다. 지방 신문사에 다니던 아버지는 가장으로서 역할을 못했다. 말이 신문사 기자였지 거래처에서 광고를 따와야 월급이 생기는 영업사원 같은 거였다. 관공서 뒷거래를 눈감아 주지 않은 게 빌미가 되어 그나마 잘렸다. 일자리를 알아본다고 집을 나간 아버지는 처음에는 벼룩시장이나 교차로 등 구인 구직 신문들을 잔뜩 주워들고 왔다. 신문을 들여다보며 전화를 걸었다. 몇 군데 면접도 다녀왔다. 며칠 안 되어서는 에이, 더러운 새끼들이라고 욕을 내뱉고 소주를 들이켰다. 술이 늘기 시작했고 엄마의 잔소리를 참지 못하고 손찌검을 시작했다. 아버지는 온종일 쏘다니다가 한 뭉치의 신문을 들고 와 집구석에 쌓아놓기 시작했다. 어느 날은 리어카에 재활용 쓰레기를 잔뜩 주워 와서는 엄마가 좋아하던 개나리가 심어진, 서너 평 되는 공간을 잠식하고 쌓아놓기 시작했다. 마트에서 돌아온 엄마와 싸움은 예삿일이 되었고 고물상에게 팔 수 있도록 엄마는 마대 자루에 쓰레기를 분류했지만 아빠는 나 몰라라 했다. 다른 때보다 심하게 다툰 날, 학교에서 돌아와 보니 엄마가 보이지 않았다. 아버지에게 물었지만 대답하지 않고 소주만 냅다 마셨다. 나는 마트에 들러 엄마의 소식을 물었다. 그런데 아는 사람이 없었다. 엄마는 그렇게 홀연히 사라졌다. 엄마가 생각날 때마다 집 앞 은행나무 아래 의자에 앉아 훌쩍거렸다. 그러다 보면 마음이 가라앉았다.

다음 해 가을, 집 앞 커다란 은행나무가 여느 때보다 노랗게 물들었고 은행이 많이 맺혔다. 햇살에 반사되어 전등을 켜놓은 것처럼 사방까지 온통 훤했다. 창가에 서서 그 모습을 보고 있으면 나도 모르게 눈물이 났다. 찬바람이 불기 시작하자 노란 잎이 후두둑 떨어져 내렸다. 이리저리 휩쓸리며 날아다녔다. 아버지는 노란 은행잎이 등을 밝히는 시월 마지막 날, 초라하기 그지없는 제상을 차렸다. 내가 누구의 제사냐고 물어도 대답은 않고 내 머리를 손으로 누르며 절이나 하라고 했다. 나는 그날 절대 쓰레기를 치울 수 없다고 말하는 아버지의 술주정 같은 말을 어렴풋이 이해했다. 그 이후부터 아버지가 무서웠다. 은행나무가 잎을 떨어트리고 앙상하게 몸

뚱이만 남았을 때 나는 열이 올랐고 헛소리를 했다. 이틀이나 일어나지 못했다. 삼 일째가 돼서야 아버지가 병원에 데리고 갔다. 의사는 영양실조와 우울증이 심하다고 했다. 아버지는 집을 비울 수 없다며 병원에 나타나지 않았다. 6인실 병실에 일주일을 입원해 있었지만 나를 찾아오는 사람은 명주뿐이었다. 내 옆 침대 아이의 엄마가, 아이를 먹이기 위해 귤을 까 주다가 내게 내밀었다. 나와 눈이 마주치자 머리를 쓰다듬었다. 왈칵 눈물이 쏟아졌다. 나는 그 귤을 먹지 못하고 손에 쥐고 있다가 잠이 들었다. 인기척에 눈을 떴다. 명주가 내 귤을 까먹고 있었다. 그러나 명주에게 화를 낼 수 없었다. 명주도 지하 셋방에서 병원 청소부 일을 하는 할머니와 살았고 늘 배가 고픈 아이였다.

평소에도 계집애처럼 예쁘게 생겼다는 말을 듣던 나는 변성기가 오지 않았다. 아이들은 쓰레기 집 아이라고 놀리다가 계집애라고 왕따를 시켰다. 그런 나를 보호해주는 유일한 친구가 명주였다. 명주는 학교에서 제일 싸움을 잘했다. 명주 곁에 있으면 다른 애들이 나를 괴롭히지 않았다. 대신 명주가 시키는 일은 어떤 것이라도 해야 했다. 명주와 다른 고등학교에 다닐 용기가 없었다. 고등학생이 된 명주의 폭력은 과감해졌다. 새로 부임해 온 교장이 실업계지만 인문계 못지않은 실력을 키우고 학교의 전통을 바로 세우겠다고 했다. 폭력 근절을 첫째 사명으로 생각하고 강력 대응하겠다고 했다. 그 말에 용돈을 빼앗긴 몇몇 아이들이 명주의 행동을 부풀려 고자질했다. 교장의 방침에 따라 10시까지 야간자습을 하고 있었는데 교장실에 불려간 명주는 자습이 끝났는데도 돌아오지 않았다. 수위가 학교를 돌며 문단속을 했다. 잠시 후 교장의 외제차가 교문을 통과했고 그 뒤로 시소처럼 흔들리는 그림자가 나타났다. 나를 발견한 그림자는 무릎을 꺾고 그 자리에 쓰러졌다. 명주의 얼굴은 12라운드 복싱 경기를 뛴 선수의 얼굴보다 처참했다. 입술과 코피가 터져 피로 얼룩져 있었고 왼쪽 눈이 퉁퉁 부어서 앞을 제대로 못 봤으며 골프채로 얻어맞은 엉덩이와 허벅지는 살이 터져서 교복 바지가 피로 얼룩져 있었다. 명주는 일주일간 학교에 나오지 못했고 온몸으로 멍이 번졌고 퉁퉁 부어올랐다. 담임도 명주를 한 번도 찾지 않았다. 어느 정도 몸이 회복되자 명주는 교장의 외제차를 박살냈고 고자질한 아이를 때려 중태에 빠트렸다. 명주 옆에 당연히 나도 있었고 거들었지만 명주는 혼자 소년원에 갔다.

진통제를 먹은 아버지가 밤새 앓는다. 나는 귀를 틀어막고 이불을 뒤집어쓴다. 서서히 졸음이 몰려온다. 이런 때 잠 속으로 도피하는 내가 싫지만 인간이란 원래 그런 거라던 명주의 말이 새삼 옳다고 여겨진다.

다른 때 같으면 벌써 리어카를 끌고 나갔을 아버지가 아침인데도 꼼짝하지 않는다. 할 수 없이 24시 기사 식당에 가서 뼈다귀 해장국 2인분을 포장해 온다. 아버지께 드리고 나는 내 방에서 먹는다. 음식을 끓이고 요리할 주방은 없다. 변기통과 세탁기가 있는 화장실에서 해결한다. 그나마 화장실이 온전한 것은 내가 사용하는 최소한의 공간이기 때문이다. 밥솥과 휴대용 가스레인지와 양은 냄비와 수저 등이 한쪽 구석을 차지하고 있다. 온수는 나오지 않는다. 찬물에 대충 빈 그릇들을 담가놓고 밀린 잠이나 잘까 하고 화장실 문을 연다. 시커먼 쥐새끼가 후다닥 사라진다. 개의치 않고 방으로 돌아와 자리에 눕는다.

한 달에 두 번 쉬는 공휴일이다. 막상 자려니 잠이 오지 않는다. 명주는 소년원에서 제빵사 자격증을 땄지만 일자리를 구할 수 없다고 했다. 할머니가 아프다는 명주의 말에 100만 원을 주었다. 죄책감과 부채감에서 벗어나고 싶었다. 일주일 후 월세가 밀렸다며 100만 원만 더 해달라고 했다. 나는 원장에게 재차 가불해서 그 돈도 마련해주었다. 그런데 이번에는 할머니가 수술을 해야 한다며 1000만 원을 달라고 했다. 그런 큰돈은 구할 수 없다고 저번에 준 돈도 가불한 돈이라고 나도 모르게 짜증을 냈다. 명주는 내 말이 끝나기가 무섭게 주먹으로 내 명치를 가격했다. 나는 십 분이 넘도록 새우처럼 몸을 말고 바닥에서 파닥거렸다. 명주가 주머니에서 칼을 꺼내 흔들었다. 내가 고개를 외로 틀고 숨을 몰아쉬자 머리를 잡아챘다. 원장이 과부라며? 그 아들놈을 내가 좀 데리고 있을 테니까 실종신고 못하게 네가 연기 좀 해! 대답을 않는 내게 이번 할머니 수술비만 해결해주면 다시는 나타나지 않겠다고, 자신을 못 믿느냐고, 초롱 미용실 정도면 돈 1000만 원은 그리 큰돈이 아니라고, 그 돈이 없다고 미용실이 망하는 것도 아니라고, 침을 튀기며 말했다. 그래도 나는 대답하지 않았다. 명주가 칼날을 턱밑에다 바짝 들이댔다. 차고 시린 칼날의 섬뜩함에 하마터면 오줌을 지릴 뻔했다.

"나한테 미안하다며, 씹새끼야."

어쩔 수 없이 나는 고개를 끄덕이고 말았다. 그러나 명주의 부탁을 들어주면 초롱 미용실을 떠나야 한다. 나는 결코 떠나고 싶지 않다. 다른 미용실에 적응할 자신이 없기 때문이다.

일 년 전만 해도 초롱 미용실은 원장 혼자 꾸려나갔다. 중대형 아파트가 들어서면서 미용실도 리모델링을 했다. 새로 지은 상가나 건물에 브랜드 미용실이 들어섰기 때문이다. 원장은 인터넷 카페에 가입해 미용 정보도 주고받고 세미나에도 열심히 참가한다. 몇백만 원에 달하는 최신 미용기기도 모두 갖췄다. 그런데 나는 건조대에 널려있는 원장의 속옷을 보았다. 팬티는 물론 브래지어도 밴드가 늘어져 있었고 후크도

녹이 슬어 있었다. 지금 살고 있는 아파트는 원장의 집이 아니다. 미용실 리모델링을 하기 위해 팔았고 현재는 월세로 살고 있다. 항상 검은색 스트라이프 정장을 깔끔하게 차려 입고 있어서 남들은 돈 있는 젊은 과부 원장이라고 생각한다. 나는 그렇지 않다는 속사정을 잘 안다.

초롱 미용실 스텝들은 한 달을 채우지 못하고 그만두거나 월급을 받은 다음 날 인사도 없이 나오지 않았다. 스텝들이 견딜 수 없는 건 육천 원짜리 점심밥을, 짜장면을, 먹어야 해서가 아니다. 미용실에서 만날 휴대폰만 들여다보고 앉아 있는 노란 꼬맹이와 지내는 일을 견디지 못해서다. 하지만 나는 아무렇지 않다. 미용실에서 초롱이와 함께 먹는 치킨이 집에서 먹는 밥보다 백배 낫고, 초롱이를 노랗게 꾸미며 노는 게 더없이 즐겁다. 그래서 최저 시급을 받으면서도 가끔 내가 한턱 쏘기도 한다. 초롱이를 데리고 편의점에 가서 삼각 김밥이나 라면을 사서 함께 먹는다.

초롱이가 초등학교에 입학하자 담임이 부모 상담을 청했다. 담임은 초롱이 상태가 심각한데 왜 이렇게 방치했느냐며 당장 병원에 데려가라고 원장을 계모 대하듯 했다. 초롱이는 학교에서 왕따였다. 선생이나 주위 사람들, 원장도 노란색에 과도하게 집착하는 초롱이가 문제가 있다고 생각한다. 그러나 나는 초롱이가 남보다 노란색을 많이 좋아할 뿐이라고, 제

뜻대로 되지 않을 때는 바지에 오줌을 싸는 게 좀 그렇지만, 정신 상태는 극히 정상이라는 것을 잘 알고 있다. 초롱이는 곧 이 방법을 사용하지 않을 것이다. 엊그제도 그랬다. 노란 머리카락 사이로 까만 머리가 보이자 염색을 해달라고 원장을 졸랐다. 일주일에 한 번꼴로 염색을 해야 했다. 원장은 시간도 너무 늦었고 피곤하다며 초롱이를 밀쳐냈다. 초롱이가 입을 삐죽이다가 뒷정리를 하는 내게 부탁했다. 원장이 버럭 소리를 질렀다. 원장도 그날은 진상 손님한테 당한 날이라 기분이 별로였다. 초롱이가 울음을 터트렸다. 이때 오줌을 싸지 않았다. 초롱이는 엄마와 주위 사람에게 관심을 받고 싶은 거였다. 그들은 관심이 없다. 원장도 그저 조용히 초롱이가 없는 듯 있어 주기만 바랐다.

"병원에서는 아무 문제가 없다니까 더 미치지."

원장이 술에 취하면 혀 꼬부라진 소리로 잠든 초롱이 얼굴을 쓰다듬으며 말한다. 가끔 회식이라며 나를 붙잡는다. 원장도 외롭기 때문이다. 양념 반 후라이드 반으로 치킨을 시키고 내게 만 원을 내밀며 편의점에서 맥주를 사 오라고 한다. 미용실에서 초롱이랑 함께 먹는 저녁밥 대용 치맥인데 이때가 나는 가장 행복하다. 어차피 퇴근을 해도 집에서는 밥을 먹을 수 없고 말짱한 정신보다는 조금 알딸딸한 기분으로 퇴근해서 곧바로 잠드는 게 좋기 때문이다. 요새는 술기운에라도 명주를 만나면 한 번쯤 대들고 싶다. 물론 그랬다가는 뼈가 부러지는 것은 일도 아니고 손으로 휙휙 칼날을 돌렸다가 착 접어 넣는 손칼에 내 얼굴이 난도질 당할 수도 있었다. 명주가 칼까지 가지고 다닐 줄은 몰랐다. 명주는 미용 일을 한다더니 훨씬 더 예뻐졌다며 내 볼을 톡톡 쳤다. 귀걸이 그거 진짜 금이냐고도 물었다. 기분이 상했지만 대들 수 없었다. 명주는 일주일의 시간을 주겠다고 했다. 나는 명주를 죽이는 상상을 한다. 명주에게 칼을 빼앗은 내가 한 번만 살려달라고 애원하는 명주의 심장과 목에 깊숙이 칼날을 쑤셔 넣는 꿈을 꾸다가 깨어난 적도 있다. 요새는 명주가 말한 인간이란 원래 그런 거라는 말이 낯설지 않다.

초롱이가 훌쩍이며 은행나무 아래에 앉아 있다. 뛰어가 꼬옥 안는다. 어깨를 들썩이며 서럽게 운다. 초롱이의 노란 가방이 칼로 난도질되어 있고 노란 머리도 쥐어 뜯긴 듯 헝클어져 있으며 노란 맹꽁이 안경도 깨졌고 테도 한쪽이 부러졌다. 옷도 흙과 코피가 묻어 엉망이다. 초롱이에게 말하지 말았어야 했다. 원장과 마신 맥주가 내 주량을 넘긴 탓에 그만 119번 버스 종점 끝에 커다란 은행나무 있는 곳이 우리 집이라고 말해 버렸다. 그 말을 기억하고 초롱이가 찾아올 줄 몰랐다. 초롱이가 이곳에 오려면 한 시간 넘게 버스를 타야 한다. 학원을 다니지 않기 때문에 원장은 초롱이를 기다리고 있을 것이다. 아니 모처럼 쉬는 날이라 원장도 밀린 일을 하느라 낮잠을 자느라 초롱이 존재를 잊었는지 모른다. 어쨌든 초롱이를 혼자 보낼 수 없다. 무엇보다 명주를 만날까 봐 두렵다. 그렇다고 쓰레기 집으로 데려갈 수도 없고…… 난감하다. 일단 버스정류장까지 가 보기로 한다.

명주가 버스 정류장 의자에 앉아 꽁초가 된 담배를 손가락으로 튕겨내며 금방 도착한 버스에서 내리는 승객들을 훑고 있다. 나를 기다리는 게 분명하다. 나는 초롱이 손을 잡아끌며 우리 집으로 가자고 말한다. 초롱이 얼굴이 일그러진다. 나쁜 놈들을 혼내주겠다고 같이 가자고 했잖아, 라며 떼를 쓴다. 나는 고갯짓을 하며 나쁜 형, 무서운 형, 때문이라며 명주를 손으로 가리키며 변명한다.

"형도 나처럼 많이 맞았어?"

그렇게 묻는 초롱이 눈에 안쓰럽다는 빛이 역력하다. 아이, 시팔 개쪽팔리지만 나는 걸음을 멈추고 초롱이 눈을 보며 말한다.

"복수할 거야!"

"어떻게?"

"아직은 말할 수 없어. 형이 먼저 해보고 가르쳐줄게."

초롱이가 고개를 끄덕인다. 우리는 말없이 손을 잡고 왔던 길을 되짚어 걷는다. 초롱이 걸음이 너무 느리다. 나는 초롱이 손을 잡아끈다. 그런데 초롱이가 내 손을 잡아당기며 그 자리에 우뚝 서더니 말한다.

"서로 도와주기."

나는 고개를 끄덕인다. 초롱이가 새끼손가락을 내민다. 새싹처럼 귀여워 키득 웃음이 나온다. 고리를 건다. 초롱이가 씨익 웃으며 손을 흔든다. 나는 손바닥을 앞뒤로 비벼 복사를 마치고 초롱이 머리를 쓰다듬는다.

초롱이가 우리 집 앞에서 인상을 찌푸리고 코를 쥔다. 애상한 일이지만 당황스럽다. 나는 개구멍으로 몸을 밀어 넣고 기어들어 간다. 하지만 초롱이는 고개만 젓고 그 자리에 그대로 서있다.

"저 안쪽에 보물섬이 있어!"

"……."

"노란 보물섬!"

초롱이가 정말? 묻는다. 나는 고개를 끄덕이고 다시 안으로 들어간다. 조금 더 자신 있게 성큼성큼. 그제야 초롱이가 따라 들어온다. 그런데 아버지 몰골을 보고 아악! 소리를 지르며 주저앉는다. 나는 재빨리 말한다.

"보물섬을 지키는 해적이야."

초롱이가 믿어야 할지 말아야 할지 모르겠다는 표정으로

아버지와 나를 번갈아 쳐다본다. 그때 아버지가 갑자기 양팔을 꺾어 올리고 소리를 지른다.

"나는 해적이다!"

초롱이가 울음을 터트리며 내게 쪼르륵 기어와 안긴다. 아버지가 그 모습을 보고 깔깔 거린다. 나는 초롱이를 토닥이며 아버지를 째려본다. 차마 욕을 뱉을 수 없어서 입모양으로 씨팔, 개뒤져버리지…… 지껄인다. 그러거나 말거나 아버지는 나를 외면하고 초롱이를 달랜다. 그럴수록 초롱이가 싫다고 고개를 젓고 손으로 밀친다. 아버지가 수건으로 한쪽 눈을 가리고 떼에 전 이불을 어깨에 두르며 말한다.

"나는 백 년 동안 보물섬을 지키며 왕자를 기다리고 있었다. 아하, 그러고 보니 바로 그대가 그 노란색을 좋아한다는 왕자님이신가?"

초롱이가 거짓말처럼 울음을 뚝 그치고 아버지를 쳐다본다. 천천히 시선을 내게 옮긴 후 고정한다. 이런 상황이 납득이 안 가지만 나는 고개를 끄덕인다. 아버지가 초롱이에게 묻는다.

"노란 왕자님이 맞는가?"

"그렇다! 내가 노란 왕자다!"

초롱이가 발딱 일어나 제 허리춤에 손을 얹고 가슴을 쫙 편 채 말한다. 이런 광경이 몹시 낯설다. 초롱이도 아버지도.

"왕자님, 환영합니다. 이곳 보물섬을 왕자님께 넘기겠습니다!"

아버지가 한쪽 무릎을 굽히고 고개까지 꺾는다. 초롱이가 활짝 웃는다. 기가 막히다. 그만 나도 웃고 만다. 정말로 믿을 수 없다. 아버지의 이런 행동이.

초롱이는 작은 고양이가 되어 이곳저곳을 마구 쏘다니며 콜록거린다. 초롱이가 움직일 때마다 먼지가 제 세상을 만난 듯 활개를 치고 날아다닌다. 햇빛이 직접 들지 않아 보이지 않지만 짐작할 수 있다. 내 콧속도 근질거린다. 초롱이는 쓰레기 속에서 무언가를 꺼내 들고 아버지에게 묻는다. 아버지는 천년 된 요술 상자라든가, 해적 선장의 구두라든가, 추락한 우주선의 의자라고 그럴싸하게 대꾸한다. 초롱이는 십여 년 만에 우리 집 안까지 방문한 최초의 손님이고 십여 년 만에 아버지와 나를 웃게 한 주인공이다. 커다란 궤짝 안을 들여다보던 초롱이가 연거푸 재채기를 한다. 손등으로 코를 문지르며 배가 고프다고 한다. 데리고 나가 뭐라도 먹이고 싶지만 명주를 만날까 봐 겁이 난다. 엉거주춤한 모습으로 때에 전 이불을 개고 쓰레기를 괜히 이쪽에서 저쪽으로 옮기고 초롱이에게 눈을 맞춘 아버지가 말한다.

"아가, 라면 먹을래? 할아부지가 라면 끓여 줄까?"

초롱이가 고개까지 끄덕이며 네에, 라고 크게 대답한다. 아버지는 앓는 소리를 하면서도 냄비에 물을 받고 휴대용 가스 레인지에 불을 켜 라면을 끓인다. 나는 내 방으로 초롱이를 데리고 들어간다. 초롱이 눈과 입이 쩌억 벌어진다. 초롱이가 아무리 노란색을 좋아해도 원장은 초롱의 방을 노랗게 꾸며 주지 않는다. 당연한 일이다. 나를 처음 봤을 때처럼 초롱이가 웃으며 다가와 내 허리를 안는다. 그때나 지금이나 초롱이 앞니는 여전히 빠져 있다.

햇살이 좋던 어느 봄날 아버지가 노란 병아리를 가지고 왔다. 열다섯 마리였다. 부화장에서 버린 병아리였을 것이다. 노랗고 보송보송하고 꿈틀거리는 생명체가 경이로웠다. 그러나 병아리는 다음 날부터 죽기 시작했다. 아버지가 항생제를 물에 타 먹였지만 소용없었다. 열다섯 마리 병아리는 일주일 만에 모두 죽었다. 아버지가 은행나무 아래에 병아리를 묻었다. 그 후 나는 노란색에 집착하게 되었다. 노란색은 어머니가 좋아하던 색이어서 그런지 노란색을 쳐다보면 마음이 편했다. 내 방을 노란 벽지로 도배했다. 쓰레기 속에서도 노란 내 방은 화려했고 아름다웠다. 물건과 옷도 노란색으로 바꾸었고 머리도 노랗게 염색했으며 손톱도 노랗게 칠했다. 미용은 화려하고 요란한 내 외모가 그리 큰 흠이 되지 않았으며 나를 더 돋보이게 했다.

비록 라면이지만 십여 년 만에 아버지와 함께 하는 식사다.

아직 모아 놓은 돈은 없다. 돈을 모으는 일보다 먼저 해야 할 일이 아버지를 병원에 데려가는 일이다. 물건을 버리지 못하고 쌓아두는 사람을 '호더'라고 하는데 정신과 치료를 받아야 한다고 인터넷에 씌어 있었다. 아니 아버지는 머리보다 어쩌면 몸이 더 문제일지도 모른다. 쉰둘의 아버지를 사람들은 일흔의 할아버지로 본다. 아버지를 병원에 데려가고 적금도 하나 부을 계획을 세울 때 참 행복했다. 그런데 내 계획이 명주로 인해 물거품이 되게 생겼다. 초롱 미용실을 떠나고 싶지 않다. 나도 남들처럼 살고 싶다. 명주가 내 삶을 방해하게 나둘 수 없다. 인간이란 원래 그런 거라는 말의 의미가 확실해졌다.

나는 운동화를 신고 은행나무 아래로 간다. 우듬지에서 담배를 꺼내 한 모금 빨고 명주에게 전화를 건다. 초롱이가 집에 와 있다고 이따 밤이 되면 초롱이를 집에다 데려다 줄 건데 버스정류장에서 내가 잠깐 자리를 비울 테니 데려가라고 말한다. 명주가 알았다고 한다. 그런데 초롱이가 거부 없이 너를 따라가려면 그 전에 얼굴을 익혀야지 않겠느냐며 담배를 발밑에 짓이기고 우리 집에서 같이 치킨이나 먹자고 말한다.

나는 큰길로 내려가 소주와 치킨을 사고 약국에 들른다. 잠이 안 와 수면제가 필요하다는 내 말에 약사는 처방전이 없으면 안 된다며 그 대신 수면유도제를 준다. 할 수 없이 길을 건너 다른 약국으로 간다. 아버지가 감기가 아주 심하다, 응급실에는 안 가겠다고 고집을 피운다, 밤에 잠을 못 잘 것 같은데 어떻게 안 되겠느냐고 사정한다. 약사는 종합감기약과 노란 달이 그려진 알약을 준다. 감기는 일단 푹 자는 게 중요하다며 아침에 바로 병원에 모시고 가라고 요새 독감이 유행한다고 낮에는 절대 드시게 하면 안 되고 특히 운전을 하면 위험하다고 덧붙인다. 말 많은 약사라 나는 안심이 된다.

나를 따라 온 명주가 집 앞에서 잠깐만이라고 말하고 존나 구리다며 담배를 꺼내 문다. 나는 헛기침을 크게 한다. 긴장을 누르기 위해서다. 가슴 뛰는 소리가 명주 귀에 들릴까 봐 미칠 것 같다. 나는 명주가 담배를 다 피울 때까지 기다린다. 확실히 명주는 말이 없어졌다.

명주가 꽁초를 버리고 나를 따라 집 안으로 기어들어 온다. 초롱이와 함께 있던 아버지가 눈을 크게 뜨고 명주를 본다. 명주구나, 오랜만이라는 아버지 말에 고개를 까닥인다. 아버지가 방을 나가려고 몸을 일으킨다. 나는 그냥 계시라고 한다. 초롱이가 명주를 뚫어지게 본다. 명주가 반갑다며 악수를 청하자 아버지 뒤로 숨는다. 나는 낯을 가린다며 들고 있던 치킨을 바닥에 풀어 놓는다. 초롱이가 명주 눈치를 보며 무릎걸음으로 쪼르륵 걸어와 내 귀에 대고 묻는다.

"지금 복수하는 거야?"

쿵, 가슴이 내려앉는 것 같다. 하지만 나는 초롱이의 눈을 똑바로 보고 고개를 끄덕인다. 초롱이가 입매를 일자로 하고 고개를 끄덕인다. 명주가 닭튀김 조각을 하나 집어 초롱이에게 건넨다. 초롱이가 내 눈치를 본다. 나는 받으라고 고개를 끄덕인다. 초롱이가 머뭇거리다 받는다. 나는 잔을 좀 챙겨오겠다며 소주병이 든 비닐봉지를 들고 화장실로 들어가 딸깍 문을 잠근다. 쥐새끼가 부리나케 발밑을 지나 사라진다. 심장이 밖으로 튀어 나올 듯 뛴다. 소주병 뚜껑을 타 벌컥 한 모금 마신다. 빈속이라 짜르르 뱃속이 울린다. 뺨을 양손으로 찰싹찰싹 때린다. 심호흡을 하고 소주병 뚜껑을 하나씩 딴다. 가지런히 바닥에 세운다.

"인간이란 원래 그런 것이다……."

주문처럼 외우며 알약을 소주병 속에 넣는다. 종합감기약도 넣는다. 손이 떨려 알약 캡슐을 열다가 바닥에 그만 떨어트리고 흰 가루가 병 안으로 제대로 들어가지 않아 병 주위와 바닥에 묻는다. 약이 잘 녹도록 병을 들고 흔든다. 휴지를 뜯어 병 가장자리에 묻은 가루를 닦는다. 잔이 없어 대접을 챙겨 든다. 다시 심호흡을 한다. 찬물에 세수를 한다. 손바닥으로 내 뺨을 다시 세게 친다. 인간이란 원래 그런 것이다…….

방으로 들어와 비닐봉지에서 소주를 꺼내 뚜껑을 따는 척

돌린다. 아버지 대접에 먼저 소주를 따른다. 아버지에게 약 탄 소주를 먹이고 싶지 않지만 어쩔 수 없다. 명주 대접에도 딴다. 손이 달달 떨린다. 씹새꺄, 뭐하냐? 눈으로 명주가 묻는다. 나는 왼손으로 오른손을 받친다. 초롱이가 닭 다리를 뜯다가 멈추고 본다. 애써 초롱이의 눈을 외면한다. 그 모습을 보고 명주가 쫄지 마 새꺄, 손가락 하나 안 다치게 할 거니까. 눈으로 대답한다. 본의 아니게 대접 가득 술을 따랐다. 명주의 엄지가 소주에 잠긴다. 대접을 내려놓고 손을 턴다. 약 탄 소주 한 병이 바닥난다. 너도 한 잔 하라는 듯, 명주가 비닐 속에 든 병을 꺼내려고 손을 내민다. 나는 약 타지 않은 새 소주병을 건넨다. 손을 떨며 소주를 받는다. 명주가 피식 웃는다. 우리는 건배를 한다. 초롱이도 캔 콜라를 내민다. 꿀꺽 나도 한 모금 마신다. 아버지는 냉수 마시듯 벌컥벌컥 마신다. 나는 아버지에게 눈을 흘긴다. 아버지는 내 시선을 외면하고 닭튀김을 집어 뜯는다. 명주도 대접을 내려놓는다. 빈 대접이라 다행이다. 나는 명주에게 닭튀김을 집어 건넨다. 하지만 눈길도 안 주고 무를 집어 아작아작 씹는다. 소주나 달라고 손을 내민다. 나는 봉지에서 새 소주인 척 뚜껑을 돌려 내민다. 명주가 아버지에게 받으라고 한다. 아버지가 받고 명주에게 따라 준다. 금세 또 약 탄 소주 한 병이 빈다. 다행이다. 나도 무를 집어 씹는다. 아버지는 그새 대접을 비우고 카아, 목구멍소리까지 내며 내려놓는다. 씨팔…… 나도 모르게 욕이 나온다. 초롱이는 혀를 둘러 입술에 묻는 콜라를 핥는다. 나는 인상을 찌푸리고 고개를 돌리다가 초롱이와 눈이 마주친다. 명주가 피식 웃으며 내 어깨를 툭 친다. 아마도 내가 자신의 일을 돕는 거라고, 초롱이에게 자꾸 신경 쓰지 않아도 된다고, 나를 위로하는 제스처다. 명주의 오해가 고맙기만 하다. 아버지가 오늘 기똥차게 기분이 좋다며 노래를 한 곡 부르겠다고 한다. 명주와 초롱이가 손뼉을 친다.

이 세상의 부모 마음 다 같은 마음 아들딸이 잘되라고 행복하라고. 마음으로 빌어주는 박영감인데 노랭이라 비웃으며 욕하지 마라 나에게도 아직까지 청춘은 있다. 원더풀 원더풀 아빠의 청춘 브라보 브라보 아빠의 인생…….

명주와 초롱이가 다시 손뼉을 친다. 노래를 마친 아버지가 또 벌컥벌컥 마신다. 명주도 마신다. 나는 대접을 들었다가 그냥 내려놓는다. 얼굴이 아까부터 불난 듯 화끈거린다. 갑자기 히죽, 웃음이 나온다. 아버지 노래를 들어 본 게 언제던가? 하여튼 오늘은 별일이다. 이게 다 초롱이 덕분이다. 뒤늦게 짝짝 손뼉을 친다. 아버지가 허허 공허하게 웃다가 닭튀김 조각 하나를 내게 내밀고 울 것처럼 찌푸린 얼굴로 말한다.

"현수야, 미안하다……."

믿을 수 없다. 아버지가 미안하다고 말하다니…… 그런데 명주가 콧방귀를 뀐다. 거칠게 대접을 들고 소주를 비우더니 던지듯 내려놓고 무를 아작아작 씹는다. 명주의 콧방귀도 거친 행동도 거슬린다. 명주가 왜, 내 행복을 질투하지? 왜, 끼어들지? 나도 대접을 들고 단숨에 마신다. 그런데 아버지가 옆으로 꼬꾸라진다. 곧바로 코를 곤다. 명주가 피식 웃으며 개지랄이네, 라고 말한다. 정말 기분 나쁜 웃음과 말이다.

초롱이가 베개를 아버지의 머리에 받쳐주려고 한다. 나는 초롱이를 돕는다. 명주가 발로 내 허벅지를 차며 씹새꺄, 내 앞에서 개효도 짓이냐? 어금니를 물고 말하기 때문에 목소리가 낮고 분명치 않다. 기분이 더 잡친다. 명주의 얼굴과 표정이 확실히 아까보다 달라져 있다. 하지만 꼿꼿하게 버티며 개지랄 떨지 마, 씹새꺄! 계속 시부렁거린다. 거칠게 뛰던 내 심장이 차분해진다. 라면도 끓일 만큼 홧홧 거리던 얼굴도 가라앉는다. 이런 분위기를 초롱이도 느낀 걸까? 나와 명주를 번갈아 본다. 나는 걱정 말라는 듯 휴지를 뜯어 초롱이 입술을 닦는다.

"개찌질이 끼리 잘 논다, 새꺄 좋냐?"

명주가 또 이죽거린다. 술만 들어가면 말이 많아진다. 나는 한쪽 입매를 살짝 올리고 닭튀김을 집어 명주에게 건넨다. 그런데 명주가 내 손을 확 쳐낸다. 닭튀김이 벽으로 떨어져 땅에 구른다.

"아이, 개씹새끼가……."

내가 뱉은 말이다. 명주가 도끼눈으로 나를 노려보다가 콧방귀를 뀐다. 도저히 믿을 수 없다는 듯 연거푸. 하지만 나는 웃으며 말한다.

"그러니까 닭이 무슨 죄가 있냐고……."

명주가 주먹을 휘두른다. 주먹은 내 얼굴을 그저 스칠 뿐이다. 내가 얼굴을 살짝 피했기도 했지만 명주의 주먹이 정확하지 않다. 명주가 입술을 비틀고 어라, 내 주먹을 피해? 라고 말하는 순간, 나는 소주병을 냉큼 집어 명주 머리에 내려친다. 퍽, 소리가 나며 산산조각이 난다. 명주의 몸이 뒤로 크게 휘청이다가 중심을 잡는다. 초롱이가 아악, 소리를 지른다. 나는 후다닥 일어나 명주의 목을 조른다. 야이, 개씹새끼야아아아아! 죽어어어어…… 니가 뭔데…… 명주 머리에서 피가 흘러 얼굴로 흘러내린다. 명주는 내 팔을 풀어보려고 발버둥을 치지만 팔에 힘이 없다. 그런데도 내 머리를 꽉 움켜잡는다. 손아귀에 힘이 느껴지지 않더니 명주의 몸이 축 늘어진다. 나는 팔을 푼다. 그런데 켁…… 켁…… 명주가 기침을 하면서 뒤로 벌러덩 쓰러진다. 나는 놀라 옆에 있는 비닐봉지로 명주의 얼굴에 덮고 누른다. 명주가 손발을 허공에다 대고 휘젓는다. 잠시 후 온몸을 크게 두어 번 출렁인다.

얼마나 시간이 지났을까. 움직임이 없다. 명주 목덜미로 흰 거품이 흘러내려 바닥을 적신다. 마치 비를 맞은 듯 내 몸은 땀범벅이다. 콧물과 눈물이 엉망인 채 딸꾹질을 하며 초롱이가 보고 있다. 나는 간신히 말한다.

"형이 복수했어."

초롱이가 딸꾹질을 하며 고개를 끄덕인다. 초롱이에게 손을 내민다. 무릎걸음으로 걸어와 내게 안긴다. 나는 울음이 터진다. 초롱이를 안고 운다. 울음이 그쳐지지 않는다. 초롱이가 내 눈물을 닦아주고 등을 토닥이지만 소용이 없다.

초롱이 손을 잡고 집을 나온다. 지나가는 택시를 잡아탄다. 내 전화를 받은 원장이 아파트 입구에 나와 있다. 나는 초롱이를 원장에게 넘기고 집으로 돌아온다.

검정 비닐을 얼굴에 쓰고 널부러진 명주 옆에 아버지는 코를 골며 잠들어 있다. 나는 남은 소주를 벌컥벌컥 들이킨다. 그리고 아버지 곁으로 가 눕는다. 아버지의 손을 슬며시 잡는다. 너무 무섭기 때문이다. 서서히 잠이 몰려온다. 분명히 잠잘 상황이 아닌데 눈꺼풀이 너무 무겁다. 인간이란 원래 그런 것이다.

화들짝 잠이 깬다. 손바닥만 한 창이 훤하다. 그런데 아버지도 명주도 없다. 깨진 술병과 엉망이 된 술자리만 그대로다. 나는 서둘러 밖으로 기어 나온다.

은행나무 아래 의자에 아버지가 앉아 담배를 피우고 있다.

발밑의 흙색이 짙고 둥그스름하다. 삽 하나가 은행나무 옆에 기대어 서 있다. 나를 발견한 아버지가 담배꽁초를 발밑으로 던지고 외면한 채 성큼성큼 걸어서 리어카를 끌고 밖으로 나간다. 나는 그런 아버지를 물끄러미 바라본다.

아빠가 누구냐고
묻지 마세요

†

1

알몸으로 전신 거울 앞에 선다. 주먹만 한 젖가슴 위에 연분홍 젖꼭지가 달려있다. 양팔을 머리 위로 올리고 겨드랑이를 본다. 하나, 둘, 셋…… 오른쪽 겨드랑이에 다섯 개, 왼쪽 겨드랑이에 여섯 개의 털이 보푸라기처럼 나 있다. 사타구니도 마찬가지다. 올여름에는 겨드랑이 제모를 해야겠다.

내 키는 157센티미터이고 몸무게는 48킬로그램이다. 우리 반 여자애들의 중간이다. 첫 생리 후 8센티미터에서 10센티미터가 자란다고 했으니 최소 163센티미터에서 최대 167센티미터가 내 키가 될 것이다. 나는 13살, 6학년 때 첫 생리를 했다. 그때 153센티미터였다. 부모님의 키를 알면 자녀의 키도 알 수 있다지만 나는 아빠가 누군지 모른다. 나의 생물학적 아빠, 정자 제공자가 궁금하다.

오늘은 거울을 오래 볼 시간이 없다. 엄마 대신 반찬 도시락 50개를 만들어야 한다. 코로나 사태로 학생은 학교에 가지 않고 집에서 공부하며 직장인은 재택근무를 한다. 반찬 도시락 주문이 덕분에 두 배 늘었다. 그런데 편의점을 하는 이모는 죽을 맛이라고 한다. 그 말을 듣고 방탄소년단의 「디스코」를 흥얼거리다가 엄마한테 꿀밤을 맞았다.

튼튼하지 못한 엄마의 손목이 고장 났다. 의사의 권고에도 하루 150개의 도시락을 처리했기 때문이다. 결국 수술 날을 받았다. 다른 곳은 일일이 전화를 돌려 주문을 취소했다. 그러나 행복 주택은 주저했다. 이곳은 개인이 아닌 시청 사회복지과와 계약이기 때문이다. 계약대로 이행하지 않으면 내년에 재계약이 안 될 수 있었다. 엄마는 도우미를 쓰려고 인력사무소에 전화했다가 그냥 끊었다. 문제는 수술해도 한 달 정도는 손목을 쓰지 말아야 했다.

"내가 할게!"

이렇게 내가 말했을 때 엄마가 눈을 똥그랗게 떴다. 엄마는 뭔가에 놀라면 눈을 동그랗게 뜨는 버릇이 있다. 행복 주택의 반찬 도시락 50개는 내가 할 자신이 있었다. 엄마는 마음이 놓이지 않는다고 했지만 입원 전날까지 반찬 만드는 일을 결국 내게 전수했다. 으음, 이 정도면 되겠네, 내 딸 잘하네, 간이 딱 맞네! 라며 엉덩이는 토닥이지 않았다. 마지못해 내게 맡긴다는 표정이었다.

행복 주택 도시락 반찬 납품은 돈을 떼이는 일 없이 10일, 제날짜에 시청에서 입금해주기 때문에 포기할 수 없다. 요새도 4,000원짜리 반찬값을 떼먹는 사람이 많다. 한 달이 되어 결제해달라고 하면 차일피일 미루다가 사장이 어디로 사라졌는지 모르는 패션 아울렛과 떳다방 이불집이 있었고 21일 치나 22일 치를 먹고 꼭 20일 치만 계산하자는 휴대폰 대리점과 보습 학원도 있었으며 2인분을 주문하면서 3인분의 양을 달라는 미용실과 유명 프랜차이즈 커피 전문점도 있었다. 원청에서 돈을 받으면 한꺼번에 계산하겠다는 봉제 인형 가내수공업은 결국 문을 닫아서 두 달 치나 못 받았다. 이런 황당한 일만 있는 것은 아니다. 엄마의 음식 맛을 칭찬하는 글과 사진, 그림까지 그려서 SNS에 올려주는 웹툰 작가도 있었고 김치만 사러왔다가 오이소박이, 파김치까지 사가는 맞벌이 부부도 있었으며 식당을 자신의 회사 이름으로 해보자고 제안하는 프랜차이즈 영업 담당자도 있었다.

영업 담당자는 엄마를 사장님도 아닌 대표님이라고 불렀다. 방송에 자주 출연하는 유명 쉐프의 이름을 딴 프랜차이즈 식당을 했을 때 얼마나 돈을 벌 수 있는지에 대한 여러 정보와 사례를 사진은 물론 도표로도 보여주었다. 시청 앞 전원식당의 따님이었다는 엄마의 스펙은 하나도 중요하지 않다며 프랜차이즈 간판을 걸고 공급하는 재료를 사용했을 때 성공할 수 있다고 했다. 엄마는 그가 목이 마르겠다며 살얼음과 밥알이 동동 뜬 식혜를 건네면서 말했다.

"저는 이대로가 행복해요."

그는 잘 생각해 보시라고 다시 찾아오겠다고 했는데 세 번이나 다시 찾아왔다. 그가 왔다 가면 노란색 편의점 조끼를 걸친 이모가 혀를 끌끌 차며 건너왔다. 이모의 편의점과 엄마의 반찬 가게는 복도를 사이에 두고 있었다. 오지랖 넓은 이모가 이 사실을 모를 리 없었고 간섭 안 할 리 없었다. 식당을 하면 돈을 많이 벌 수 있는데 왜 궁상이냐고 했다. 늘 꼼짝 못 하는 엄마였지만 이때만큼은 단호하게 말했다.

"내 일에 더는 상관 마! 너하고는 이미 계산 끝났어!"

전원식당은 할머니의 할머니가 운영했던 한식당이었으므로 우리 시에 사는 중장년층이라면 시청 앞, 전원식당을 모르는 사람이 없었다. 100년 가게 인증과 청결과 위생의 모범식당 인증까지 받았지만 오 년 전에 시청이 외곽으로 이전하고 그곳에 대단지 아파트가 들어서면서 식당도 사라지게 되었다.

남들은 적잖은 보상비와 어디에 다시 개업하지 않았겠느냐고 했다. 그러나 엄마는 손을 털었다. 이모가 날마다 찾아와

울고불고 난리를 쳤기 때문에 우리가 살 공공임대주택의 아파트 전세금과 행복 주택 상가 끝에 붙은 5평짜리 반찬 가게 얻을 돈만 남기고 이모에게 전 재산을 넘겨주었다. 그래서 우리는 알거지다. 할머니의 진짜 딸은 엄마가 아니라 이모이기 때문이다. 엄마가 그렇게 결정하기까지 고민이 많았다. 나 때문이다. 잠든 내 머리를 쓰다듬고 한숨을 쉴 때 술 냄새가 왈칵 풍겼다. 시 외곽에 있는 참사랑요양원에 할머니를 만나러 두 번이나 다녀왔다. 중학생이 되었는데 내 방이 따로 없지만 나는 아무렇지 않다고 말했다. 내가 진짜 알고 싶은 것은 할머니뿐만 아니라 모든 사람이 손가락질하는 데도 정자를 기증받아 나를 낳은 이유이다. 이모 말대로 아이를 키울 형편도 안 되면서 무모한 결정을 왜 했는지. 요즘은 조금 알 것 같기도 하다.

서랍장에서 회색 면티와 아디다스 검정색 트레이닝 바지를 꺼내 입고 서둘러 가게로 간다.

2

온몸에 힘을 빼고 제자리에서 콩콩콩 뛰며 팔과 손목을 가볍게 턴다. 두세 번 발을 구르고 도움닫기의 거리를 눈으로 잰다. 크게 숨을 들이마셨다가 내뱉는다. 십분 넘게 맨손체조로 몸을 풀었지만 시작점에 서면 언제나 두려움으로 심장이

터질 것 같다. 오늘 도전할 기술은 암점프(Arm jump)다. 캣리프라고도 하는데 고양이가 벽을 타고 기어오르는 모습에서 착안한 기술이다. 내가 넘어야 할 벽은 내 키의 세 배다. 수없이 착지를 연습하고 장애물과 장애물을 건너뛰며 굴러도 실패에 대한 두려움이 항상 나를 막는다. 두려움은 갈수록 커진다. 난이도가 점점 상향되기 때문이다.

드레곤은 가볍게 내 어깨를 쥐었다 놓으며 끝없는 연습만이 두려움을 극복할 수 있다고 꼰대 같은 말을 가끔 한다. 사실은 좋은 선생이다. 더 솔직히 말하면 내 형이었으면 좋겠다.

머릿속이 복잡하다. 또 딴 생각이다. 머리를 흔들고 다시 심호흡과 함께 달린다. 마지막 디딤발에 오른발이 닿는다. 스프링을 밟고 하늘로 솟구친다. 포물선을 그리며 벽으로 착지! 양손을 재빠르게 고양이의 앞발처럼 벽면을 붙잡지만…… 벽에 기름을 발라놓은 듯 손이 쭈르륵 미끄러진다. 땅바닥에 등을 대고 눕는다. 하늘이 회색빛이다. 이를 악문다. 눈물이 흐른다. 고랑을 타고 귀속으로 들어간다. 등이 차갑다. 감기가 올지 모른다. 아직 나는 아플 수 없다. 발딱 일어난다.

우리 사회는 이분법으로 구분되어 있다. 세 끼를 제때 잘 먹는 사람과 그렇지 못한 사람, 부모 밑에서 성장하는 아이와 그렇지 못한 아이, 공부를 잘하는 아이와 못 하는 아이…… 앞에 속하지 못하면 스스로 걸어 나가야 한다. 그들은 결코 봐주는 아량이 없다. 괜히 아닌 척했다가는 험한 꼴을 당할 수 있다.

행복 주택에 머문다는 것이, 이미 그들 안에 소속될 수 없다는 명찰을 붙인 셈이다. 어른들이 구분해 놓은 이분법을 아이들은 대체로 따른다. 학교에서도 적용된다. 아디다스 검정 트레이닝 바지를 입은 아이와 입지 않은 아이. 흰 줄이 옆으로 나란히 세 개가 있고 왼쪽 골반 옆에 흰 꽃잎 세 개가 펼쳐진 아디다스 트레이닝 바지가 나만 없다. 녹색 넓은 흰 띠가 팔과 바지 옆으로 박음질 된 상하 벌의 학교 체육복은 2학년 이상이면 입지 않는다. 아니 입어서는 안 된다. '우리' 안에 소속될 자격을 잃기 때문이다. 아이들이 나를 '그린맨'이라고 부르기 시작했다. 그들의 반응과 말을 무시하려고 애쓰지만 잘 되지 않는다.

드레곤이 철봉 프리스타일을 선보인다. 낮은 철봉을 두 손으로 잡은 뒤 아래로 통과한다. 연속 동작으로 서너 번 반복하고 철봉에 매달린다. 반동을 이용해 이동하는 스윙 동작으로 이어간다. 스윙 후 철봉을 다시 잡고 180도로 회전하며 다시 잡았을 때 아이들이 우아, 함성을 지르며 손뼉을 친다. 그러나 나는 집중할 수 없다. 드레곤이 발을 굴러 스윙을 키워도 손을 X자로 잡고 몸을 돌려 잡아도…….

보람이는 아이들과 함께 우아, 소리를 지르며 손뼉을 치다가 팔꿈치로 내 옆구리를 쿡 찌른다. 나만 딴 세상에 빠져 있기 때문이다. 나도 손뼉을 친다. 드레곤이 동작을 두 번 반복하더니 봉 위로 몸을 띄워 발을 올린다. 아이들은 더 크게 함성을 지른다. 이에 호응하듯, 철봉 위로 몸을 올리는 것처럼 하다가 골반의 반동을 이용하여 봉을 슬며시 넘는다. 한 번 더 반복하더니 착지한다.

우리가 연습할 차례다. 우리는 레벨 1과 2에 해당하는 스윙 후, 손 놓고 착지하기와 스윙 후 두 봉 다시 잡기를 한다. 드레곤이 내게 탄마 통을 던지며 조교 앞으로! 라고 소리친다. 얼결에 탄마 통을 받아 쥐었지만 나는 나서지 못한다. 그린맨이라고 놀리는 아이들의 시선 때문이다. 보람이가 오른발 오금을 발로 꽉 누른다. 내 몸이 드레곤 앞으로 쏠리듯 나간다.

탄마 가루를 손에 묻힌다. 철봉을 두 손으로 잡고 다리의 반동을 이용해 허공에서 손을 놓고 0.05초간 멈춘 후 바닥으로 착지한다. 보람이가 우후, 소리를 지르며 손뼉을 친다. 스윙 후 두 봉을 다시 잡는 레벨 2도 이어서 하라고 드레곤이 말한다. 내가 두 번째 동작을 하고 있을 때 드레곤은 레벨 6까지 이어지는 기본 동작이라며 잘 보라고 한다. 손을 놓을 때 밀어내듯이 놓지 말고 몸을 허공으로 가볍게 띄우고 잡는 게 중요하며 내가 아주 잘하고 있다고 한다. 다른 때 같으면 기분이 좋겠지만 내게 집중되는 아이들의 시선이 칼끝처럼 느껴진다.

아이들은 손바닥이 불난 것 같다고 후후 불며 호들갑을 떤다. 보람이도 마찬가지다. 드레곤이 스윙 180도를 해보라고 또 나를 부른다. 나는 어쩔 수 없이 철봉을 잡는다. 다리의 반동으로 동작을 키우고 허공에서 몸을 한 바퀴 돈다. 다시 철봉을 잡았을 때 하늘을 나는 듯하다. 드레곤이 활짝 웃으며 손뼉을 치고 보람이는 머리 위로 손을 휘휘 돌리며 소리를 지른다. 그런데 아이들의 표정이 일그러져 있고 입 모양으로 그린맨이라고 외치고 있다.

드레곤이 옆 철봉 위로 잽싸게 몸을 날린다. 가볍게 스윙 후 X그립으로 잡고 왼손을 철봉 깊숙이 잡더니 왼쪽으로 돌아 다시 잡는다. 내게 따라하라고 고갯짓한다. 몸을 돌려 X그립으로 철봉을 잡는 순간, 나는 그만 바닥으로 추락한다.

3

주방 메모판에서 오늘의 메뉴를 살핀다. 닭볶음, 오이 초무침, 열무김치, 조미김, 시금치 된장국이다. 열무김치와 조미김은 만들어 놓은 것을 사용하면 되고 초무침과 시금치된장국은 금방 만들 수 있으므로 시간이 가장 걸리는 닭볶음을 만들기 위한 준비를 한다. 벽에 걸린 진회색 앞치마를 입고 하얀색 위생 모자를 쓴다. 행복주택의 반찬 도시락은 원래 저녁 배달이었다. 아침이면 출근하고 퇴근하면서 저녁밥을 먹기 때문이다. 하지만 코로나 사태가 터지면서 시간대가 바뀌었다.

커다란 나무 도마에 잘 손질된 닭을 엎어 놓는다. 바닥에 납작 엎드린 모습이 꼭 현수 같다. 철봉 프리스타일을 하다가 손을 놓친 현수는 한참이나 일어나지 못했다. 창피해서 많이 다쳐서가 아니었다. 그냥 모든 것을 포기한 모습이었다. 갈라진 배가 위로 가도록 닭을 뒤집는다. 내장이 제거되어 속은 텅 비었지만 갈비뼈에 아직 제거되지 못한 검붉은 핏덩이가 몇 개 붙어있다. 근육과 껍질 사이에 누리끼리한 기름도 끼어 있다. 엄마처럼 기름과 핏덩이를 손칼로 떼어 낸다.

칼집에서 네모 칼을 꺼낸다. 머리 위로 번쩍 쳐들고 손목의 스냅을 이용해 반을 자른다. 다리와 날개를 몸통에서 분리한다. 정확히 단번에 관절을 끊는 게 중요하다. 심호흡하고 다시 머리 위까지 칼을 든다. 탁! 성공이다. 이제 소리만 들어도 안다. 척이 아닌 탁! 뼈에 칼날이 박히면 틱! 근육에 칼날이 박히면 척! 그럴 때는 다시 정확하게 그 부분을 한 치 오차 없이 내려쳐야 한다. 엄마라면 두 번을 내려쳐도 그 자리에 칼날이 꽂히지만 나는 아직 그 경지에 이르지 못했다. 얼핏 보기에는 한곳 같지만 요리해놓으면 들통이 난다.

배가 너무 고프면 기력이 없고 머릿속은 공허해진다. 그런 사람에게 요리는 만든 이의 정성과 솜씨 따위는 중요하지 않다. 매콤하면서도 달콤하고 짭짤한 닭볶음탕을 내놓으면 그는 게걸스럽게 먹는다. 양념이 밴 닭살은 쫀득하기까지 하다. 그때, 쇠처럼 날카롭고 차돌보다 강한 닭 뼈가 씹힌다. 뱉어보니 지우개 가루보다 작지만 이가 상하고 만다. 그래서 토종닭은 토막 치는 일이 중요하다.

맛있는 음식을 먹으면 행복하고 존중받는 느낌이다. 이 감정은 행복 주택 거주자에게 중요한 일이라고 엄마가 말했다. 그 이유를 나는 안다. 할머니가 친딸이 아니라고 이모보다 구박하거나 천대하지 않았지만 엄마는 자주 체했다고 했다. 할머니는 민감한 위와 혀를 가진 엄마가 요리사로 제격이라며 지금 내 나이인 열네 살 때부터 주방에서 일하게 했다. 전원식당은 날마다 손님이 만원이었다. 엄마는 눈치와 행동도 빨랐다. 어른이 먼저 수저를 들기 전에는 절대 밥을 먹지 않았고 닭볶음탕 같은 것을 먹을 때는 고기보다 감자와 당근을 주로 먹었으며 양이 조금밖에 없을 때는 먼저 수저를 내려놓았다. 또한 아무리 배가 불러도 자기 양은 깨끗하게 비웠고 짜다거나 맵다거나 싱겁다는 등의 품평을 함부로 하지 않았다.

엄마가 반찬을 만들어 진열대에 놓으면 반찬통에 담는 일은 내가 한다. 반찬통은 세 칸으로 나누어져 있고 뚜껑은 연두색이거나 분홍색이다. 반찬통은 스티로폼 박스 안에 넣어 음식의 온기와 냉기를 유지한다. 200리터짜리 회색 뚜껑의 동그란 스테인리스 통에는 국을 담고 락앤락에는 사과나 귤, 바나나 등의 과일을 담는다. 과일은 반드시 제공해야 하는 것은 아니다. 주말을 빼고 매일 오후 5시에 행복 주택 거주자에게 도시락을 배달한다. 주방 보조부터 배달까지 완료하면 알바비로 하루 2만 5천 원을 받는다.

엄마는 음식이란 사람과 사람 간의 관계라고 했다. 평소에는 어려운 말을 안 하는데 요리할 때는 가끔 한다. 나 자신으로부터, 이 사회로부터, 온 세계로부터, 독립된 인격체가 되는 것이 먹는 일이라고 했다. 맛의 세계로 온전히 빠져들 수 있다면 살아있음의 증명이라고도 했다. 배고픔의 해결을 위해 음식을 먹는 것은 탐하는 것이며 주위를 어슬렁거리며 버려진 음식을 뒤지는 짐승과 다를 바 없다고 했다. 배가 고플수록 절제가 필요하다고 했다. 하지만 절대 쉬운 일이 아니라고 푸욱 한숨을 내쉬었다.

이모는 예민한 위와 미각을 가진 사람은 자신의 불행에 불행 하나를 더 얹는 매우 불행한 일이라고, 불행을 세 번이나 강조하면서 엄마에게 눈을 돌렸다. 불행의 장본인이 마치 엄마인 것처럼. 기증한 정자로 나를 낳은 것은 자신의 불행을 자초한 일이라고 언젠가 그 대가를 치를 거라고 막말도 했다. 아무거나 잘 먹고 잘 소화하고 배설도 잘하는 것이 잘 사는 거라며 주걱턱을 쳐들었다. 마치 자신이라는 것처럼. 하지만 그때 천둥과 번개가 쳤다. 혼자만 깜짝 놀라 컵을 놓쳤고 그 컵은 보기 좋게 발밑에서 박살이 났다.

이모는 틈만 나면 편의점을 비워놓고 가게로 온다. 내게 드레곤의 안부를 묻는다. 나도 모르게 드레곤이라고 호칭할 때가 있는데 이모는 요새 것들은 버릇이 없다고 에비 없는 자식이라 그렇다고 개짜증을 부린다. 그래서 '용주 쌤'이라고 말해야 하지만 습관이 안 돼 잘 안 된다. 용주 쌤은 파쿠르를 할 때면 한 마리 용이 된다. 자신도 드레곤이라는 별명을 좋아하는데 이모만 유별을 떠는 것이다. 진짜 밥맛이다. 비가 오면 파전에 막걸리가 먹고 싶다고 말하고 돈 한 푼 보태지 않으면서 우리 냉장고에 든 반찬을 마음대로 가져다 먹고 매운 갈비찜이 먹고 싶다고도 한다. 그런 날은 드레곤한테 차인 날이다. 엄마는 두말 않고 레드페퍼를 넣어 갈비찜이나 닭볶음탕을 해서 냄비째 건네준다.

나는 엄마만큼 혀와 위가 예민하지 않다. 뭐든 잘 먹는 편이다. 어쩌면 생물학적 아빠의 혀와 위를 닮았는지 모른다. 엄마는 요리하는 사람은 입맛이 까다로워야 한다고 뭐든 잘 먹고 맛있다고 느끼면 좋은 음식을 만들 수 없다고 했다. 엄마 말대로라면 나는 훌륭한 요리사가 될 수 없다. 내 꿈이 요리사라고 엄마는 알고 있지만 사실은 파쿠르 선수다. 이모 때문에 내가 현수를 좋아하는 게 들통 났다. 내색은 안 했지만 엄마 표정이 썩 좋지 않았다. 괜한 걱정은 끼치고 싶지 않아 요리사가 꿈이라고 했다. 원인 제공자는 입싼 드레곤이다. 입이 싸다는 면에서는 이모와 동급이다.

드레곤은 파쿠르 국가대표 선수다. 작년부터 우리 학교, 특별 활동 체육 강사로 파쿠르를 가르친다. 이모가 사랑하는 사람이기도 하다. 이해할 수 없는 것은 자신도 파쿠르 선수를 사랑하면서, 왜 나는 파쿠르 선수가 될 꿈나무를 좋아하면 안 된다는 것인지. 사랑이란 자존심 싸움이다. 많이 사랑하는 사람이 덜 사랑하는 사람보다 자존심을 다친다. 엄마는 어쩌면 자존심을 다치고 싶지 않아 사랑 따위는 하지 않기로 마음먹고 정자를 제공받아 나를 낳았는지 모른다.

현수가 우리 반 반장처럼 아빠가 의사였다면 의사나 검사, IT관련 전문가가 될 확률이 높다. 전 국가대표 축구선수를 아빠로 둔 체육부장이었다면 손흥민이나 이강인 같은 국제적 축구선수가 될 수도 있다. 공부도 잘하고 운동도 잘하는 현수지만 키가 작다는 이유로 행복 주택에 산다는 이유로 모든 것을 포기해야 한다. 그래서 지금은 파쿠르에만 매달린다. 드레곤은 현수를 조교라고 부르는데 그럴 때 현수의 얼굴은 빛이 난다.

현수가 철봉 프리스타일을 하다가 손을 놓쳤다. 드레곤이 현수를 들쳐 업고 보건실로 뛰어갔다. 나는 당번이어서 종례를 마친 후 현수의 책가방을 챙겨서 보건실로 갔다.

학교에서 집까지 다섯 정거장인데 처음으로 걸었다. 현수가 버스를 타지 않기 때문이다. 내가 차비를 내줄 수 있지만 그렇게 하지 않았다. 사랑이란 강요가 아닌 존중이기 때문이다. 이모가 이것을 안다면 드레곤과 잘 지낼 수 있을지도 모른다. 한 정거장을 남겨놓고 쉬었다 가자며 내가 정류장 의자에 앉았다. 102번 버스가 두 번 지나갔다. 현수가 휴대폰을 꺼내 시간을 확인하고 그만 가자고 했다. 입을 꾹 다문 채 한 마디도 안 하더니 할머니가 어르신 유치원에서 올 시간이라고 했다. 내가 자리에서 일어나며 물었다.

"왜 너는…… 죽기 살기로 바쿠르를 해?"

현수가 하늘을 올려다보았다. 미세먼지로 해도 보이지 않는데 인상을 쓰고 되레 내게 물었다.

"늑대와 토끼가 달리기를 하면 누가 이기는지 알지?"

당연히 토끼가 이긴다. 토끼는 늑대에게 잡아 먹히지 않기 위해 목숨을 걸고 달리기 때문이다. 아! 현수가 지친 거구나. 키도 작은데 어깨까지 움츠리고 있어 초딩 같은 현수가 전학생이 아니었다면, 내 짝꿍이 아니었다면, 행복 주택에 살지 않았다면, 국영수 월말시험에서 1등을 하지 않았다면, 나는 아무 관심도 없었을 것이다. 안타까운 것은 현수가 2학년 때부터는 모든 일에 시들해졌다는 것이다. 그렇다면 늑대에게 잡아먹히기로 마음을 바꾼 걸까? 아, 안 되는데…… 현수가 벌써 저만치 가고 있다.

4

드레곤이 아디다스 트레이닝 바지를 레깅스처럼 입고 편의점에 나타났다. 삼각김밥과 컵라면을 계산하면서 손으로 사타구니 안쪽으로 파고드는 봉제선을 잡아당긴다. 그 모습이 민망해 나는 눈을 돌린다. 그가 혼잣말한다.

“사이즈가 너무 작은가?”

나는 대꾸하지 않고 바코드를 찍는다. 드레곤의 운동복은 대체로 하체에 짝 붙는 스키니 핏이다. 삼선 줄이 들어간 아디다스 트레이닝이 지나치게 작아 레깅스 같다. 드레곤은 계산을 마치고 컵라면에 물을 붓는다. 삼각김밥의 비닐을 벗겨 크게 한입 베어 물며 의자에 앉는다. 나는 진열대로 가서 물품을 정리한다.

앗 뜨거! 소리와 함께 의자가 넘어간다. 드레곤이 국물을 뱉는다. 허벅지로 국물이 튄다. 손으로 턴다. 나는 괜찮으냐고 묻고 그에게 물티슈를 건넨다.

“에이, 작아서 반품하려고 했는데…….”

드레곤이 투덜거리며 물티슈로 허벅지를 닦는다. 요새 그가 많이 피곤해 보인다. 코로나 사태 이전에는 회사원으로 구성된 '길'이라는 파쿠르 동호회를 이끌었다. 운동을 마치면 이들과 맥주를 한잔했다며 입매가 조커만큼이나 올라간 상태로 들어오곤 했다. 그런데 지금은 대회는 물론 대학 강의도 우리 학교 체육 수업도 취소되었다. 혼자 중앙공원에서 운동을 하거나 유튜브에 올릴 동영상을 제작하며 시간을 보낸다. 가끔 내가 동영상을 찍어 줄 때가 있다. 그때 파쿠르는 '길', '코스', '여정'이라는 프랑스어라고 했다. 내가 물었다.

"선생님은 지금 가고 있는 길을…… 후회, 안 해요?"

드레곤이 내 어깨에 손을 얹었다. 살며시 쥐었다 놓으며 말했다.

"그 누구도 끝까지 가보지 않으면 어떤 길인지 몰라. 나도 가는 중이거든."

드레곤은 내게 상체 근력을 키워야 된다고 단백질을 많이 섭취하라며 내 가슴을 더듬었다. 나는 질겁했지만 그 후 편의점에 오면 3개로 포장된 구운 계란을 바코드에 찍고 먹는다. 한 개는 남겨서 꼭 할머니께 드린다.

드레곤이 라면 용기를 들고 자리에서 일어난다. 국물을 수거함에 따르고 용기는 물로 헹군 후 재활용함에 버린다. 나는 비비빅바를 그에게 건넨다. 할머니가 좋아하는 아이스바인데 1+1 행사가 걸려서 미리 계산해 놓았다. 드레곤도 팥 아이스바를 좋아한다. 그가 씨익 웃으며 내 머리를 흩트린다. 아, 라고 감탄사를 뱉는다. 마치 깜박했다가 떠올랐다는 듯.

"네가 입을래? 어차피 반품도 못 하게 됐는데."

드레곤이 아이스바를 입에 문 채 양 손가락으로 자신의 아디다스 트레이닝 바지를 집게처럼 붙잡고 있다. 나는 무심한 척 눈을 떼고 아무 대꾸도 안 한다. 아이스바를 우드득 얼음 깨물 듯 하고는 말한다.

"공짜로는 안 되고 컵라면 10개랑 삼각김밥 10개."

드레곤은 내 대답도 듣지 않고 진열대로 걸어가 컵라면 10개를 챙겨서 계산대 위에 놓는다.

"삼각김밥은 날마다 와서 먹을게."

"날마다는 안 되죠. 열 개라면서요. 하루 두 개를 먹을 수 있고 어쩔 때는 세 개도 먹잖아요."

드레곤이 피식 웃는다. 바지는 벗어서 현관 문고리에 걸어 둘 테니 빨아서 입으라고 한다. 입에서 막대만 쏙 빼서 휴지통에 던져 넣고 컵라면을 안고 사라진다. 나는 드레곤이 사라지자 양쪽 주먹을 꽉 쥐고 끌어당기며 입 모양으로만 환호성을 지른다.

택배 배달원이었던 아빠는 나를 할머니에게 맡기고 집에 안 들어오는 날이 잦았다. 아빠가 재혼했다는 것을 안 것은 할머니가 치매 판정을 받고 복지사의 도움으로 아빠의 연락처를 알아내고서였다. 아빠에게는 나 말고도 아이가 둘이나 있었다. 그곳의 생계를 책임지는 것만도 힘에 부친다며 할머니와 나를 부양할 수 없다고, 그 말을 전하면서 복지사가 한숨을 쉬었다. 할머니는 복지사의 손을 토닥이며 미안하다고 했다. 복지사는 왜 할머니가 미안해하느냐며 완전 싹수없는 아들이라고 말했다가 내 눈치를 보았다. 나는 못 들은 척했다. 복지사는 아들이 살아 있기 때문에 할머니가 생계지원금을 받을 수 없다며 몇 가지 처리해야 할 절차가 있다고 했다. 그 복지사 덕분에 우리는 행복 주택으로 입주할 수 있었고 생활지원금도 받게 되었다. 그러나 내 용돈은 벌어 써야 해서 편의점 알바를 시작했다.

보람이는 내가 아빠 없는 아이라는 것을 단박에 알았다. 할머니와 사는 아이라는 말이 듣기 싫어 항상 옷도 깔끔하고 단정하게 입었고 머리도 날마다 감았으며 세수 후에는 반드시 베이비로션을 바르고 손톱도 이 주에 한 번꼴로 깎고 미용실도 두 달에 한 번은 가는데도 또래보다 키가 작고 어깨가 좁고 굽었기 때문에 보람이가 눈치 챈 것 같다. 나는 사랑하는 사람을 힘껏 안아본 적이 없다. 사랑하는 사람한테 안겨서 실컷 울어본 적도 없다. 설움과 분노가 내 어깨를 누르고 있기 때문에 키도 몸도 자라지 못한 것이다. 사랑하는 사람을 안는다는 것은 그 사람의 아픔과 고통, 감정을 공유한다는 의미라고 보람이가 말했을 때 코감기에 걸린 것처럼 코가 빽빽했다.

보람이 말대로 사랑하는 사람을 자주 안으면 내 고통이 증발될까? 웅덩이에 고인 물이 햇빛에 증발하듯이…….

어깨를 쫙 펴고 팔을 머리 위로 올려 기지개를 켠다. 아, 시원하다. 보람이도 늘 웅크리고 있었던 게 분명하다. 사랑하는 엄마가 있어도 아빠가 필요할 때가 있다. 요리사가 꿈도 아니면서 엄마를 도와 일하는 것을 보면 철이 든 것 같다. 엄마를 도와 도시락 배달을 하는 보람이에게 할머니는 아빠가 없어서 일찍 철들었다고 했다. 그 말에 완전 동의한다.

사람마다 생김새가 다르듯 파쿠르의 기술도 만만한 것이 있고 그렇지 않은 게 있다. 랜딩(착지)과 콩볼트(넘는 것)는 쉽지만 벽을 타는 기술은 꼭 실패한다. 심리적 저항선 때문이다. 내가 아무리 열심히 해도 성공할 수 없는 것들이 있다. 그럴 때는 빨리 포기하는 게 낫다. 갈수록 포기해야 할 것이 많다. 나는 축구를 좋아한다. 좋아하기 때문에 잘한다. 하지만 일주일에 두 번씩 클럽에 다니면서 트레이닝을 받는 아이들보다 내가 더 잘할 수 없다. 키가 작다는 것도 운동에 있어 약점이다. 나는 공부도 잘한다. 아니 잘했다. 하지만 개인 과외를 받고 서울까지 주말마다 엄마의 차를 타고 족집게 과외를 받는 아이보다 내가 더 잘할 수 없다. 좋아하는 것과 잘하는 것은 같을 수 없다. 이제는 포기가 쉽다. 그것을 알기 때문이다. 그렇지만…… 돌덩이에 맞은 것처럼 가슴이 아프다. 웅크리고 이를 악물어도 통증이 쉽게 가라앉지 않는다. 나를 동정하는 시선과 위로의 말은 상처에 소금을 뿌리는 일이다. 보람이는 내가 왜 아픈지, 슬픈지, 정확히 안다. 보람이도 아빠가 없기 때문이다. 어떻게 아빠 없이 아니 아빠가 누군지 모르면서 보람 엄마는 아이 낳을 생각을 했을까? 외로워서 그랬을까? '애초에 존재하지 않는 것'과 '어떤 이유로 존재하지 않는 것'은 다르다. 보람이는 애초에 아빠가 존재하지 않았고, 나는 아빠가 내 존재를 거부했으므로 존재하지 않는다.

치매 판정을 받은 할머니와 행복 주택으로 이사 왔을 때, 입학한 지 두 달 만에 전학 왔을 때, 보람이가 짝꿍이 아니었더라면, 파쿠르를 알지 못했다면, 나는 견디지 못했을 것이다. 파쿠르 국가대표 선수가 돈을 많이 벌지 못한다는 게 너무 아쉽다.

할머니는 사람이 죽고 사는 일은 인간의 힘으로 할 수 없는 일이라며 하느님의 뜻이라고 했다. 아빠가 내 아빠로는 존재하지 않고 다른 아이의 아빠로만 존재하는 것도 하느님의 뜻이냐고 따져 묻자 할머니가 쓰러졌다. 할머니가 치매에 걸린 이유가 나 때문인지 모른다. 내가 자꾸 곤란한 질문을 던지기 때문에 정신을 놓아버리기로 한 것이다. 이제 더는 아빠를 원망하지 않는다. 아무 소용없기 때문이다.

5

닭 한 마리면 7개의 반찬 도시락을 채울 수 있다. 마트에서 거래되는 닭을 이용하면 편하지만 엄마는 토종닭만 고집한다. 토종닭은 육질이 단단하다. 일곱 마리를 토막 냈더니 알통이 생긴 것 같다. 모든 요리는 집중력을 요한다. 내가 정성을 쏟는 이유는 엄마처럼 요리에 대한 진정성이 있어서가 아니라 405호 현수 때문이다.

저장실에서 닭볶음에 사용할 감자 15개를 꺼낸다. 닭 한 마리당 감자는 2개가 들어간다. 양파는 한 마리당 1개에서 1개 반. 그래서 8개를 양파망에서 꺼낸다. 당근은 5개면 충분하다. 대파는 다섯 뿌리를 꺼낸다. 개수대에 놓고 수돗물을 틀어 한꺼번에 씻는다. 필러로 감자 껍질을 벗긴다. 뽀얀 속살이 참 예쁘다. 당근은 그물망 수세미로 씻고 칼로 잎사귀의 파란 부분을 도려낸다. 양파는 뿌리 부분부터 도려내고 붉고 얇은 껍질을 살살 벗겨낸다. 코와 눈이 맵더니 눈물이 쏟아진다. 키친 타월을 뜯어 코를 풀고 얼굴까지 닦는다. 대파 뿌리도 깨끗하게 씻어 양파껍질과 함께 대소쿠리에 넌다. 서늘한 곳에서 말린다. 육수 끓일 때 사용한다.

카톡이 울린다. 앞치마에서 휴대폰을 꺼낸다. 드레곤이다. 고무장갑을 벗고 패턴을 풀고 문자를 확인한다.

2시 중앙공원 연습. 꼭 참석!

나는 고민한다. 일단 ㅇㅇ라고 자음으로 답장을 보낸다. 현수의 할머니가 요새 많이 아프다. 그래서 현수가 이틀이나 연습에 빠졌다. 오늘은 어쩔지 모르겠다. 고무장갑을 끼려는데 휴대폰이 또 울린다. 이번에는 엄마다.

"반찬 만들어?"

"응."

"이모한테 도우라고 할까?"

"아니, 절대로!"

바쁘다며 내가 먼저 전화를 끊는다. 팔팔 끓는 물에 조각낸 닭을 넣고 한소끔 끓인다. 이 일은 엄마가 내게 맡기지 않는다. 위험하기 때문이다. 그렇다고 건너뛸 수 없다. 팔팔 끓는 물에 생닭을 넣고 한소끔 끓이는 이유는 닭의 비린내 제거뿐 아니라 불순물도 없앨 수 있다. 또한 쫄깃한 식감도 살릴 수 있다. 20리터짜리 알루미늄 찜통에 물을 받아 가스레인지에 올린다.

양념장을 만든다. 매실과 생강 액기스, 멸치액젓, 양조간장, 다진 마늘, 고추장, 고춧가루, 설탕, 물엿을 적당히 넣고 섞는다. 여기에서 '적당히'가 중요하다. 개량스푼을 엄마는 사용하지 않으므로 나도 '적당히' 넣는다. 그리고 엄마처럼 검지로 찍어 간을 본다. 조금 싱겁다. 양조간장을 한 숟가락 더 넣고 맛본다. 음, 됐다! 썰어놓은 양파와 마늘, 고추장과 고춧가루를 넣고 골고루 버무린다. 엄마는 내가 요리사가 되는 것을 원치 않는다. 나도 마찬가지다. 요리는 결코 쉬운 일이 아니다. 하지만 음식이 완성되어 예쁜 접시에 놓이고 그것을 맛본 사람이 아, 맛있다! 라고 말하면 뿌듯하다. 나는 아빠, 엄마, 나, 셋이서 식탁에 앉아 밥 먹는 모습을 종종 상상한다. 나도 모르게 입꼬리가 올라간다.

엄마는 닭요리를 안 좋아하지만 나는 좋아한다. 생물학적 아빠가 좋아하기 때문일 것이다. 엄마는 A형인데 나는 O형이다. 그러니까 정자 제공자의 혈액형은 A형일 수도 있고 B형일 수도 있으며 나와 같은 O형일 가능성도 있다. 엄마의 눈은 크고 속 쌍꺼풀이 있다. 나도 그렇다. 하지만 눈동자가 엄마는 갈색인데 나는 까맣다. 머릿결도 엄마는 갈색인데 나는 검은 직모다. 엄마는 파마와 염색을 자주해서 그렇다고 했다. 엄마는 내성적이고 온순한데 나는 외향적이고 활동적이며 다혈질이다. 성격도 엄마가 아닌 정자 제공자를 닮은 건지 모른다. 갑자기 우울해지고 극히 소심해질 때도 있다. 정자 제공자가 그렇지도 모르는데 엄마는 내가 사춘기라 그렇다고 했다. 엄마의 얼굴은 갸름한데 나는 둥글다. 젖살이 빠지면 갸름해진다고 '너는 내 딸'이라고 강조하듯 한 자씩 끊어 말한다. 나는 진짜, 내가 궁금하다. 언제쯤 엄마는 아빠에 대해 말해줄까? 아니 영영 말해주지 않을지도 모른다.

물이 끓는다. 뜨거운 물이 튀지 않도록 조심하며 닭을 넣는다. 불순물이 물 위에 둥둥 뜬다. 커다란 국자로 건져낸다. 뜰채를 이용해 닭을 건져 소쿠리에 담는다. 엄마라면 양쪽 테두리를 행주로 잡고 인상을 쓰며 곧바로 소쿠리에 쏟고 차가운 물세례를 퍼부을 것이다. 나는 아직 그 경지가 아니다. 엄마와 키는 같지만 뼈와 살이 아직 야물지 못한 열네 살이기 때문이다.

양념에 버무린다. 조림용 솥에 넣고 가스레인지를 켠다. 중간 불로 하고 한소끔 끓으면 야채를 넣고 양념이 배도록 나무주걱으로 섞는다. 이제 약한 불로 삼십 분 이상 익히면 끝이다.

시계를 보니 11시다. 도시락 반찬통 50개의 뚜껑을 모두 열어 식탁 겸 조리대로 사용하는 곳에 놓고 반찬을 채운다. 닭볶음탕, 오이 초무침, 김치(김치는 엄마가 미리 담가놓았다). 뚜껑을 닫고 반찬통을 스티로폼 박스에 넣는다. 배달 박스 위에 아파트 호수가 적힌 종이를 끼운다. 핸드 카트에 박스를 차곡차곡 싣는다. 10개를 실을 수 있지만 요령이 필요하다. 2층의 것을 먼저 싣고 201호를 제일 나중에 실어야 배달이 편하다.

카트를 끌고 엘리베이터를 탄다. 2층에서 내린다. 2층은 총 3개의 도시락을 신청했다. 201호, 204호, 205호. 초인종을 누르며 반찬 왔어요, 라고 외치고 손잡이에 박스를 건다. 네에, 라고 대답하는 곳은 없다. 그러나 201호는 곧잘 대답한다. 무용하는 시립단원 언니인데 연예인이 꿈이라서 얼마 전에 양악수술을 받았다. 204호는 초인종을 누르지 않고 손잡이에 도시락만 건다. 헝헝…… 목소리를 잃은 보리가 대답한다. 원래 애완용과 함께 사는 것은 금지되어 있는데 애견 센터에서 일한다는 직업상 특성과 스무 살로 살날이 얼마 안 남은 늙은 개라는 것을 고려해 입주민들이 동의해 주었다. 보리의 목소리는 동굴에서 길을 잃고 누군가를 애타게 부르는 듯하다. 듣고 있으면 괜히 슬퍼진다.

도시락 배달을 마쳤다. 얼른 밥을 먹고 중앙공원으로 가기 위해 서둔다. 엄마가 알면 뭐라 하겠지만 반찬통과 닭볶음 솥을 통째로 식탁 위에 놓는다. 밥 한 숟가락을 크게 떠서 입에 넣고 양념이 골고루 밴 닭고기를 하나 집어 먹는다. 으음, 내가 만들었지만 진짜 맛있다. 행복주택 입주자들은 엄마의 손맛과 내 손맛을 구분 못 할 것이다. 설거지는 저녁에 해야겠다. 이모가 알면 엄마한테 고자질할 것이니 문은 잠근다.

반찬 냄새가 몸에 뱄다. 얼른 옷을 갈아입고 세수를 한다. 수건으로 얼굴을 닦으며 가만히 거울을 본다. 엄마가 아닌 다른 누군가가 내 얼굴에 있다. 엄마의 얼굴은 갸름하고 쌍꺼풀이 없고 입술이 얇다. 나는 동그랗고 쌍꺼풀이 진하고 입술이 도톰하다. 좋은 정자를 골랐다고 자신의 선택이 탁월했다고 술 한잔한 엄마가 도발적으로 말한 적이 있다. 그렇게 말하는 이유는 엄마의 선택이 실수로 여겨지면 안 되기 때문이다. 하지만 나는 누구인가?

6

코로나 때문에 학교에 가지 않지만 할머니도 어르신 유치원에 못 간다. 요양보호사가 방문하는 오후 1시에서 4시간까지, 내가 밖에 나갈 수 있는 시간이다. 서둘러 점심을 먹기 위해 밥통에서 밥을 푸고 반찬 도시락을 연다. 내가 좋아하는 닭볶음이다. 입안에 금세 침이 고인다. 할머니는 요양보호사가 오면 같이 먹겠다고 한다. 보호사가 씀바귀나물을 무쳐오겠다고 했다며 할머니 몫의 닭볶음을 모조리 내게 준다. 내가 아니라고 해도 고집을 꺾지 않는다. 5분 만에 밥을 먹고 싱크대에서 설거지한다. 더러운 도시락통을 그냥 보낼 수 없다.

중앙공원은 한산하다. 점심을 너무 많이 먹은 것 같다. 아니 급하게 먹은 탓인가? 슬슬 배가 아프다. 운동 전에 과식하면 안 되는데 할머니 때문이다. 아니 닭볶음 때문이다. 아니 보람이 때문이다. 조금 걸어야 할 것 같다. 나는 아디다스 트레이닝 바지를 내려다본다. 우리 반 15명 중, 이 바지를 안 입은 아이는 이제 없다. 천천히 맨몸 운동을 시작한다.

암 점프를 일주일이나 연습했는데 아직 성공 못 했다. 코어(몸을 감싸고 있는 근육)운동과 팔의 힘을 키우기 위해 유튜브

동영상을 보며 연습하지만 쉽지 않다. 철봉 앞으로 간다. 이곳에는 4단 철봉이 두 개가 있다. 가장 낮은 것은 내 가슴 높이, 그 옆은 머리 높이, 그 옆은 팔을 뻗으면 닿는 높이, 가장 높은 곳은 펄쩍 뛰어야 손이 닿는 높이에 있다. 나는 가장 높은 곳의 철봉 앞에 선다. 점프하여 양손으로 잡는다. 드레곤이 목표로 정해준 턱걸이 개수는 오십 개다. 서른 개가 마(魔)의 문턱이다. 스무 개까지는 쉽지만 서른 개부터는 하체의 반동을 이용해야 가능하다. 다섯 개를 보탠다. 팔에 힘을 빼고 좀 쉬다가 세 개를 더한다. 목과 턱을 최대한 늘려 두 개를 한다. 컨디션이 좋을 때는 쉰 개까지 문제없다. 올가을에 출전할 파쿠르 경기에 듀엣으로 보람이랑 함께 할지, 단독으로 출전 할지, 아직은 모르겠다. 드레곤은 보람이도 파쿠르에 소질이 있다며 연습 때마다 호출한다. 어쩌면 듀엣으로 참여할 가능성이 크다. 나도 모르게 입꼬리가 올라간다.

다시 팔에 힘을 주고 몸을 끌어올린다. 다리로 허공을 차면서 힘겹게 세 개를 하고 다시 팔을 늘어뜨린다. 목표는 채워야 한다. 몸을 끌어올려 턱이 철봉에 닿자마자 힘을 뺀다. 마지막 한 개! 어금니를 물고 팔에 힘을 주지만 으으으…… 턱이 철봉에 닿자마자 손을 놓아 버린다. 중심을 잃고 휘청인다. 손바닥이 뜨겁다. 오른손 중지 밑과 약지의 살갗이 까졌다. 드레곤은 굳은살이 박여 바늘로 찔러도 끄떡없다. 탄마

가루도 잘 뿌리지 않는다.

그가 파쿠르를 시작한 지는 이십 년 전이라고 했다. 나와 같은 중1 때 아빠가 고속도로에서 농산물을 싣고 가다가 전복되어 사망했다고 했다. 한 달이나 집 밖을 나가지 않았다고 했다. 우연히 영화「야마카시」를 보았는데 꿈에서 그들처럼 건물과 건물을 뛰어넘고 높은 화단을 짚고 앞으로 굴러 내려오면서 계단의 난간을 짚고 옆 돌기 했으며 옆 건물로 기어오르고 공중 회전하여 사뿐히 바닥에 착지하면서 난간을 두 손으로 잡고 밑으로 통과한 뒤 회전하여 두 발로 서고 양팔을 벌리고 두두두둑 물 위를 걷는 것처럼 건물의 기둥을 잡고 몸을 가로로 세우고 그 기둥을 타고 하강하여 착지…… 결국 침대에서 굴러떨어졌다.

파쿠르 수업 첫날에 우리에게「야마카시」를 보여주었다. 아이들이 환호성을 지르며 서로 하겠다고 했다. 인원이 너무 많아 테스트를 거쳤다. 양발 동시에 점프해서 작은 나무상자 위로 올라서기, 팔을 힘차게 휘두르며 더 멀리 점프하기, 제자리 점프하기와 장애물 위에서 한 손과 한쪽 발을 짚으면서 넘어가기, 발은 앞꿈치로 딛고 무릎은 굽혀지지 않게 세우기, 왼발과 오른발을 바꿔가며 한 번 더 하기, 엎드린 친구의 등을 타고 넘기 등의 테스트를 했는데 성공한 아이는 겨우 다섯 명이었다. 내가 첫 번째였고 보람이가 두 번째였다.

드레곤은 5층에 살지만 계단으로 다닌다. 난간을 미끄럼 타면서 주욱 내려온다. 계단을 오를 때도 발을 굴러 세 단을 단번에 뛰어오르고 한 손으로 난간을 짚으면서 가로로 몸을 세워 공간을 순식간에 이동한다. 그가 행복 아파트에 처음 입주했을 때 관리원은 도둑인 줄 알고 방범대에 신고했다. 나도 드레곤처럼 계단을 타고 내려오다가 그만 꼬꾸라졌다. 그때 보람이는 도시락 배달 중이었다.

우르르르, 꿍꿍꿍, 꽝…… 관리실에서 아저씨가 달려 나왔고 아줌마와 편의점 사장님도 뛰어나왔다. 무릎과 발목이 진짜 아팠지만 자리에서 벌떡 일어났다. 파쿠르 연습을 했다고 말하지 못하고 발을 잘못 디뎠다고 했지만 보람이는 피식 웃었다.

벤치로 간다. 좀 쉬고 싶다. 나는 누구인가? 이 질문에서 벗어날 수 없다. 나는 아빠를 딱 한 번 봤다. 할머니가 빙판에 넘어져 졸업식에 올 수 없었기 때문에 아빠에게 연락을 했다고 했다. 단번에 나는 아빠를 알아봤다. 내가 아빠를 너무 닮아 있었다. 하지만 아빠는 졸업식이 끝날 때까지 나를 찾지 못했다. 진회색 양복 위에 검정 패딩을 걸치고 운동화를 신고 꽃다발을 든 채 두리번거렸다. 내가 아빠 곁에 섰을 때, 마치 앞을 가린 장애물을 피하듯 옆으로 고개를 뺐다가 나를 보았다. 아, 라고 했던가? 어, 라고 했던가? 어정쩡한 표정으로 입매를 끌어올렸는데 지나가던 사람이 아빠의 팔을 쳤다. 꽃다발이 땅에 떨어졌다. 그 꽃다발을 줍기 위해 아빠가 허리를 굽히자 정수리가 훤했다.

나는 시간이 지날수록 아빠를 닮았다. 짱구처럼 진한 눈썹과 옆으로 올라간 눈매, 도톰한 콧방울과 또렷한 입술선…… 웹툰에서 나오는 간신처럼 턱 아래만 자라는 수염까지. 작달막한 키도 아빠를 닮았다. 긴장하면 이마에 땀이 맺히고 어금니를 꽉 무는 버릇도 아빠를 닮아 그러는지 모른다. 할머니는 자꾸 나를 영수라고 부른다.

샤워를 하려고 옷을 벗으면 쇄골 아래로 U자가 선명하고 팔뚝도 줄을 그은 것처럼 볕에 탄 부분과 안 탄 부분이 선명하다. 할머니는 전염병이 도는데 왜 자꾸 돌아다니느냐고 야단이다. 할머니는 내가 왜, 가슴이 터질 것 같은 공포 속에서도 건물과 건물을 건너뛰고 손이 닿지 않는 높은 절벽을 기어오르고 난간과 담벼락을 한 손으로 짚고 공중 회전하여 뛰어넘는지, 계단을 한 계단씩 찬찬히 내려오지 않고 발을 굴러 공중회전으로 점프하여 단번에 내려오는지, 진짜 모른다. 딱 한 사람, 보람이만 안다. 보람이도 아빠가 없기 때문이다.

(2021년《표현》겨울호)

한 가족 다 식구

†

〈아침〉

종호는 눈을 떴다. 머리맡에 놓아둔 휴대폰으로 시간을 확인했다. 4시 30분. 가만히 일어나 4시 50분에 맞춰놓은 알람을 해제했다. 경서가 새벽 3시에 치킨집 알바를 마치고 들어왔을 터였다. 한 번씩 죽음처럼 잠에 빠질 때가 있었다. 그때 잠이 깼더라면 알람이 울려야 눈을 떴을 것이다. 요새 일이 많았다. 이사철인데다 겨우내 죽어버린 화초를 뽑고 화단에 꽃이나 나무도 심어야 했고 해빙으로 누수가 있는 노인정 앞 주차장을 파헤치는 공사도 이틀째하고 있었다.

경서는 팬티 바람으로 이불을 다리에 칭칭 감고 잠들어 있었다. 종호는 나무 기둥처럼 굵고 단단한 손자 경서의 다리에서 이불을 빼낸 후 가슴 위로 덮어주었다. 자신이 사용한 이불과 요는 개어 붙박이장에 넣고 화장실로 가기 위해 발소리를 죽인 채 방을 나왔다. 문 여닫는 소리, 발소리, 물소리 등의 소음을 최소화하기 위해 가뜩이나 작은 몸을 더 움츠렸다.

주방의 보조등을 켰다. 큰 주전자의 보리차를 작은 주전자에 따라 가스레인지에 올렸다. 밥통에서 밥을 덜고 냉장고에서 김치 보시기를 꺼냈다. 가스레인지 불을 끄고 조금 데워진 보리차 물을 밥에 부었다. 물부터 마시고 김치를 얹어 밥을 먹기 시작했다. 달그락 소리가 나지 않도록 수저와 젓가락을 손에서 내려놓지 않았다.

5시 20분. 현관을 나와 버스정류장으로 걸었다. 늦어도 6시까지 이편한아파트 경비실에 도착해야 했다. 도착하면 경비옷으로 갈아입고 7시부터 아파트 입구에서 주차봉을 들고 차량 통제로 하루를 시작했다.

성진은 5시 30분 알람 소리에 눈을 떴다. 머리맡의 휴대폰을 찾아 알람을 해제했다. 옆에 누운 예순이 끙 소리를 내며 돌아누웠다. 성진은 일어나려다가 예순을 뒤에서 안았다. 뜨뜻한 두부를 만지는 느낌이었다. 예순의 면티를 위로 쭈욱 올리고 몰캉하고 부드러운 젖가슴을 주물렀다. 예순이 처녀적

보다 두 배는 몸집이 불었다. 젖가슴도 그만큼 커졌다. 예순이 으응, 코맹맹이 소리를 내며 반듯하게 누웠다. 성진의 성기가 빳빳이 곤두섰다. 40킬로그램에 달하는 에어컨을 등에 지고 하루에 네댓 집을 방문하여 설치하고 집에 오면 삶아 놓은 무청이나 다름없었다. 아무리 멋지고 예쁜 여자가 훌딱 벗고 자신의 성기를 애무해도 새끼줄에 널린 무청은 살아날 수 없듯 자신도 그랬다. 그런데 오늘 아침은 달랐다. 밤 11시가 되어 돌아온 예순도 무청과 함께 삶아지는 시래기나 다름없었고 평소에 성진의 손만 닿아도 피곤해! 라고 신경질을 부리고 베개에 머리를 얹으면 곧바로 코를 곯았는데 성진의 손길을 거부하지 않았다. 부부관계를 한 지가 언젠지 기억할 수 없었다.

성진은 예순의 유두를 혀로 애무하려다가 급하게 허리를 들고 자신의 바지를 끌어내렸다. 금방 쏟아질 것처럼 과부하가 걸렸다. 서운한 감이 없지 않지만 예순도 노랗고 파란 꽃무늬가 얼룩덜룩 프린트 된 파자마를 벗었다. 하지만 팬티는 벗지 않았다. 성진이 한 손으로 예순의 방해물을 에어컨 포장박스 벗기듯 제거하고는 곧바로 허리 운동을 시작했다.

성진이 예순의 몸 위에서 내려왔을 때 5시 50분이었다. 화들짝 일어나 화장실로 갔다. 6시 30분까지 상차(上車)장으로 가야 했다. 어느새 6시 5분이었다. 아침밥은커녕 머리에 물이 뚝뚝 떨어지는 상태로 집을 나섰다. 부리나케 트럭에 올라 시동을 걸고 주차장을 빠져나갔다.

예진은 누군가 부주의하게 거실을 오가고 현관문을 꽝 닫는 소리에 잠이 깼다. 알람이 울리지 않았으므로 아직 일어날 시간은 아니었다. 머리맡으로 손을 뻗어 휴대폰을 집었다. 6시 5분이었다. 이불을 끌어 당겨 어깨를 덮고 돌아누우려는데 조카 현서가 굵직한 다리를 자신의 배에 척 올려놓았다. 예진은 현서의 다리를 밀어놓고 옆으로 돌아누웠다.

직업학교에서 미용사 자격증을 취득한 현서는 〈가위손〉에서 스텝으로 일하고 있었다. 날마다 서 있어서 다리가 통나무가 됐다고 투정을 부렸지만 자신이야 말로 하루 8시간 이상 선 채로, 고객을 응대하는 세월이 십 년 넘다 보니 푸른 정맥이 허벅지와 오금 아래로 나타나기 시작했다. 이제는 유니폼에 새겨진 매니저 이예진이라는 명찰만 봐도 짜증이 났다. 자그마한 가게라도 얻어 독립하고 싶었지만 대학 때부터 사귄 남자친구는 아직도 시간강사였다. 그는 몇 년 전부터 농담으로라도 결혼하자는 말을 하지 않았다. 이유야 짐작하고도 남았다. 언제까지 언니네에 얹혀살 수는 없었지만 지금으로서는 뾰족한 수가 없었다. 남자친구가 대학원에 가겠다고 했을 때 말렸어야 했다는 후회가 들었다. 등록금과 용돈을 대주었던 자신이 한심했다. 시집간 친구들이 모두 여유롭게 사는 게 아니라서 결혼이 최종 목적지가 될 수 없다고 생각하지만 피부 톤과 눈가의 주름이 마흔이라고 말하고 있었다. 가물가물 다시 잠속으로 빠져들었다.

띠리리리. 띠리리리.

휴대폰의 알람을 해제했다. 이 집에서 자신이 화장실을 가장 오래 사용하므로 게으름을 피울 수 없었다. 어깨까지 닿는 긴 생머리 때문이었다. 남자친구가 좋아하는 스타일이라 십 년째 유지하고 있는데 확 잘라버리고 싶었다.

수건으로 머리를 감싸고 방으로 들어와 이불과 요는 발로 쭈욱 밀어놓고 거울 앞에 앉았다.

기초화장을 끝냈다. 시간을 확인했다. 7시 10분. 머리를 말리기 위해 헤어드라이어를 켰다. 위이잉…… 현서가 이불을 끌어당겨 제 얼굴을 덮었다.

이제 세밀 화장을 해야 했다. 눈썹과 아이라인을 그리고 속눈썹을 붙이고 마스카라로 마무리를 하고 립라이너로 입술선을 그리고 그 위에 립스틱을 바르고…… 이제 고데기로 끝머리만 웨이브지게 손질하면 되는데 마음에 들지 않았다. 휴대폰을 열고 시간을 봤다. 7시 40분. 현서의 옆구리를 발로 찔렀다. 한 번에 일어날 현서가 아니라서 이불을 걷어내고 엉덩이를 철썩 때렸다. 인상을 찌푸리며 일어나 예진이 들고 있던 고데기를 받아들고 하품을 하면서도 예진 뒤에 무릎을 대고 섰다. 예진은 손거울로 뒷머리를 비춰가며 점검했다. 머리 손질을 마쳤을 때는 7시 55분.

예진은 펼쳐 놓은 화장품이며 고데기를 그대로 둔 채 붙박이장을 열었다. 시간이 아무리 빠듯해도 전신 거울을 보며 블라우스에 스커트를, 스트라이프가 들어간 셔츠에 청바지를 대보다가 일주일 전에 산 시폰 원피스를 입었다. 화사하고 예뻤다. 서랍을 열어 스타킹을 꺼내 빠르게 신었다. 완성된 모습을 다시 거울에 비췄다. 나쁘지 않았다. 백을 어깨에 걸치고 휴대폰을 보았다. 8시 15분. 헐! 예진은 부리나케 집을 나섰다.

현서는 예진이 나가자 하품과 기지개를 켰다. 9시 30분까지 출근하려면 일어나야 했다. 새로 오픈한 미용실이라 일이 많았다. 화장실로 들어갔다. 예진의 긴 머리카락이 세면대는 물론이고 변기 위에도 징그럽게 붙어 있었다. 세정제 뚜껑과 샴푸 병 주위는 흰 거품이 묻어 있었고 젖은 수건은 걸이에 둘둘 말려 있었으며 치약은 허리가 짓눌려져 속엣것을 토하고 있었다. 뚜껑은 어디에 있는지 보이지도 않았다.

현서는 한숨을 내쉬고 샤워기를 틀어 세면대와 변기 위로 물을 뿌렸다. 긴 머리카락은 제 몸을 배배 꼬기만 할 뿐 수챗구멍으로 사라지지 않았다. 무엇을 치우고 정리하는 것은 미용실에서도 넌더리가 났다. 개짜증! 욕을 뱉고 수챗구멍에 걸린 긴 머리카락을 엄지와 검지로 집어 변기에 집어넣고 물을 내렸다. 젖은 수건으로 변기 둘레를 훔친 다음 세탁 바구니에 던져 넣었다. 반바지와 팬티를 동시에 내리고 소변을 본 후 물을 내렸다. 분홍 칫솔에 치약을 묻혀 양치질을 시작했다.

8시 30분. 수건으로 젖은 머리를 털며 뭘 먹을까? 주방으로 갔다. 안방에서 잠든 엄마는 아직 기척이 없었다. 싱크대에는 할아버지가 사용한 밥그릇 하나와 수저, 젓가락이 담겨져 있었다. 냉장고를 열었다. 손이 가는 먹거리가 없었다. 문 안쪽에 몇 조각 남은 식빵을 발견했다. 유통기간이 일주일이 지났지만 곰팡이가 피지 않았으므로 토스터기에 전원을 넣고 식빵을 꽂았다. 다시 냉장고를 열고 딸기잼을 꺼냈다. 숟가락으로 긁으면 한 번 정도는 먹을 수 있을 것 같았다. 우유는? 없었다. 김태희가 커피잔을 들고 활짝 웃고 있는, 식탁 위에 박스 채 놓인 믹스커피를 하나 꺼냈다. 할아버지가 사용한 주전자에 보리차 물이 남아 있어서 가스 불을 켰다. 식빵이 토스터기에서 튀어나오기를 기다리며 수건으로 젖은 머리를 털었다. 가스 불 위의 주전자 물이 끓는데도 토스터기는 식빵을 토해내지 않았다. 토스터기가 고장이었다. 개짜증! 욕을 하고 식빵을 빼내어 음식물 통에 던져 넣고 바닥만 보이는 딸기잼

병은 개수대에 담갔다. 10분이 그냥 지나버렸다. 냉장고를 다시 열었다. 야채 칸에서 사과를 한 알 꺼냈는데 쪼글쪼글 말라 있었다. 야채 칸에 도로 던져 넣고 밥통을 열었다. 밥이 누렇게 말라 있었고 냄새도 시큼했다. 개짜증이라고 연발하며 싱크대 위 칸을 신경질적으로 열었다. 라면을 꺼냈다. 냄비에 물을 받아 가스레인지에 올렸다. 냉장고를 다시 열었다. 김치 보시기를 꺼냈다. 잎사귀 두 장밖에 없었다. 아이, 진짜 개짜증! 추임새처럼 반복하며 김치냉장고를 열었다. 김치통을 들어 올려 김치를 한 포기 꺼냈다. 김치 보시기에 담고 가위로 싹뚝싹뚝 썰었다. 김치냉장고에 김치통을 다시 넣고 김치 보시기는 식탁 위에 놓고 손으로 김치를 하나 집어 먹었다. 시큼했다. 물이 끓었다. 라면을 넣었다.

라면을 먹고 나니 8시 50분. 빈 냄비를 개수대에 담가놓고 방으로 뛰어갔다. 서랍장에서 청바지와 면티를 꺼내 입었다. 스니커즈를 꿰신고 현관문을 나섰다. 디리리릭. 자동문 닫히는 소리가 났다. 9시 10분. 10분이나 늦었다.

예순은 9시 30분 알람 소리에 잠이 깼다. 아랫도리가 벗겨져 있었다. 한쪽 구석에 처박힌 팬티와 파자마를 얼른 주어 입었다.

화장실에 들러 볼일을 보고 거실에 서서 집안을 둘러보았다. 밤색 소파 위에는 과자 봉지와 수건, 옷 등이 있었고 바닥에는 텔레비전 리모컨과 머그컵, 마스크 팩 비닐과 포장지가 널브러져 있었다. 베란다에는 주말에 널어놓은 빨래가 사흘째 그대로였다. 자신이 아니면 누구 하나 집을 치우지 않았다.

경서가 자고 있는 문간방을 열었다. 방으로 들어가 책상 위에 붙은 시간표를 보았다. 3교시가 첫 시간이었다. 예순은 주방으로 가서 개수대에 담긴 양은 냄비와 밥그릇과 딸기잼 병을 후다닥 설거지 했다.

김치찌개를 끓이기 위해 김치냉장고에서 김치를 꺼내고 냉동고를 열어 돼지고기를 찾았다. 정체를 알 수 없는 검정 봉지가 가득해서 하나씩 살폈다. 고등어 한 토막, 지난 설 때 친정에서 얻어 온 쑥떡과 팥시루떡, 녹은 상태로 다시 언 메론맛 아이스바 두 개, 마지막 봉투에 거무튀튀한 돼지고기가 조금 있었다. 김치 보시기의 김치를 냄비에 털어 넣고 돼지고기도 넣은 후 가스레인지에 올렸다. 꺼내 놓은 검정 봉지는 도로 뭉쳐 냉동고에 쑤셔 넣었다.

예순은 화장실로 가서 양치질을 하고 머리를 감았다. 거실로 나오자 김치찌개가 끓어 시큼한 냄새를 풍겼다. 수건으로 머리를 감싼 채 냄비 뚜껑을 열고 간을 보았다. 조금 싱거워서 다시다를 넣고 간을 봤다. 마침맞았다. 고춧가루도 반 수저 넣었다. 두부가 있었으면 해서, 없다는 것을 알면서도 냉장고 안을 살폈다. 벽시계를 보았다. 10시였다. 상가까지 가려면 시간이 빠듯했다. 불을 가장 작게 조절해놓고 방으로 들어가 빠르게 스킨과 로션, 립스틱을 발랐는데 5분도 걸리지 않았다. 옷을 갈아입었다. 머리는 수건으로 툴툴 다시 털면서 부리나케 주방으로 가서 가스레인지의 불을 껐다. 문간방으로 가 문을 열고 말했다.

"경서야, 김치찌개 끓여 놓았으니까 밥 먹고 학교 가!"

경서는 대답은커녕 옴짝달싹도 하지 않았다. 예순은 안방으로 다시 들어가 머리를 틀어 올린 후 집게 핀을 꽂았다. 10시 10분. 큰길 건너에 있는 〈24시감자탕〉집으로 발을 재게 놀렸다.

경서는 눈을 번쩍 떴다. 11시 5분. 아이, 씨! 욕을 하며 벌떡 일어났다. 어제 벗어놓은 머리맡의 청바지와 면티를 다시 입고 그 위에 후드 티를 걸치며 책상 위에 있는 백팩을 한쪽 어깨에만 걸치고 나가려다가 챙모자를 눌러썼다. 방을 나서자 시큼한 김치찌개 냄새가 났다. 군침이 돌았지만 시간이 없었다. 현관으로 달려 나갔다. 11시 15분. 3교시 수업이 15분이나 지났다. 핏발이 선 경서의 눈은 학교에 도착할 때까지 가시지 않았다.

〈점심〉

종호는 밥을 푸고 냉장고에서 김치와 멸치볶음을 꺼냈다. 한 숟가락 밥을 막 떠서 입에 넣으려고 하는데 경비팀장이 벌컥 문을 열고 들어왔다. 몇 시지? 벽시계를 보았다. 11시 45분. 종호는 얼굴이 벌게졌다.

7시부터 8시까지 아파트 정문에서 출근하는 차량들의 안전을 위해 차량 통제를 했다. 통제가 끝나자 커피를 한 잔 마시며 미팅을 했다. 봄맞이 대청소로 아파트 정비 중이니 내 가족이 사는 아파트라는 생각으로 솔선수범하여 참여하시라고 소장이 극존칭을 섞어 말했다. 경비팀장이 이어서 소장님의 솔선수범이라는 말이 무슨 뜻인지 다 알고 있을 거라고 신속히 자신의 일터로 돌아가라고 했다.

엄밀히 말하면 봄맞이 대청소 및 정비는 미화 팀의 일이지 경비 팀과는 별개였다. 아파트 경비원은 24시간 365일 아파트 주민들의 안전을 위해 방문자의 출입을 점검하고 필요한 정보를 제공할 수 있으며 침입, 도난, 화재, 기타 위험 방지와 재산을 감시하는 일을 하는 것이라고 '경비업무지침서'에 기록되어 있었지만 그들이 실질적으로 하는 일은 쓰레기 분리수거, 택배사로부터 온 물건 보관했다가 잘 전달하기, 화단의 잡초제거 및 나무의 전지와 전정 작업하기였다. 무엇보다 점심시간은 12시부터 1시까지로 규정되어 있었으나 그 시간에 점심을 먹어본 적이 없었다. 팀장은 12시부터 2시 사이에 '유도리' 있게 식사를 하라고 했다.

종호는 후딱 점심을 먹고 큰길에 있는 새마을금고에 다녀올 참이었다. 어제 퇴근길에 요양원에 계시는 형님에게 돈을 보내려다가 비밀번호가 헷갈려 3번이나 잘못 누르는 바람에 초기화가 되었다. 부득이 창구에 들러 다시 설정해야 했다. 서둘러 점심을 먹으려고 했던 것인데 팀장이 들이닥친 것이다.

팀장은 분리수거가 잘못됐다고 종이나 박스의 비닐 제거를 제대로 하지 않았다고 했다. 종호는 입에 넣은 밥을 제대로 씹지 못한 채 고개를 주억거렸다.

성진은 작업이 끝나자 주변을 정리하고 물휴지를 꺼내 꼼꼼하게 거실을 닦았다. 마무리에 특히 신경을 쓰는 이유는 도급업체에서 작업 후에 고객에게 확인 전화를 하기 때문이다. 뒷정리가 말끔하지 못하다는 고객평가를 받으면 근무 태만으로 오더를 못 받게 되고 그러면 당연히 돈을 벌지 못했다.

설치비를 정산하는 과정에서 실랑이가 벌어졌다. 11시 40분이 넘어가고 있었다. 1시까지 다음 설치 장소로 가려면 더는 꾸물거릴 수가 없었다. 보조기사 진규에게 먼저 내려가라고 고갯짓하고 점심 먹을 데나 있는지 알아보라고 했다. 성진은 상차장에서 율무차 한 잔 마신 것 외에 지금껏 아무것도 먹지 못했다. 아침에 예순과 사랑을 나누고 출근할 때까지만 해도 콧노래를 흥얼거렸다. 그런데 40킬로그램의 에어컨을 등에 지고 5층 다세대 주택의 계단을 오르는데 2층에서 자신도 모르게 다리가 휘청였다. 연장 가방을 들고 뒤따르던 진규가 에어컨 엉덩이를 받쳐주지 않았더라면 큰일을 치를 뻔했다.

드릴로 벽을 뚫는 작업은 진규가 하고 성진은 실외기와 에어컨의 거리를 가늠하고 배관을 잘랐다. 배관을 많이 쓰면 고객에게 추가 요금을 요구해야 했는데 별말 없이 그냥 돈을 주는 고객은 없었다. 최대한 짧고 눈에 띄지 않게 설치하는 게 베터랑이었다. 이러한 일들을 신경 써 작업을 마무리했는데 오만 원권 지폐 두 장만 내밀었다. 휴대폰이 울렸다. 진규가 아파트 바로 앞에 김밥나라가 있는데 무엇을 먹을 거냐고 물었다.

"인마, 아무거나 시켜!"

성진은 괜히 진규에게 쏘아붙였다. 12시 10분. 주인이 만 원권 지폐 두 장을 더 내밀자 받았다. 결국 5천 원은 받지 못했다. 주인은 고맙다는 말보다는 문제가 생기면 전화를 하겠다고 했다. 성진의 휴대폰이 또 울렸다. 다음 설치할 장소의 고객이었다. 성진은 네에, 고객님! 이라며 전화를 받았다. 고객은 급한 볼일이 생겼다며 지금 바로 와달라고 했다. 성진은 최대한 공손하게 이곳 작업이 방금 끝났다면 12시 50분까지 찾아뵙겠다고 했다.

"그럼, 다음에 오세요."

성진은 얼른 휴대폰을 손으로 모아 쥐고 그럼 40분까지 가겠다고 했다. 고객은 40분까지 와야 한다며 전화를 끊었다. 곧바로 진규에게 전화를 걸었다. 음식을 취소하고 김밥이나 사서 차로 오라고 했다. 진규는 두말하지 않았다.

성진은 트럭 뒷자리에 가방을 던지고 시동을 걸었다. 주차장을 빠져나오는데 진규가 헐레벌떡 검정 비닐 봉투를 들고 뛰어와 조수석에 올라탔다. 성진은 진규가 건네주는 김밥을 입에 쑤셔 넣고 씹으며 가속페달을 밟았다.

예진은 매장 문을 열자마자 우수 고객이 찾아와서 조심히 일진을 점쳤다. 그런데 잠시 후 그녀의 딸, 예비 신부가 나타나 진상을 떨기 시작했다. 어머나, 사모님이 젊으셔서 따님이랑 같이 다니면 자매인 줄 알겠어요, 라고 호들갑을 떨지 말았어야 했다. 그 말 이후 예진이 메이크업베이스로 피부 톤을 잡아주는 것은 어떠냐고 해도 고개를 저었고 컨실러로 잡티를 감춰보면 어떠냐고 했을 때도 마찬가지였다. 그녀의 피부 톤과 피부가 너무 형편없어서 화장품으로 해결될 것 같지 않았지만 최선을 다했다.

우수 고객이 딸에게 레이저토닝이나 셀토닝을 받아보는 게 어떻겠느냐고, 피부과나 성형외과에서 나눠야 할 대화를 하기 시작했다. 예진도 작년에 50만 원을 들여 레이저토닝을 받았다. 남자친구는 물론이고 언니한테도 말하지 않았다. 직업상 투자하는 것이라고 생각했다. 레이저토닝을 받았다고 피부가 더 좋아졌다는 생각은 들지 않았다. 예진이 웃음을 잃지 않기 위해 눈을 크게 뜨고 끼어들었다.

"중요한 것은 결혼이 일주일밖에 남지 않았는데 그게 쉽나요. 요새는 화장품이 원체 잘 나왔어요. 특히 저희 제품은……."

12시 50분. 점심시간이 지나가고 있었다. 마사지사인 미스 정이 손목시계를 가리켰다. 그 모습을 본 예비 신부가 자신의 은색 메탈 시계를 들여다봤다.

"어머, 시간이 벌써 이렇게 됐네!"

예비신부가 손바닥만 한 백을 겨드랑이에 끼고 동행한 우수 고객에게 먼저 가보겠다고 말하고 사라졌다. 그녀는 테이블 위에, 예비 신부를 위해 펼쳐놓은 한 보따리 화장품과 케이스를 외면하고 어머, 나도 점심 약속을 깜박했네! 라며 나가버렸다.

현서는 다섯 살짜리 남자아이를 달래고 어르면서 한 시간째 머리를 깎고 있었다. 아이는 고개를 이리저리 돌리고 몸을 흔들며 잠시도 가만있지 않았다. 아이의 엄마는 두피 마사지를 끝내고 수석 디자이너에게 매직펌을 시술받고 있었다.

현서는 전동 바리캉을 아이 뒤통수에 갖다 댔다. 아이가 간지럽다며 목을 움츠렸다. 현서는 깜짝 놀라 얼른 기계를 뗐다. 그런데 뒷머리가 움푹 파였다. 현서는 개짜증! 이라고 혼잣말을 하고 옆에서 남자의 머리를 시술하고 있던 최 디자이너에게 눈짓을 보냈지만 그가 외면했다.

현서는 다시 아이의 머리를 붙잡고 가만히 좀 있으라고 애원하며 바리캉의 전원을 켰다. 파인 부분을 최대한 티 나지 않도록 그 부분을 중심으로 넓게 자르기 시작했다. 갑자기 아이가 울음을 터뜨렸다.

미용실이 발칵 뒤집혔다. 아이의 머리가 가마 솥뚜껑을 덮어 놓은 것처럼 더 정확히 말하면 손잡이만 없는 까만 솥뚜껑이 되어 있었다. 다섯 살밖에 안된 아이가 스타일이 마음에 안 든다며 쟤 엄마보다 더 극악을 떨었다. 아이의 엄마가 변신 로봇 〈로보카 폴리〉를 사주겠다고 하자 울음을 멈췄다. 현서는 지갑에서 만 원을 꺼냈다. 아이의 엄마는 그 돈을 아이의 손에 쥐여 주었다. 아이가 현서와 눈이 마주치자 혀를 날름거렸다.

오후 1시였다. 다른 직원들은 탕비실을 들락거리며 배달

온 반찬을 펼쳐놓고 교대로 밥을 먹었다. 현서는 2시가 돼서야 다른 직원이 남긴 반찬으로 밥을 먹기 위해 탕비실에 들어섰다. 김치찌개는 김치 몇 가닥에 국물밖에 없었고 불고기는 돼지비계가 붙은 덩어리 한 개와 양념뿐이었다. 먹을 수 있는 것은 조미김 한 개와 깍두기뿐이었다. 그런데도 먹어야 해서 조미김에 밥을 쌌다. 그런데 녀석이 언제 탕비실에 따라 들어왔는지 먹고 싶다는 표정으로 서 있었다. 현서는 들고 있던 김밥을 자신의 입에 쏙 넣고 아주 맛있다는 표정을 지었다. 녀석이 침을 꿀꺽 삼켰다. 조미김에 밥과 불고기 양념 중에서 고추를 골라 넣고 녀석에게 내밀자 제비 새끼처럼 입을 크게 벌렸다. 쏙 넣어주었다. 잠시 후…….

예순은 눈코 뜰 새가 없었다. 주인 아들이 씨름 선수였는데 이번 춘계대회에서 헤비급에서 우승을 했다. 주인은 한 달에 한 번 선수 및 코치들에게 뼈다귀탕을 제공하는 후원자였다. 이번에는 우승 턱이었다. 탕이 아닌 찜 대(大)자도 제공하기로 해서 선수를 포함한 코치와 교장, 씨름부 관계자와 학부모까지 50명이 30평 홀과 방 세 곳을 차지하고 있었다.

예순이 일하는 감자탕집은 24시간 운영되었다. 주인 내외가 번갈아가며 식당 카운터를 봤으나 자리는 잘 지키지 않았다. 예순은 오전 10시부터 저녁 10시까지, 낮 시간대 근무자였고 새벽 근무자와 막 교대했다. 안주인은 11시쯤 식당에 도착해서 오후 2시까지 자리를 지키다가 슬며시 식당을 빠져나가 5시쯤에 다시 돌아와 저녁 장사를 거들었고 8시에 퇴근했다. 밤 9시나 10시가 되면 바깥주인이 와서 12시까지 식당을 지키다가 그도 슬그머니 식당을 나갔다가 아침 7시쯤 다시 나타나 정산했고 9시쯤 퇴근했다.

10시가 되면 퇴근하는 새벽 근무자와 낮 근무자, 그리고 주방의 찬모와 설거지 담당 직원들이 함께 밥을 먹고 한 팀은 하루를 시작했고 한 팀은 퇴근했는데 오늘은 그러지 못했다. 안주인이 점심때 단체 손님이 들어온다며 준비를 재촉했기 때문이다. 찬모는 미리 말하지 않았다고 짜증을 냈지만 안주인은 밤늦게 학부모 운영위원회와 통화가 돼서 어쩔 수 없다고 했다. 찬모는 50인분의 뼈다귀를 점심에 다 써버리면 저녁 장사에 차질이 있다고 했다. 안주인은 다 조치했다며 그 말이 끝나기가 무섭게 부식 차량이 도착했고 재료들이 주방 한쪽에 쌓이기 시작했다.

예순을 비롯한 직원들은 핏물을 빼놓은 뼈다귀를 찜통에 앉히고 감자를 깎고 반찬을 준비했다. 그 사이에 일반 손님이 오면 주문을 받고 서빙 했다.

4인 식탁에 4인분의 뼈다귀탕과 찜, 반찬이 준비되었는데 한 사람이 4인분의 양을 해치웠으므로 예순은 한 식탁마다 4

배수의 심부름을 했다. 반찬을 비롯한 밥, 그리고 뼈다귀탕과 찜까지…… 뼈다귀찜 大자는 무게와 크기가 상당해서 테이블마다 나르는데 팔목이 시큰거렸다. 그 와중에 일반 손님이 오면 또 그쪽으로 달려가 주문을 받고 서빙 했다. 손님들은 단체의 씨름 선수들을 보고 와아, 대단하다며 그들도 평소와 다른 식성으로 반찬과 밥과 뼈다귀탕을 해치웠다.

그들이 빠져나가고 얼추 뒷정리를 마쳤을 때, 찬모가 밥을 먹자고 했을 때, 오후 5시였다. 말린 시래기처럼 조금만 건드려도 몸이 바스라질 것 같았지만 밥을 먹기 위해 식탁 앞에 앉았다. 그 사이 손님이 또 들어왔다. 예순이 끙 소리를 하고 일어나 주문을 받고 돌아와 남은 밥을 입에 우겨 넣는데 찬모가 벌떡 일어나 소주 두 병을 꺼내왔다. 물 컵에 따라 들이켰다. 예순의 잔에도 따라 주었다. 예순도 단번에 잔을 비우고 국물을 대접째 들고 마셨다.

경서는 3, 4교시로 이어지는 〈체육학개론〉 수업에 지각해서 강의가 끝났어도 밖으로 나가지 못하고 교수에게 다가가 출석 체크했다. 1시 10분이었다. 20분 후에 5교시 시작인데 과제 수행을 하지 못했다. 〈글쓰기 이론과 실제〉 시간인데, 자기소개서를 이클래스에 제출하라고 했지만 아직 쓰지도 못했다.

점심 먹을 시간이 없지만 아침을 굶어 너무 배가 고팠다. 매점에서 김밥과 컵라면을 샀다. 한꺼번에 김밥 세 토막을 입에 넣고 씹으며 노트북을 켜고 자기소개서를 쓰려고 했지만 할아버지는 아파트 경비원이고 아버지는 에어컨 설치기사이며 어머니는 식당에서 이모는 화장품 매장에서 한 살 많은 누나는 미용실 스텝이라고 쓰려니…… 가족 소개가 아니라 자기소개지라고 생각하고 노트북을 다시 보았지만 새벽까지 알바를 하고 늦잠을 잤고 아침밥도 못 먹고 학교로 택시를 타고 왔고 지각했고 지금 점심도 못 먹고 과제 수행을 하는…… 자신에 대해 쓸 말이 없었다.

경서는 김밥을 씹으며 깜빡깜빡 움직이는 커서만 쳐다보았다. 컵라면의 느끼하고 칼칼한 스프 특유의 냄새가 그 참담함에서 벗어나게 했다. 에라, 모르겠다! 일단 컵라면 뚜껑을 따고 후후 불지도 않고 라면을 먹기 시작했다. 노트북의 커서는 깜빡거리며 주인이 어떤 문장이라도 써주길 바랐다.

〈저녁〉

종호는 8시가 돼서야 휴대용 가스버너 위에 양은 냄비를 올리고 불을 켰다. 노인정 앞 주차장 누수공사 때 주민대표가 간식으로 우유와 빵을 나눠주었다. 자신이 좋아하는 팥빵이라 두 개를 먹었더니 밥 생각이 없었지만 굶을 수는 없었다. 짬뽕을 시켜 먹을까 하다가 라면을 끓여 먹기로 했다. 저녁밥까지 물 말아 김치 하나로 때우고 싶지 않았다. 오후 내내 삽질을 했더니 기운도 달렸다. 삼겹살에 소주 한 잔을 했으면 하는 마음이 간절했다.

금세 물이 끓었다. 서랍에서 라면을 꺼내 넣고 계란도 넣었다. 느끼하고 짭조롬한 스프 냄새가 경비실을 가득 채웠다.

냄비 뚜껑에 라면 면발을 건져놓고 후후 불어 식혔다. 후르륵 마시듯 먹기 시작했다. 냄비 손잡이에 손을 대어 보니 뜨거웠다. 두루마리 휴지를 뜯어 양손잡이에 감싸고 냄비째 들고 조심히 국물을 마셨다. 얼큰하고 시원했다. 속이 확 풀리는 것 같았다. 김치를 하나 집어 씹으며 자리에서 일어났다. 경비실 창문으로 바깥 동정을 살폈다. 책상 제일 아래 칸에서 먹다 남긴 소주를 꺼내 머그컵에 후딱 따랐다. 다시 제자리에 넣고 컵을 들고는 물을 마시는 것처럼 들이켰다. 카아, 자신도 모르게 목구멍소리가 나왔다. 라면 국물로 다시 입가심을 했다.

"아저씨! 어머, 식사하시네!"

105동 동대표였다. 종호는 후딱 일어났다. 동대표는 미안하다는 표정을 짓기는 했지만 할 말은 해야겠다는 단호함으로 경비실 창문에 얼굴을 들이밀었다.

"백오동 앞에 트럭 한 대가 서 있는데, 우리 아파트 차량이 아닌 것 같아요. 이중 주차를 해 놓았네요."

"아, 제가 바로 조치하겠습니다!"

종호는 라면이 반이나 남았지만 그대로 놓고 105동 앞으로 뛰어갔다. 동대표나 주민대표의 지시를 바로 이행하지 않으면 어떤 불미스러운 일이 생길지 잘 알기 때문이다. 작년에 잘린 김 씨처럼 되지 말아야 했다.

성진은 진규와 건배하고 단숨에 소주를 털어 넣었다. 역시 소주는 삼겹살이고 삼겹살은 연탄불에 구워야 하고 소주와 삼겹살은 땀을 쭉 뺀 후 진규 너와 먹어야 최고라고 너스레를 떨었다.

성진은 오늘 진규에게 신세졌다. 예전 같으면 그게 신세라고도 할 수 없었지만 자신이 일을 배울 때와는 세상이 많이 달라졌다. 상차 장에서 물건을 트럭에 싣고 가위바위보로 순서를 정했다. 힘만 있다고 가능한 것이 아니었다. 좁은 계단이나 난간이 있으면 성진이 져야 했다. 아직 진규는 요령이 없었다. 그런데 오늘은 힘에 부쳐 진규가 두 번 더 짐을 졌다.

일을 마치고 왕십리 연탄집에 도착하니 9시였다. 이곳은 성진과 같이 몸을 쓰는 사람들로 북적거렸다. 15년 전 성진도 진규처럼 에어컨 설치기사가 되기 위해 보조로 일을 시작했고 작년에 자신의 이름으로 다세대주택 28평을 마련했다. 집값의 반 이상이 대출금이었다.

알뜰히 보살피고 정성들여 키우지 못한 애들은 애당초 공부와는 거리가 멀었다. 현서는 실업계 미용학과를 졸업 후 학원을 다녀 자격증을 취득했고 스텝으로 일하고 있었다. 경서는 올해 대학생이 되었는데 제 용돈은 벌어 쓰겠다며 알바를 하고 있었다. 재작년에 일흔 생일을 지낸 아버지도 경비로 일하고 있었다. 당신 용돈은 벌어 쓰겠다고 하니 감사할 따름이었다. 가족 덕분에 집을 장만할 수 있었는데 하루가 무섭게 집값이 뛰고 있어 잘한 일로 생각되었다.

아내 예순만 생각하면 면목이 없었다. 애를 낳고 몸조리를 위한 시간을 빼고는 남의 집 식당에서 평생을 살았다. 대출금이 좀 갚아지면 예순 소원대로 분식집을 내주고 자신도 같이 하고 싶었다. 쉰이 넘어도 이 일을 계속할 수 있을지 자신이 없었다.

알딸딸해진 성진은 휴대폰을 꺼내 단축번호 1을 길게 눌렀다. 통화 연결 음만 이어졌다. 올겨울 예순의 생일에 제주도에 다녀오자고 말할 참이었다. 그 약속을 열 번도 더 했지만 한 번도 지키지 못했다. 막상 가자고 하면 그 돈으로 아버지 보약이나 해드리자고 할 것이다. 성진은 하트모양의 이모티콘을 다다다다닥 눌러 보냈다.

예진은 생맥주 집에서 양념 반 후라이드 반에 맥주를 마셨다. 아침부터 우수 고객이 진상을 떨고 간 이후 종일 시달렸다. 점심도 굶었다. 퇴근시간이 다가오자 몇 번 망설이다 경석에게 전화를 걸었다. 서른다섯을 넘기자 술 한잔 하자고 말할 친구가 없었다. 미스 정에게 술 한잔 하자고 하면 그녀의 남자친구가 동석했기 때문에 술값이 더 들었고 그들의 지나친 애정행각 때문에 스트레스만 받았다.

예진은 앞머리가 휑하고 눈가의 주름도 자잘하고 볼도 처진 경석을 보았다. 자신이 챙겨 준 링클 프리를 안 바르는 모양이었다. 아니 화장품으로 막을 수 있는 게 아니지. 혼잣말하며 맥주를 마셨다. 이제는 트림을 해도 방귀를 껴도 아무렇지 않은 경석이 입가에 양념을 묻혀가며 닭다리를 뜯고 있었다. 그도 점심을 굶은 것 같았다. 예진이 검지로 경석의 입가에 묻은 양념을 닦은 후 제 입에 넣고 쪽 빨았다. 그 모습을 보고 경석이 미간을 찌푸리며 말했다.

"야, 이예진! 나도 이제 늙었다. 술주정 못 받아준다!"

말본새도 바닥까지 추락했다. 예진이 알뜰히 살을 발라 먹는 그에게 물었다.

"맛있냐?"

경석이 당연한 말을 왜 묻느냐는 표정으로 어깨까지 으쓱

했다. 예진이 입술을 쭈욱 내밀고 뽀뽀! 라고 하자 이게 정말 미쳤나? 하는 표정을 지었다가 양념이 묻은 그 입으로 얼른 입을 맞췄다. 예진은 자리에서 벌떡 일어나며 말했다.

"박경석, 이차 가자!"

경석은 아직 다 안 먹었는데? 이차도 네가 쏘는 거냐? 라며 뜯다만 닭다리를 놓고 뒤따라 일어났다.

현서는 미용학교 동기였던 정민과 어묵 탕에 소주를 마셨다. 정민도 〈여성시대〉 미용실의 스텝이었다. 현서는 〈가위손〉 식구보다는 미용학교 동기와 만나는 게 편했다. 미용실을 벗어나서까지 막내 역할을 하고 싶지 않았다. 정민도 현서를 만나자마자 〈여성시대〉에 대해 성토하기 시작했다.

정민은 가장 서러울 때가 선생과 선배들이 먹고 남은 반찬으로 밥을 먹을 때라고 했다. 선생의 은행 심부름하기, 꼬맹이 손님들 비위 맞추기, 머리를 감기는 데 물이 너무 뜨겁다고 짜증을 내는 왕재수도 다 참을 수 있는데 먹다 남긴 반찬으로 밥 먹는 것만은 참을 수 없다고 했다. 현서도 먹는 것에는 관용이 베풀어지지 않는다며 정민과 건배를 하고 잔을 비웠다.

"너 남자 커트 몇 번 해봤냐?"

현서가 묻자 정민은 손가락을 하나하나 짚어가다가 약지와 새끼손가락을 편 채 현서를 보았다. 현서가 다시 물었다.

"꼬맹이들 말고 진짜 남자 커트 말이야."

정민은 고개를 저었다. 현서는 더는 할 말이 없었다. 오늘 겪은 일을 다시 떠올리고 싶지도 않았고 아무리 친하다고 해도 그 치욕적인 일을 말하고 싶지 않았다. 현서는 정민보다 커트를 한 번 더 해봤다는 것에 위로 받으며 소주를 따랐다.

예순은 10시가 돼서야 찬모가 특별히 준비한 동태탕에 밥을 먹었다. 사장은 직원들이 밥 먹을 준비를 하자 슬그머니 일어나 의자에 걸쳐놓은 점퍼를 들고 나갔다. 요새 가게에서 늘 휴대폰을 들여다보고 진동으로 돌려놓는 것이 어째 수상하다고 찬모가 말했다. 직원들은 사장이 자리를 비워주니 잘됐다며 소주를 두 병 꺼내왔다. 찬모가 한 병 더 가지고 오라고 했다. 알바를 비롯한 다섯은 소주를 한 잔씩 마시며 얼큰한 동태탕에 저녁을 먹었다.

남자 둘에 여자 둘이 들어왔다. 알바생이 부리나케 일어나 컵과 물을 챙겨갔다. 감자탕 중자를 주문받고 자리에 앉아 다시 밥을 먹었다. 저녁밥을 먹는 시간은 그나마 느긋했다. 사장이 자리에 없고 손님이 뜸할 시간이기 때문이다.

퇴근시간이 훌쩍 넘었다. 11시였다. 예순은 앞치마에 넣어둔 휴대폰을 그제야 꺼냈다. 부재 중 전화가 찍혀 있었고 카톡에도 숫자 1이 찍혀 있었다. 남편한테서 온 것이었는데 생뚱맞게 하트가 화면을 반이나 채우고 있었다. 무슨 일이 있나 싶었다. 가게를 나오면서 남편에게 전화를 걸었다.

경서는 고등학교 때 성적이 좋은 편도 아니었고 딱히 하고 싶은 것도 없어서 대학에 꼭 가야 하나? 자문하다가 해병대나 갈까? 했는데 엄마가 대학에 안 가면 죽어버리겠다고, 해병대에 가도 죽어버리겠다고 해서 어쩔 수 없이 지역에 있는 체육학과에 원서를 냈다. 원래는 축구선수가 되고 싶었다. 중학교 때까지 선수로 뛰었는데 집안 형편 때문에 그만 두었다.

아빠는 학사 장교가 되라고 했다. 체육학과를 나와 봐야 헬스 트레이너나 경호원 아니면 무인경비업체의 경호원일 게 빤해서 생각해 보겠다고 했다. 학사 장교는 성적이 좋아야 했다. 이번 달까지만 알바를 해야겠다고 생각했다. 친구들과 피시방이나 노래방, 사고 싶은 것을 조금 안 산다면 집에서 밥을 잘 챙겨 먹는다면 자전거를 타고 학교에 다닌다면 굳이 알바를 할 필요는 없었다.

경서는 주인이 내민 치킨과 전표를 받아들고 오토바이에 시동을 걸었다. 새벽 2시가 넘어가니 배달도 뜸했다. 이번 배달만 마치면 밥을 먹을 수 있었다. 더는 주문 전화가 오지 않기를 바라며, 새벽바람을 가르며, 골목을 질주했다.

J의 어떤 징후

†

1

J는 편도가 약한 편이라 목 스웨터를 선택했다. 아이보리, 카키, 블루 중 산뜻해 보이는 블루를 장바구니에 담았다. 재킷 품목으로 이동했다. 평상복보다 정장이 좋을 것 같았다. 색상은 검정과 아이보리 두 가지였다. 아이보리로 결정하고 사이즈 선택 창을 열었다. FREE 하나였다. 55를 입는데 괜찮을까? 사진 속 모델은 자신보다 더 말라보였다. 모델의 신체 사이즈는 170센티미터에 50킬로그램이었다. 자신보다 10센티미터나 키가 컸고 몸무게도 3킬로그램이 더 나갔지만 구매 결정을 클릭했다. 배송은 이틀 정도가 소요되는데 산간벽지와 천지지변의 이유가 아니라면 늦어도 사흘이면 받을 수

있다고 했다. 결제했다. 인터넷을 닫으려는데 팝업 창에 노랗고 탱글탱글한 귤이 깜박였다. 침이 고였다. 제주도 감귤, 오늘 특가 세일, 만원! 입덧하는 J를 위해 K가 사다 준 귤이 검정 봉지 안에 든 채로 냉장고 야채 칸에 있었다. 인터넷을 닫고 냉장고를 열었다. 시큼한 김치 냄새가 왈칵 풍겼다. 입을 틀어막고 화장실로 뛰어갔다.

엄마가 투병 생활을 할 때도 단 한 번의 결근과 조퇴를 하지 않았다. 부득이 일주일 휴가를 냈다. 미혼이라서 휴가의 이유가 입덧이라고 말하지 못했다. 몸이 안 좋다고 했다. 학원장과 동료들은 밥도 못 먹고 헛구역질하는 창백한 J를 보고 그녀의 엄마처럼 위암이 아닐까? 빨리 병원에 가서 정밀검사를 받아보라고 했다. J는 일주일 후 출근해서 위궤양이 심했다고 말할 참이었다.

J는 학원에서 중·고등부 국어 과목을 가르쳤다. 시험 때면 특강을 해도 보너스는 없었다. J가 수업을 마치고 집에 들어오면 자정쯤이었는데 현관문을 열면 엄마의 앓는 소리와 환자 특유의 쾨쾨한 냄새가 집안을 떠돌았다. 어떤 치료도 효과를 볼 수 없는 위암 말기였다. 보험모집원이었던 엄마가 여러 보험에 가입하여 수술은커녕 길어야 석 달밖에 살 수 없다는 진단에도 요양병원에서 거액의 고주파 온열치료와 미슬토 항암 주사와 자낙신 면역증강제를 맞으며 6개월을 버텼

다. 빼빼 말라 거죽만 남은 채로 마약 성분이 다량 함유된 진통제를 삼키며 6개월을 더 견뎠다. 안방 문을 열면 엄마의 실체는 사라지고 껍데기만 있는 듯한 착각에 빠질 때가 있었다. 엄마의 앓는 소리가 나지 않으면 들어가 이불을 들췄다. 인상을 쓰고 웅크린 채 통증을 참는 엄마를 볼 때마다 제 몸에서 삶의 기운이 한 움큼씩 빠져나가는 듯했다.

그런 날에는 잠을 잘 수가 없었다. 책상 앞에 앉아 신춘문예에 투고할 시나리오를 쓰거나 고쳤다. 연초 계획에는 중앙지에 응모할 작품을 쓰겠다고 했지만 쓰지 못했다. 써 놓았던 습작품을 개작했다. 딸이 엄마를 살해하는 이유와 머릿속의 살해가 현실로 이루어지는 이야기에서 진도가 나가지 못했다.

J는 소설을 썼다. 삼 년째 예심만 통과했다. J의 작품을 예심 했던 K가 아주 인상이 깊었다는 말 뒤에, 차라리 시나리오로 장르를 바꿔보면 어떻겠냐고 말했을 때, 머릿속이 상쾌해지는 느낌이었다. 그 후 시나리오를 한 편 썼고 그 시나리오를 신문사에 투고한 날 엄마가 세상을 떠났다.

J는 신춘문예에 작품을 투고했다는 사실을 잊었다. 엄마의 장례식을 치르느라 경황이 없었다. 수업 준비를 하는데 낯선 번호가 떴다. J는 당선 소식을 듣고 자신이 기쁜지 어떤지 알 수 없었다. 여느 때처럼 수업을 마치고 자정이 넘어 퇴근했다. 안방으로 들어가 한참을 멍하니 앉아 있다가 휴대폰을 꺼

내 K의 전화번호를 찾아 당선 소식을 문자로 보냈다. 최초로 누군가에게 소식을 알렸다. 일 분도 못 돼 답 문자가 왔다.

축하드립니다. 진짜로 많이요^^

코가 맹맹했다. 눈물 한 방울이 휴대폰 액정위로 떨어졌다. 어깨를 들썩이며 울었다. 엄마의 장례식 때도 울지 않았다. 아무리 울려고 해도 눈물이 나오지 않았다. 그런데 울음이 한 번 터지자 그쳐지지 않았다.

J는 소감문과 오래전에 찍어 놓은 스냅 사진을 신문사에 보내고 아파트 사무실에 들러 20년 장기임대아파트의 잔금을 모두 갚았다. 엄마의 보험 덕분에 장례식을 치르고도 9천만 원이 통장에 남았다. 엄마가 십오 년을 갚았기 때문에 아파트 잔금은 얼마 되지 않았고 20평 아파트가 J의 것이 되었다. 엄마가 타던 빨간색 마티즈도 제 명의가 되었다.

2

이틀이면 도착한다던 옷은 오지 않았다. 사흘째, 니쁜스라며 전화가 왔다. 070으로 시작되는 번호라서 받지 않으려다가 온종일 자신의 휴대폰이 울리지 않았다는 것을 깨닫고 통화버튼을 눌렀다.

"고객님, 저희 니쁜스 쇼핑몰을 이용해주셔서 감사드립니다……."

J는 쇼핑몰센터 이름을 기억하지 못했다. 니쁜스 담당자가 고객님이 주문한 옷이 요즘 유행하는 제품이라 물량이 부족해서 배송이 늦어지게 됐다며 양해를 부탁한다고 했을 때야, 니쁜스가 자기가 구매한 옷의 쇼핑몰 이름이었다는 것을 떠올렸다. J는 그럼 언제 가능하냐고 물었다. 담당자는 빠르면 주말 전에, 늦으면 다음 주에 받아볼 수 있다고 했다. 이틀이면 된다던 옷이 그러니까 일주일이 넘을 수 있었다. J는 K가 이번 주말에 올 수 있을까? 확신이 서지 않았지만 주말 전에는 제품을 받았으면 좋겠다고 말하곤 전화를 끊었다. 어쨌든 월요일에 다시 학원에 나가야 하고 K가 돌아온다면 청운사에도 다녀와야 했다. K는 촬영이 열흘 정도 걸릴 거라고 했다.

휴대폰을 내려놓는데 부재중 전화가 찍어 있었다. K의 전화번호였다. J는 순간 가슴이 뛰고 볼이 달아올랐다. 발신 번호를 누르려는데 손까지 떨렸다. 심호흡하고서야 번호를 눌렀다. 신호가 가자마자 K가 아닌 낯선 남자가 받았다. 그는 다짜고짜 이해할 수 없는 말들을 마구 쏟아냈다. J는 이해할 수 없는 말이라서 전화를 끊었다.

J가 K를 만나게 된 것은 학교 선배의 신춘문예 시상식 때문이었다. J도 작품을 투고 했던 신문사였다. 당선된 선배와 친하지는 않았지만 자신이 투고했던 곳이라 친구들을 따라 시상식에 갔다. 빈손으로 갈 수 없어 꽃다발을 준비해서 갔는

데 오지랖 넓은 후배가 되었다. 그 누구도 꽃다발을 준비하지 않았다. 시상식이 끝나고 술집으로 자리를 옮겼다. 선배는 평소 눈에 잘 안 띄던 후배가 꽃다발을 준비한 게 고마워 J를 불러 여러 사람에게 소개했다. 선배의 옆자리에 앉아 인사를 받던 K가 J의 이름을 듣고 아, 기억해요, 라며 알은척했다. K의 그 말에 J는 볼이 발그레해졌다. J는 그가 따라주는 맥주를 마시고 그에게 받으라며 맥주병을 들었다. 그가 아, 짧게 탄식을 뱉고 잔을 받았다. J는 그에게 연락처를 물었다. 주위가 시끄러워서 알아듣기가 힘들었다. K가 J의 휴대폰을 가로채서 자기 번호를 저장한 후 건네주었다. J는 처음 만난 K에게 연락처를 물은 자기 행동이 믿기지 않았다. 술 탓이라고 생각했다.

가끔 K가 떠올랐지만 안부를 묻는 문자 한 번 보내지 못했다. 그리고 엄마의 투병이 시작됐다. J가 시나리오로 등단했을 때 그래서 가장 먼저 떠오른 사람이었다. 그의 말대로 소설을 시나리오로 개작했고 좋은 결과를 얻었다.

J는 K가 시상식에 꽃다발을 들고 오리라고는 생각 못 했다. J를 축하해주겠다고 찾아온 사람은 그뿐이었다. 시상식이 끝났지만 식사나 술을 하러 가자고 말하지 못하고 K가 건네준 꽃다발과 시상식 때 받은 꽃다발을 안고 엘리베이터를 탔다. 엘리베이터에는 모르는 이들도 같이 타고 있어서 15층에서 1층까지 내려오면서 말 한마디 안 했다. 현관 앞에서 차를 한

잔하자고 겨우 말했다. 로비에 있는 커피숍으로 들어갔다. K가 한 달 전에 지방의 독립영화제에서 자기 작품을 상영했다며 영화감독이 꿈이어서 신춘문예에 소설로 등단했지만 어느 기획사에서 허드렛일하고 있다고 했다. J가 축하한다며 어떤 내용이냐고 물었다. 커피잔을 만지작거리며 그냥 '길'을 찍었다고 말했다. J는 K가 작품의 이야기를 해주었으면 싶었지만 꺼린다고 느꼈다. 자신도 누가 작품에 관해 물을 때 난감했다. 사적인 내용을 썼기 때문이다. K도 그럴까? 밖으로 나왔을 때 K가 물었다.

"어디 살아요?"

"아파트요."

K가 피식 웃었다. 어느 동네에 사느냐고 물었는데 주거 형태로 대답했다. 그걸 깨닫고 J가 얼굴을 붉혔다. J가 얼굴을 붉힌 것은 호감이 있어서가 아니었다. 타인과 관계 맺기가 어려웠기 때문이다. 아이들을 가르치는 일이 좋아서가 아니라 그들과 관계를 맺지 않아도 되었기 때문이다. 언변이 좋은 원장이 그 일을 대신했다.

"그럼, 부모님하고 같이 사시겠네요?"

"아니…… 혼자, 살아요."

K의 웃던 얼굴이 놀란 표정으로 바뀌었다. 좀 오래 J를 쳐다보았다. J는 글을 유창하게 읽지 못하고 철자도 정확하게

쓰지 못하는 난독 자처럼 말실수했지만 어쩔 도리가 없었다. K가 머리를 긁적이며 부탁을 하나 해도 되느냐고 물었다. 선배의 집에서 신세를 지고 있는데, 선배가 곧 결혼하게 돼서 방을 얻어 나와야 한다며 방 두 개면 하나만 빌려달라고 했다. 자신은 촬영 때문에 집에 잘 들어오지 않는다고 했다. K가 간절히 말해서 거절 못 했다.

K가 보스턴백만 하나 들고 온 날 J는 화장실에도 못 갔고 샤워도 하지 못했다. J는 밖에 나갔다 들어올 때마다 문간방에 K가 있지 않을까 신경이 곤두섰다. 혹시 웃통을 벗고 있거나 샤워하고 있으면 어떡하지? 현관에 귀를 대고 한참 서 있다가 도어록을 해제했다. 그가 말했던 것처럼 K는 집에 잘 들어오지 않았다. 하지만 입구에 커다랗고 낡은 운동화를 발견할 때면 J는 앞발로 살금살금 걸어 안방으로 들어가 잠금 버튼을 눌렀다. 또한 화장실에서 짧고 짙은 직모가 떨어져 있거나 변기 주위에 노란 오줌 방울이 묻어 있을 때면 얼굴이 달아올랐다. 말일이 되자 식탁 위에 돈 봉투가 놓여 있었다. 액수는 얼마 되지 않았고 일정치 않았다. 주말에 세탁기를 돌리면서 K의 방에 흩어져있는 양말과 수건 따위를 챙겨 같이 돌리고 섬유유연제를 넣어 헹궜고 마르면 개어 방에 들여놓았다. 화장품이 떨어져서 화장품 가게에 들렀다가 자신의 것을 사고 남성용 화장품도 샀다. 화장품을 책상 위에 올려놓았는

데 거울이 없었다. 다음 날 탁상거울을 사다 놓았다. 속옷가게에 들렀다가 자신의 팬티와 브래지어를 사고 K의 트렁크 팬티도 샀다. 청바지 차림으로 생활하고 잠드는 K를 위해 파자마와 반소매 면티도 몇 장 샀다. K의 물건은 J에 의해 늘어났다. 계절이 바뀌자 이부자리도 바꿨다. 얇은 차렵이불에서 두꺼운 이불로, 두꺼운 이불에서 차렵이불로. K는 며칠 만에 들렀다가 바뀌어 있는 자신의 공간을 대하고 고맙다거나 그냥 두라는 어떤 말도 하지 않았다.

3

J는 K와의 동거가 크게 불편하지 않았다. 그가 집에 오는 이유는 잠을 자기 위한 듯, 내리 잠만 잤고 언제 나갔는지 모르게 사라졌다. 언제부턴가 K가 문간방에 잠들어 있어도 샤워했으며 안방 문을 잠그지 않았다. J는 학원 수업이 끝나면 차를 몰고 밤 시간대의 외곽 순환도로를 달렸다. 처음에는 긴장되어 앞만 보고 운전했지만 주위도 둘러보고 자신보다 느리게 달리는 차도 추월했다. 금요일 밤에는 고속도로와 국도를 달리다가 이정표에 적힌 마을 이름이 마음에 들면 핸들을 꺾었다. 바닷가에서 하루를 머물 때도 있었고 산사에서 지내다 올 때도 있었다.

여느 때처럼 금요일 수업이 끝나자 외곽 순환도로를 달리다가 변산까지 갔다. 해변에 차를 세워놓고 바다를 구경했다. 집으로 돌아왔는데 컨디션이 좋지 않았다. 주말이라 누워 지내다가 오후에 일어나 라면을 하나 끓여 먹고 영화를 다운받아 보았다. 세 편째는 건성으로 보고 있는데 K에게서 문자가 왔다.

저녁 같이할래요?

J는 가슴이 뛰고 얼굴이 홧홧했다. 왜 K가 밥을 먹자고 할까? 이제 집을 나가겠다는 것인가? K가 집에 들어온 지도 어느덧 일 년이 되었다. 물론 계약서를 쓰고 언제까지 있겠으며 세는 얼마를 내겠다고 한 적 없었지만 기간이 만료되어 집을 나가겠다는 세입자에게 보증금을 빼주어야 하는데 돈이 없는 집주인처럼 초조했다.

마트에 갔다. 건성으로 들었던 야채를 내려놓았다. 빵집 코너를 지나는데 케이크가 눈에 띄었다. 자신의 생일이 지났다는 것을 알았다. 생일이어도 누구 하나 축하의 전화나 밥 먹자는 사람이 없었다. 케이크에 눈을 주고 서 있자 점원이 물었다.

"하나 드릴까요?"

J는 고개를 끄덕였다. 자신의 생일상을 차리기로 했다. 그리고 K에게 답 문자를 보냈다.

네, 저녁 같이해요.

J는 잡채와 불고기에 필요한 식자재를 샀다. 집에 돌아와 미역국을 끓이고 음식을 만들었다. 식탁 한가운데에 케이크를 올려놓았을 때 K로부터 전화가 왔다.

"어디에요?"

"집이요."

"나오세요."

"집에서 먹어요."

"집에서요……?"

잠시 후 발소리와 현관 비밀번호 푸는 소리, 잠금이 해제되는 소리가 났다. K는 현관에 들어서서 앞치마를 두르고 있는 J와 케이크가 있는 식탁을 보더니 눈이 커졌다. 느리게 신발을 벗고 걸어와서는 식탁 앞에 섰다. J는 앞치마에 손을 닦으며 혼잣말처럼 말했다.

"촛불은……."

K가 머뭇거리며 J의 말을 얼른 받았다.

"어떻게…… 알았어요……? 나 스물일곱이에요."

J는 당황스러워서 아랫입술을 지그시 물었다가 놓았다. 스물여덟 개의 촛불 중에서 한 개를 빼고 케이크 위에 초를 꽂았다. 오늘이 K의 생일이라니…… 식탁 의자에 앉는 그의 눈이 그새 촉촉했다. 시선이 마주치자 코를 훌쩍이고 손등으로 쓸었다. J가 촛불에 불을 붙이고 의자에 앉았다. 축하 노래를

불러야 하는데…… 부를 수 없었다. 술을 한잔할까요? 물었다. K가 고개를 끄덕였다. 초가 녹아서 손가락 한 뼘 정도로 줄었고 촛농이 빵 위로 떨어졌다. J가 눈짓하자 K가 깜박했다가 생각난 듯 촛불을 후, 불어서 껐다.

K는 술과 음식을 먹으면서 혼자 웃고 손등으로 눈가를 자주 눌렀다가 놓았다. J는 K가 자기만큼이나 외로운 사람이라고, 지금껏 생일상을 한 번도 받아보지 못했다고 느꼈다. J도 자기 생일에 아무도 초대하지 않았다. 아빠가 돌아가신 후로. K가 어리다는 것에 슬며시 웃었다. 적어도 서너 살은 많으리라 생각했다. K를 왜 그렇게 어려워했지? 공연히 억울하기도 했고 화가 나기도 했다. 자기 작품을 예심했기에 선배라고 생각했다. J는 다른 때보다 급하게 술을 마셨다. K도 마찬가지였다. 체질적으로 술이 약한 K는 금세 취했다. 와인 두 병이 비었다. K가 주머니에서 USB를 꺼내 식탁 위에 놓고 인사도 없이 문간방으로 들어갔다.

J는 자신이 주인이기 때문에 안방을 쓰고 K에게 문간방을 내준 것이 아니었다. 안방에서 죽은 엄마의 흔적이나 쾨쾨한 환자 냄새가 날까 봐 그랬다. 엄마의 흔적은 모두 버리는 것으로 지웠다. 문간방을 정리할 때 가장 힘들었던 것은 책장을 옮기는 일이었다. 책상도 빼낼까 하다가 공간이 텅 빈 듯해서 그대로 두었는데 K가 사용하는 것을 보고 잘한 것 같았다.

K가 들어간 문간방을 물끄러미 쳐다보다가 J는 안방으로 들어갔다. USB를 노트북에 꽂았다.

전나무가 빼곡한 가로수길이 나타났고 카메라가 그 전나무길을 훑듯이 비추며 지나갔다. 쏴아, 하는 바람 소리와 피리릭…… 쓱국…… 이름을 알 수 없는 새소리가 연달아 들려왔다. 잠시 후 타박타박 발소리가 들리다가 자막이 나타났다.

길은 무언가를 발견하는 메타포이다

독립영화제에서 상영했다는 〈길〉이라는 작품인 듯했다. 러닝타임은 20분이었다. J는 등을 의자 등받이에 기댔다.

강보에 싸인 핏덩이를 오래 비추다가 줌 아웃되었다. 핏덩이는 사진으로 변했다가 컷. 다시 앞에서 보였던 빽빽한 전나무길이 이어지다가 오솔길로, 오솔길은 구절초가 바람에 흔들리는 장면으로 이어지다가 빨간 꽃대가 끝없이 펼쳐진 꽃무릇에서 다시 컷.

J는 핏빛처럼 붉은 꽃무릇에 목이 멨다. 큼큼 기침했다. 영상은 컷 없이 계속 이어졌다. 5분 이상 롱테이크였는데 전혀 지루하지 않았다. 숲속에서 청설모가 나타났고 사방을 두리번거리다가 빠르게 사라졌다. 산나리가 피어 있는 곳에는 노

란 나비들이 팔랑거리며 날았다. 산골 어디에서나 볼 수 있는 흔한 풍경이었다. 타박타박 발소리가 들렸고 뻐꾸기 울음소리와 쏴아 물소리로 이어졌다. 시냇가로 카메라가 옮겨갔고 물소리는 조금 더 크게 들렸다. 물이 빠르게 흐르는 곳에 고정되더니 그대로 컷. 문득 J는 이 작품의 화자가 누구일까? 그때 팔작지붕의 용마루와 안개와 구름에 쌓인 능선이 화면에 나타났다. 풍경소리가 끊어질 듯 이어졌고 지시랑 물 떨어지는 소리가 겹쳤다. J는 얼음 한 덩이를 삼킨 것처럼 목구멍이 시렸다. 겨울 산사에 혼자 서있는 기분이었다. 법당 안으로 화면이 옮겨갔다. 탁…… 탁…… 목탁 소리가 났고 스님이 목탁을 두드리며 염불했다. 카메라는 아주 느리게 망자를 모셔놓는 영정 앞으로 이동하다가 멈췄다. 아주 앳되어 보이는 남녀가 웃고 있었다. K와 무척 닮았다고 느꼈다. J는 아! 짧게 탄식했다. 카메라는 실금처럼 피어오르는 향불과 그 영정사진을 롱테이크로 잡았다. 그 위에 자막이 나타났다.

존재를 찾는 길은 참 쓸쓸하다

J는 한참을 그대로 있었다. 영상 파일 밑의 문서 파일을 클릭했다. 〈길〉에 대한 기획 의도와 작품 평이었다.

기획 의도 : 우리에게는 많은 길이 있다. 내가 세상에 존재

하는 이유를 영상 이미지로 담았다. 길에는 삶과 인생이라는 메타포가 숨어 있다.

시놉시스 : 청운사 전나무 숲길에서 법당 안까지.

작품 평 : 영상이 가지고 있는 메시지를 이해하는 데에는 크게 어렵지 않다. 그러나 주제설정과 영상이 주는 완성도가 부족하다. 또한 영상매체에 있어서 전문성과 대중성을 고려하지 못함이 아쉽다. 다큐멘터리라도 올바른 의미 전달을 위해서는 기본적인 룰이 있으며 관객에게 생각하게 만들고 질문하게 만드는, 공감되는 주제를, 꼭 현학적으로 보여줄 필요도 없다. 영상이 갖는 예술성을 심도 있게 고민한다면 훌륭한 감독이 될 거라고 믿는다. 좋은 작품으로 만난 날을 기대한다.

J는 문간방으로 들어갔다. 술에 취해 잠든 K를 안았다. 그래야 할 것 같았다. K가 슬며시 눈을 떴다. J가 방을 나가려고 일어나자 손을 꽉 붙들었다.

그 뒤로도 그들의 생활이 바뀐 건 없었다. K는 집을 나가면 여전히 연락이 없었고 집에 들어와도 문간방에서 잠들었다가 소리 없이 사라졌다. J가 보고 싶다거나 사랑한다는 말 따위는 없었다. 변하지 않는 건 액수가 일정치 않은 봉투를 말일에 식탁 위에 올려놓는 것이었다. J는 주말에 제 옷을 세탁

하면서 K의 옷을 함께 세탁했고 자신의 화장품을 사면서 K의 스킨과 로션을 샀으며 자신의 두꺼운 이불을 꺼내면서 K의 이부자리도 바꿨다.

J는 월요일에서 금요일까지 학원에서 일했고 시험 기간에는 토요일에도 출근했고 늦게까지 야근했고 주말에는 여기저기를 쏘다녔고 길가에 차를 세워놓고 앉아 있다가 한기가 들면 차에 시동을 켜고 돌아오는 생활을 반복했다.

4

인터넷 쇼핑몰 니쁜스에서 옷이 왔다. J는 파란 목 스웨터를 비닐 팩에서 뜯어 입었다. 거울을 보며 목을 반으로 접었다. 그런데 목 부분, 목을 반으로 접은 윗부분에 노란 박스테이프가 붙어 있었다. 올이 풀려 있어서 그 부분을 표시하려고 붙인 듯했다. 칼이나 가위로 깔끔하게 잘라 붙인 박스테이프가 아니었다. 표시를 위해 급하게 뜯어 삐뚤빼뚤한 테이프의 한 조각이었다. J는 문득 K의 손가락에 감겨 있던 박스테이프가 생각났다.

J는 입덧이 심해 학원에 일주일 휴가를 내고 이불을 뒤집어쓰고 누워있었다. 현관 비밀번호를 누르는 소리가 났고 잠금해제 소리가 났으며 문이 열렸다. J는 안방에 누워 K의 움직임을 느끼고 있었다. K는 화장실 문을 열어 놓고 소변을 누었

고 성큼성큼 걸어가 냉장고를 열고 물을 꺼내 마셨다. 갑자기 K의 움직임이 그쳤다. 누군가 뭉텅 순간을 잘라낸 듯한 적막감이었다. 잠시 후 안방 문이 열렸다.

"어? 미안해요."

누워있는 J를 발견하고 당황한 듯 얼른 덧붙였다. 하지만 제 머리를 쓰다듬으며 집에 아무도 없는 줄 알았는데…… 인기척이 느껴져서, 혹시나 해서, 방문을 열어봤다고…… 어른에게 혼나는 아이처럼 자기 행동을 설명했다. 도로 문을 닫으려다가 근데 지금 이 시각이면 학원에 있어야지 않느냐고, 어른 눈치를 살피듯 말하고 마치 제 말이 맞는다고 증명하듯, 주머니에서 휴대폰을 꺼내 시간을 확인했다. 한 번 더 자신의 정당함을 확인하려는 듯, 왜 집에 있느냐고 눈으로 묻다가 시무룩해져서 물었다.

"어디 아파요?"

J가 부스스 자리에서 일어나 앉았다. K가 머뭇거리면서도 안방으로 들어왔다. J가 손으로 머리를 빗질하며 시선을 피했다. K가 다시 제 머리를 쓰다듬더니 도로 나가려고 했다. J가 말했다.

"나, 입덧해요."

K는 무슨 말인지 이해하지 못한 듯 문고리를 잡고 서 있었다. 천천히 돌아섰다. 잠시 후 눈과 입이 서서히 벌어졌다. 그

시간이 꽤 길었다. 갓난아기가 머리를 방바닥에 찧었을 때 곧 바로 울지 않고 3, 4초 후에 악을 쓰며 고통을 토해내듯 K도 그랬다. 입덧의 말뜻을 모르지 않았다. 그러나 그 직접적인 단어가 자신과 관련이 있음을 깨닫는 데는 시간이 걸렸다.

"아! 그럼…… 이제, 어떡해요? 진짜, 진짜로…… 미안해요."

J는 숨을 들이쉬었다가 아주 조금씩 느리게 뱉었다. 후욱, 하고 상대와 상황을 탓하는 한숨은 쉬지 않았다. J는 간신히 참고 있었다. 살기 위해서 버티는 중이었다. 아빠가 자신의 가벼운 입놀림으로 세상을 떠나버렸다. 유황불에 자기 몸이 튀겨지는 것 같다고 말하면서, 이렇게 된 게 다 너 때문이라고 말하는 엄마를 보면서, 생(生)과 사(死)에 다리를 하나씩 걸치고 그 경계에 서 있는 것만 같았다. 살고 싶었다. 죽음에서 발을 빼고 싶었다. K가 문 앞에서 철퍼덕 주저앉았다. 어떡해요, 미안해요, 라고 되풀이했다. J는 왈칵 짜증이 났다.

"뭐가 그렇게 미안한 건데요? 그리고 뭘 어떡해요?"

눈을 크게 뜬 표정으로 J를 보다가 시무룩한 표정을 풀지 못하고 K는 고개를 꺾었다. J는 걱정하지 말아요. 아이는 내가 알아서 키울 테니까. 차마 그 말은 못 하고 다시 심호흡했다. 그런데 K가 한숨을 푸욱 쉬었다. 마치 자신을 탓하고 반성한다는 듯. 무릎걸음으로 다가왔다. 조심히 J를 안았다.

"모르겠어요. 그 말밖에 할 말이 없네요. 그럼, 내가…… 아빠가 되는 거네요."

J는 울컥 뜨거운 것이 목구멍을 막았다. K는 J를 건성으로 안은 듯 팔에 힘이 없었다. 힘주어 안으면 깨지거나 부서지므로 오래 버텨야 승리하는 게임에 참가한 듯. 하지만 K의 이마에 식은땀이 돋았다.

"나, 강원도로 촬영가요."

그러나 J는 K의 심장 뛰는 소리와 목소리의 울림, 어떤 불안한 떨림까지 그대로 느꼈다. 철로에 귀를 대고 있으면 눈에 보이지 않지만 거대한 기차가 서서히 다가온다는 것을 느끼듯이. 한기가 등줄기를 훑고 지나갔다. J가 혼잣말처럼 말했다.

"강원도, 그 촬영…… 그거, 안 가면 안 돼요? 가지 말아요, 제발……."

J는 누군가의 입을 빌려 대신 말한 것 같았다. K가 팔을 풀고 J의 어깨를 슬며시 잡았다. 손아귀에도 힘이 실리지 않았다. 마땅찮은 일에서 벗어나고자 하는 몸짓이었다.

"같이 작업하던 형이 방송국 촬영기사로 취직했어요. 그 형이 쓰던 장비인데 나한테 싸게 넘긴대요. 이번 촬영 끝나면 살 수 있어요."

그때 K의 휴대폰이 울렸다. 자리에서 일어났다. 빠르게 방을 나갔다. 잠시 후 현관문 닫히는 소리가 났다.

얼마나 시간이 지났는지 알 수 없었다. J가 방을 나왔다. 숨이 턱 막혔다. 식탁 위에 놓인 보리차를 병째 들고 마셨다. 가슴 깊은 곳에서 불이 타는 듯했다. 심호흡했다. 베란다로 갔다. 엊그제 폭설이 내렸다. 도시의 온실가스와 매연으로 눈 녹은 거리가 지저분했다. 나뭇가지에 매달린 눈은 잔뜩 야위어 있었다. 갑자기 현관문 번호 푸는 소리가 났다. K가 다시 나타났다.

"신게 먹고 싶다는 말을…… 어디선가 들은 것 같아요."

K가 귤 봉지를 내밀었다. 그의 오른손 엄지에 노란 박스테이프가 감겨 있었다. 엄동설한에 장갑도 끼지 못하고, 상처가 나도 제대로 치료도 못 하고 도대체 K가 찍고자 하는 영상이 무엇일까? 통과의례일까? 잠깐만 있어 보라고, 상처를 치료하고 가라고 J는 말하지 않았다. 귤 봉지만 받았다.

J는 K의 엄지에서 노란 박스테이프를 떼어내고 소독약을 바르고 밴드를 붙여주지 않았던 행동이 생리 날에 생리대도 안 하고 친구 집에서 잠을 잤던 것처럼 심란했다.

5

목 스웨터도 J에게 컸지만 아이보리색 재킷도 마찬가지였다. 이렇게 말랐었나? 팔 길이가 손등을 덮었고 어깨선도 밑으로 쳐져 아이가 어른 옷을 걸친 것 같았다. 재킷을 벗어 비닐 팩에 넣고 목 스웨터도 벗어서 최대한 불량 부분, 노란 박스테이프가 잘 보이도록 비닐 팩에 넣은 후 박스에 담았다. 모두 반품해야 했다. 인터넷을 열고 니쁜스 홈페이지에 접속했다. 게시판에 제품 불량 상태를 언급하고 반품 이유를 자세하게 적었다.

밥을 물에 말아 한 숟가락을 넘기고 있는데 휴대폰이 울렸다.

"고객님 니쁜스입니다. 저희 제품으로 인해 심려를 드려 죄송합니다. 그런데 고객님 저희는 노란 박스테이프를 사용하지 않습니다."

J는 입안에 든 밥을 억지로 삼키려다가 사레가 들었다. 얼굴이 벌게지도록 기침하면서도 잠깐만, 전화를 끊지 말라고 했다. 이 문제를 해결해야 했다. 물을 마시고 조금 진정되자 물었다.

"노란 박스테이프를 사용하지 않는다고요?"

"그렇습니다, 고객님. 고객님께서 작성하신 게시판에 답글을 써 놓았는데 아직 확인을 안 하신 모양이군요. 어쨌든 제품 확인서를 작성하셔서 제품 반송을 해주시면 저희가 살펴본 후 제품 불량인지 훼손인지를 따져서 다시 말씀드리겠습니다."

"아니, 그럼 노란 박스테이프가 어떻게 붙어있는 거예요?"

"그거야 저희도 모르죠, 고객님. 어쨌든 반송해 주시면 살펴보고 말씀드리겠습니다."

더는 밥을 먹을 수가 없었다. 남은 밥을 싱크대에 쏟아버리고 그릇을 닦았다. 니쁜스 담당자가 말한 대로 제품 확인서를 꺼내 반품 목록에 불량이라고 체크했다. 상태 란에 내용을 자세하게 기록했다. 우체국에 들러 택배로 부쳤다. 그런데 자꾸만 목 스웨터는 그냥 꿰매 입을 걸 그랬나? 재킷은 너무 커서 어차피 반품해야 하지만…… 아니 노란 박스테이프를 떼고 보내야 했나? 코끼리를 생각하지 말라고 말하면 코끼리만 생각하듯 스웨터의 불량 처리를 하다 보니 K의 다친 손가락에 감겨 있던 노란 박스테이프가 연달아 떠올랐다. 추위에 벌벌 떨면서 촬영하다가 카메라를 쥔 K의 엄지에서 서서히 피가 배어 나오고 그 범위는 점점 넓어졌다. J는 고개를 흔들었다. 하지만 머릿속은 차에 치여 피 흘리며 쓰러진 아빠에게로 이어졌다.

초등학교 3학년 때였다. J는 급식받아도 먹지 못할 것 같았다. 오전 내내 가슴이 뛰고 열이 올랐다. 아이들 제일 뒤에서 배식받았다. 식사 시간이 끝나자 잔반통에 쏟아버렸다. 종례를 마치고 담임이 J를 불렀다. 집으로 가지 말고 대학병원 영안실로 가라며 지갑에서 만 원을 빼주었다. 교문 앞으로 택시를 불렀다며 타고 가라고 했다. J는 교문 앞에 서 있는 택시를 그냥 지나쳤다. 쉼 없이 흘러내리는 눈물을 훔치며 집으로 갔다. 엄마가 아빠의 장례식을 치르고 돌아올 때까지 빈집에 홀로 있었다. 집으로 전화가 한 번 왔다. J가 집에 있다는 것을 확인하는 엄마의 전화였다.

J는 엄마의 화난 듯한 얼굴과 말투가 아빠의 죽음에 대한 추궁 같았다. 아빠가 생일 선물로 무엇을 받고 싶냐고 물었을 때 조성모의 시디와 브로마이드라고 했다. 아빠는 동료들과 점심을 함께 하고 혼자서 서점에 들렀다. 길을 건너다가 신호위반 택시에 치여 그 자리에서 쓰러졌다. 엄마는 남편의 손에 조성모의 음반과 브로마이드가 들려 있었다는 말을 듣고, 빈집에 J가 혼자 있다는 것을 알았지만 챙기지 않았다.

J는 엄마가 떠나버릴까 봐 두려웠다. J의 불완전한 심리상태를 알았지만 엄마는 알은척하지 않았다. 남편을 잃은 설움이 너무 컸다. 식탁이나 소파에 앉아 미간을 잔뜩 찌푸리고 양쪽 관자놀이를 꾹꾹 누르며 한숨을 내쉬는 모습을 볼 때마다 J는 두통의 원인이 자신인 듯했다. 문간방에서 그림을 그리거나 끼적였다. 엄마가 암을 진단받았을 때 정신과 육체가 분리된 듯 J는 운동화 한 짝, 슬리퍼 한 짝을 신고 출근했다. 동료 교사의 따가운 눈총을 받고 무엇이 잘못됐는지 알았다. 수업 시간에는 자꾸 딴소리했다. 한 학생이 우주 언어로 말하지 말고 지구 언어로 말해달라며 책상을 두드렸다. 그 후 우

주인이 J의 별명이 되었다. 원장은 J의 상황을 이해하지만 공과 사는 구분해달라고 했다. J가 실력이 전혀 없는 교사는 아니었다. J가 사실은 엄마가 암에 걸려 죽는다는 이야기를 소설로 썼기 때문이다.

5

휴대폰이 울리자 J는 깜짝 놀랐다. K의 전화를 애타게 기다렸지만 그의 소식일까 봐 그랬다.

"고객님, 니쁜스입니다. 먼저 저희 제품으로 인해 불편을 끼쳐 죄송합니다. 고객님께서 보내주신 제품을 놓고 내부 검토를 했는데요. 저희는 노란 박스테이프를 사용하지 않고 2, 3차례 검수를 거쳐 제품을 포장하고 바코드 시스템에 의해 제품을 관리하므로 불량제품을 고객님께 출고할 가능성이 없습니다. 더욱이 스웨터는 목 부분이 접어서 나가기 때문에 그곳의 불량을 발견하지 못할 리가 없거든요. 그렇기 때문에 고객님께서 훼손 후 반송한 것으로 저희는 결론을 내렸습니다. 제품을 고객님께 반송할 것입니다. 반품에 관한 택배비를 포함해 청구 결제할 것인데 이에 동의하십니까?"

"잠깐만요! 지금, 너무 갑자기, 많은 이야기를 들으니까 이해를 못 하겠고 뭐라고 대답을 못 하겠네요."

"고객님, 그러니까 저희는 노란 박스테이프를 사용하지 않는다고요."

"그럼, 노란 박스테이프는 누가 붙였다는 거예요?"

"그거야 저희도 모르죠! 문의 사항이 있으면 고객 게시판을 이용해 주세요."

J는 멍하니 앉아 있다가 인터넷을 열고 니쁜스 홈페이지를 클릭했다. 담당자의 말을 상기하며 게시판에 글을 쓰기 시작했다.

J는 억울했다. 불량제품을 보낸 곳은 니쁜스였는데 왜 자신에게 떠넘기는가? 택배비까지 배상하라니. K는 왜 지금껏 전화 한 통 없는가? J는 그에게 방 한 칸을 무료이다시피 빌려주었고 어쩌다 잠자리를 한 번 했을 뿐이었는데 임신까지 해버렸다. 아빠의 죽음도 엄마의 죽음도…… J는 억울했다. 부모님의 죽음만 생각하면 숨이 제대로 쉬어지지 않았다. 사고체계와 감정을 제거해버린 로봇이었으면 했다. 어느 정도는 그렇게 되었다. 엄마의 죽음이 말할 수 없이 슬프고 서러운데 눈물이 나오지 않았다. 장례를 치르는 마지막 날, 밥을 먹으려던 도우미들이 구석에 앉아 있는 J의 몰골을 보고 혀를 찼다. 나이가 가장 많은 도우미가 J의 손을 끌고 와 자신 옆자리에 앉히고 수저를 쥐여 주었다. 밥 한 숟가락을 억지로 떠서 입에 넣는데 장례식장으로 미국에 사는 이모가 들어섰다. J를 발견하고는 달려와 뺨을 갈겼다.

"너는 악마야!"

J는 엄마의 장례를 치른 후 안방 근처는 얼씬도 못 했다. 수면제를 먹지 않으면 잠들 수 없었다. K가 방 한 칸을 빌려달라고 했을 때 이제 살았다고 생각했다.

J는 꿈을 꾸었다. K가 울면서 손가락에 감긴 노란 박스테이프를 떼어내려고 했다. 눈을 떴다. 식은땀으로 베개가 축축했다.

6

J는 니쁜스를 즐겨찾기로 지정해 놓고 게시판을 들락거리며 자신의 답글을 확인했다. J가 원하는 답변은 없었다. 오직 노란 박스테이프를 사용하지 않는다는 말과 고객이 제품을 훼손했다는 것으로 결제 처리를 하겠다고 했다. J는 인터넷 검색창에 '불공정'이라고 쳤다. 그러자 '공정거래위원회'가 떴다. 아, 공정…… 자신도 모르게 발음했다. J는 얼른 클릭하고 게시판에 자신이 당한 불공정에 대해 기록했다. 수시로 들락거리며 답글을 확인했다. '미처리'라는 글자를 확인한 상태로 출근했다. 쉬는 시간마다 사이트를 열었다. 오후 늦게 '처리'라는 글자가 떴다. 하루가 한 달만큼이나 길었다.

인터넷 쇼핑몰에 의한 불편 사항은 전자상거래센터 홈페이지를 이용하는 게 도움이 될 것입니다. 또한 인터넷 쇼핑몰은 불공정이 발견되더라도 시정조치를 취하는 정도에서 끝날 수 있습니다. 따라서 상대 쇼핑몰에서 대응하지 않으면 처리할 법적 근거가 없음을 알려드립니다. 전자상거래센터 홈페이지를 이용하시기 바랍니다.

불공정이 발견되더라도 시정조치를 취하는 정도에서 끝날 수 있습니다…… J는 이 문구를 두 번 더 읽었다. 이대로 끝낼 수는 없었다. 이 일을 공정하게 처리해야 자기의 삶도 올바르게 될 것 같았다. 아빠의 사고도 엄마가 암에 걸린 것도 갑자기 찾아든 생명도 금방 다녀오겠다고 떠난 K가 여태 연락 두절인 것도 불공정했다. 더할 수 없는 공포였다. 전자상거래센터 홈페이지를 열었다. 소비자상담실에 공개 상담으로 글을 올렸다. 전자상거래센터 홈페이지도 수시로 들락거리며 답변이 'N'에서 'Y'로 바뀌기를 기다렸다. 또한 휴대폰도 자주 들여다보았다. 메일 알림에 1이라고 숫자가 뜨자 메일을 열었다. 글자 크기를 키웠다.

전자상거래센터입니다.

인터넷쇼핑몰 니쁜스에서 구매한 제품의 하자로 불편을 겪으셨다는 상담을 주셨습니다. 니쁜스는 서울시 강남구에 통신판매업을 신고한 업체로 확인되며 11월 14일 16시 55분에 업체 담당자에게 연락하여 상담내용을 알리고 처리 요청한 결과 16일까지 대표자에게 확인 후 센터로 회신을 주겠다는 답변을 받았습니다. 업체로부터 회신을 받는 대로, 추가 답변을 통해 알려드리겠습니다.

이틀 후 추가 답변이 메일로 송신되었다.

추가 답변입니다.

업체 담당자로부터 연락이 왔습니다. 11월 20일에 카드 결제 취소 처리 예정이라는 답변받았습니다. 카드 결제 취소는 요청 후 4~5일 정도 소요될 수 있으니 해당 기간 경과 후 카드사로 결제 취소 여부를 확인해 보시기 바랍니다.

J는 어깨가 들썩일 만큼 크게 숨을 들이마셨다가 천천히 내쉬었다. 인터넷 쇼핑몰의 불공정 거래는 잘 처리됐다. 그런데 K는 아직 연락이 없었고 전화는 늘 꺼져있다는 소리만 반복했다.

7

J는 K를 찾아 영월로 가기 위해 아침 일찍 나섰다. K의 소식을 들은 건 니쁜스 쇼핑몰에서 배송 지연에 관한 전화를 받

던 날이었다. 부재중 전화를 확인하고 통화버튼을 누르자 K가 아닌 낯선 남자가 받았다. 그는 기다렸다는 듯이 말을 쏟아냈다.

"빙벽 촬영을 하다가 K가 낙상했어요. 병원 응급실에 있는데 지금 의식이 없습니다. 당장 수술해야 하는 데 보호자 동의가 필요해서요."

J는 아무 대꾸도 못 하고 가만히 있었다. 낯선 목소리가 K의 여자 친구가 아니냐고 물었다. J는 대답하지 못하고 끊었다. 전화를 건 사람이 누구인지, K가 일하는 곳의 관계자라고 생각은 됐지만, K가 어떤 곳에서 누구와 일하는지 알지 못했다. J는 그 누구든, 생과 사를 넘나드는 그 경계에 자기가 개입하고 싶지 않았다. 그게 K라면 더더욱. J는 아무 일도 없었던 것처럼 K에게 전화를 걸었다. 늘 꺼져있다는 멘트였다. J가 할 수 있는 일은 니뻔스의 부당한 거래가 억울하다고, 자신이 제품을 훼손한 게 아니라고, 고객 게시판에 글을 남겨 공정하지 않은 처사에 대해 사과받는 일이었다.

J는 영월 시내의 병원 몇 군데를 돌았지만 개인 정보 노출이라며 말해주지 않았다. 경찰서로 갔다. 주차장에 차를 세워 놓고 앉아 있었다. 의경이 다가와 창문을 노크하며 무엇을 도와드릴까요? 물었다. 사람을 좀 찾고 싶다고 했더니 안내해 주었다. 담당 경찰은 J에게 신분증을 요구하고 인적 사항을

조회한 후 K와는 무슨 관계냐고 물었다. 그제야 여자 친구라고 말했다.

경찰이 K가 입원해 있는 병원 이름을 말해주었다. J는 무슨 정신으로 운전했는지, 어떻게 병실을 찾아갔는지 기억나지 않았다. 산소 호흡기를 달고 중환자실에 누워있어서 당장은 면회할 수 없었다. 면회가 가능하다고 해도 의식이 없었으므로 대화할 수 없었다. J는 보호자로 기록된 K의 선배에게 전화를 걸었다. 그는 영월에 있지 않았다. 일 때문에 다른 지역에 있었다. K가 빙벽에서 낙상하여 두개골과 장이 파열되어 수술했는데 아직 깨어나지 않고 있다고 했다. K 혼자 이 힘들고 어려운 일을 감당하고 있었다니…… 목이 멨다. 집에서 가까운 병원으로 K를 옮기겠다고 하자 선배가 고맙다고 했다. 이송에 필요한 절차나 서류는 자신이 다 처리하겠다고 했다.

이틀이 지나 영월을 떠날 수 있었다. J는 K를 실은 응급차를 뒤따랐다. 청주쯤에서 휴게실에 들르겠다고 구급대원한테 전화가 왔다. 창문을 내리자 바람이 훅 얼굴에 끼쳤다. 겨울이 그새 물러가고 봄이 성큼 다가온 듯 바람이 온순했다. 그때 휴대폰이 울렸다. 학원이었다. 그동안 여러 번 전화가 왔었는데 받지 않았다. 통화버튼을 누르자 원장의 성난 목소리가 스피커를 통해 전달됐다. J는 더는 학원 일을 할 수 없다고 했다. 원장은 두말하지 않고 전화를 끊었다. K를 실은 응급차가 속도를 줄이며 휴게소 주차장으로 들어섰다. 사람들이 길을 비켰다. 그들의 옷차림이 가볍고 산뜻했다. J는 그제야 봄이 왔음을 깨달았다. 패딩을 벗고 차에서 내렸다. (2015년 《문학사상》 5월호)

예측할 수 없는 삶을 증명하는 소설의 방식

정재훈(문학평론가)

예측할 수 없는 것을 예측하는 것,
이것은 아마 삶이 우리에게 가장 많이 요구하는
역설적 작동이기도 할 것이다.*

장마리에게 작품은 일종의 길이다. 일반적으로 길은 목적지에 당도하기 위한 과정일 테지만, 작품으로서의 길은 다르다. 목적지 자체가 없기 때문이다. 어떠한 감상 내지 해석을 정답이라고 볼 수는 없다. 그래서 어느 누구 하나가 남들보다 우위에 있지도 않다. '독자'라는 이름 하에서는 모두가 동등하다. 예측의 범주 내에서 요구되는 감정적 움직임을 최대한 펼쳐 보이는 것이야말로 진정 작품을 감상하는 태도인 것이다. 이렇게 명분화된 역설적 작동이 가능하게 하는 무대가 바로 작품이다. 특히, 소설은 삶의 현장을 무대화한 것이다. '개연성'이라

---

* 리베카 솔닛, 김명남 역, 『길 잃기 안내서』, 반비, 2018, 19쪽.

는 말처럼 소설 내 이야기의 흐름은 예측할 수 없음에도 예측할 수 있는 것이어야 한다.

장마리의 소설은 우리가 그간 봐왔던 누군가의 삶을 역설적 작동으로 제시한다. 그 역설적 작동이라 함은 물론 감정적 영역이며, 기존 관습에 대한 작가의 전복적 상상이라 하겠다. 이번 소설집에 실린 작품들에서 볼 수 있는 문제들은 다양하다. 가족 간의 관계, 순혈주의로 인한 배타성, 성과를 내기 위해 개인이 감내해야 했을 심리적 압박 내지 고독함, 그리고 세대 갈등에 따른 문제 등이 그것이다. 이렇듯 여러 문제들을 둘러싼 고정관념 내지 차별, 편견을 극복하기 위한 작품 내 장치도 곳곳에 배치된다. 등장인물이 처한 환경은 특히 중요해 보인다. 작가는 한부모 가정의 아이들, 자신의 뿌리를 좇아 이곳에 온 이방인 등을 등장시켜 인물의 행동과 내면에 역동적인 에너지를 불어넣는다.

「아빠가 누구냐고 묻지 마세요」를 보면 그 에너지를 엿볼 수가 있다. 이 작품에서 특이한 점을 꼽자면, 바로 등장인물들이 "파쿠르"를 배운다는 것이다. 작품에 따르면, 이 파쿠르는 "'길', '코스', '여정'이라는 프랑스어"로 주변 지형이나 건물, 사물들을 이용해 이동하는 일종의 곡예 활동이다. 파리의 뒷골목에서 7명의 청소년들의 파쿠르를 담은 영화 〈야마카시〉처럼 「아빠가 누구냐고 묻지 마세요」에서도 기성세대가 만들어 놓은 질서를 향한 작중 인물들의 반항심이 가득하다. "보람"과 "현수"는 사춘기 청소년들이다. 다른 친구들처럼 번듯한 직업을 가진 부모를 가지지 못해서, 아니면 "행복 주택"에서 살고 있기 때문에 느끼는 결핍은 이들에게 오히려 역동적인 힘의 원료가 된다.

'보람'과 '현수'에게 길은 애당초 주어지지 않았다. 이들의 길은 소위, '정상적인 가정'에서 태어나 유복한 환경 속에서 성공 코스를 밟는 것과는 거리가 멀다. 이들에게 세상은 불평등함 그 자체다. 이들의 '파쿠르'는 신체적 역동성만을 보여주는 것이 아니라, 세상을 향한 심리적 저항도 함께 내포하는 행위이다. 또한, '아버지의 부재'라는 이들의 공통적인 환경도 '파쿠르'에 전념하는 이유라 하겠다. 아버지의 권위가 부재한 상황에서 세상의 부조리한 질서에 굴복하기를 거부하려는 태도인 것이다. 게다가 제목 그대로 '묻지 마세요'라는 신세대만의 당돌한 느낌을 풍기는 것 같기도 하다. 특히, '보람'은 오로지 "엄마"에게서 삶의 태도를 전수받으며 기존의 가부장제를 뛰어넘는 인물로 부각된다.

엄마는 음식이란 사람과 사람 간의 관계라고 했다. 평소에는 어려운 말을 안 하는데 요리할 때는 가끔 한다. 나 자신으로부터, 이 사회로부터, 온 세계로부터, 독립된 인격체가 되는 것이 먹는 일이라고 했다. 맛의 세계로 온전히 빠져들 수 있다면 살

아있음의 증명이라고도 했다. 배고픔의 해결을 위해 음식을 먹는 것은 탐하는 것이며 주위를 어슬렁거리며 버려진 음식을 뒤지는 짐승과 다를 바 없다고 했다. 배가 고플수록 절제가 필요하다고 했다. 하지만 절대 쉬운 일이 아니라고 푸욱 한숨을 내쉬었다. (「아빠가 누구냐고 묻지 마세요」 부분)

정해진 길을 거부하는 '파쿠르'가 자유로운 욕망과 관련이 있다면, 음식은 곧 "사람과 사람 간의 관계"를 재확인하는 수단이다. 획일화된 길에서 벗어나고자 하는 욕망만큼이나 '관계'의 목마름도 지금 우리가 있는 곳에서 종종 목격되는 바이기도 하다. 관계의 결핍은 인간을 원자화시킨다. 과도한 경쟁의 장(場)은 인간을 "짐승"처럼 약육강식으로 내몬다. 이러한 상황을 극복하기 위한 방편으로써 작가는 기존의 질서와는 다른 방식을 보여준다. 그것은 바로 '모성'에서 비롯된 이웃에 대한 사랑이다. 음식에 관한 어머니의 철학은 '보람'에게도 계승된다. "행복 주택"에서 사는 어려운 이웃들을 위해 도시락을 하나하나 만드는 과정에서 '보람'은 어느덧 '엄마'를 똑 닮아 간다.

'길'이라는 모티프는 「J의 어떤 징후」에서도 볼 수 있다. 주인공 J에게 '가족'은 절실한 문제이다. 교통사고로 생을 달리한 아버지와, 위암으로 세상을 떠난 어머니의 빈자리는 이후 동거남인 K로 인해 조금이나마 메워지는 듯하다. 아버지가 자신

때문에 죽었다는 자책감과 더불어, 시나리오에서 "딸이 엄마를 살해하는 이유와 머릿속의 살해가 현실로 이루어지는 이야기에서 진도가 나가지 못"한 이유도 결국 가족을 잃은 J의 상실감에서 비롯된 것이라 하겠다. '상상 속 작품'과 '현실'의 괴리만큼이나 그녀에게는 상반된 상황이 펼쳐진다. 그리움과 속죄라는 복잡한 심정에서 비롯된 '행복한 가족'과 더불어 '불완전한 동거'라는 현실이 지독하게 맞물려 있는 것이다.

K의 아이까지 임신한 상황에서 J는 자신의 부모가 걸었던 길을 떠올렸을 것이다. '가족'이라는 길은 그녀에게 구원이었다. 부자연스러운 동거 생활을 견딜 수 있게 한 것은 다름 아닌 '가족'이라는 미래가 있었기 때문이다. 또한, K가 다큐멘터리 영화로 만든 '길'이라는 주제도 J가 느낀 결핍(부모의 부재)과 맞닿아 있다. 고인이 된 자신의 부모에게 헌정하려는 의도도 있었을 것이다.

흔히, 우리는 인생을 길에 비유하기도 한다. 저마다의 인생이 다르듯이 길에 얽힌 이야기들도 정말 여러 가지가 있겠지만, 그 중에서는 자신의 '뿌리'를 찾기 위한 여정을 담은 이야기도 있었을 것이다. 「빅토르 최」의 주인공 "빅토르"는 러시아에서 살다가 "조부모의 고향"을 찾아 이곳(한국)에 왔다. 하지만 주변 사람들의 눈에 비친 그는 한국말을 조금 할 줄 아는 낯선 이방인에 불과했다. 원룸 시공 현장에서 일하면서 그의 눈에 비친 이곳은 과연 어떤 모습이었을까. 우후죽순처럼 건물들이 세워지고, 마치 닭장처럼 칸칸이 나뉜 원룸을 보면서 '인간다운 삶'에 대해 생각해 보지는 않았을까. 원자화된 삶의 피폐함을 봤었기에 "스텝"의 광활한 지평선을 꿈에서까지 봤던 것은 아니었을까.

자신이 살았던 시베리아보다 이곳에서 더 추위를 느꼈고, 황량함을 마주했기에 눈물을 흘렸을 것이다. 그렇게 향수병이 깊어질수록 고향의 맛이 떠올랐다. 그는 "할머니"가 만들어준 "시루떡"을 생각했다. 정성스럽게 쌀을 씻고 가루를 내어 촘촘한 망에 거르고, 붉은 팥도 삶아 층층이 쌓아 올린 할머니의 수작업은 이곳의 작업 방식과 전혀 다르다. 러시아에서 "자유시장 경제를 도입한 후" 아버지의 권유로 할머니가 도시에 온 이후에는 맛볼 수 없었던 시루떡. 그에게 시루떡은 잊을 수 없는 기억이며, '가족'의 이야기이다. 하지만 그때 그 시절만큼의 가족 간 유대관계는 사라진 지 오래다. 시장이 개방되고, 투기가 허용되면서 일확천금의 꿈을 좇았던 아버지의 끝은 '자살'이었다.

빅토르의 여행도 아무런 결실 없이 끝났다. 숨도 제대로 쉬지 못하는 상황에서 작업은 고되기만 했다. 다시 앓아누웠을 때, 그를 찾는 이는 아무도 없었다. 그리고 통보도 없이 자기 자리에 다른 사람이 대체됐다. "비자만료가 한 달이 남았지만 러시아로 돌아가리라 마음을 굳혔"을 때, 그는 숨을 크게 들이 마시고, 천천히 내쉬었다. 할머니가 손수 만든 음식을 떠올렸고, 그 맛을 잊지 못한 심정처럼 조부모의 고향을 찾아 이곳에 왔지만, 어디에서도 온기를 느끼지 못했다. 층층이 쌓인 시루떡의 무게보다는, 오히려 낡은 것들을 허물어뜨리고 파헤치는 이곳의 속도가 더 빨랐다. 빅토르의 만성적인 증세를 치유하기 위해서는 별 다른 방법이 없는 듯했다. 그저, 짐승들이 사는 이곳을 하루라도 빨리 벗어나는 것뿐이었다.

「한 가족 다 식구」는 '음식'을 테마로 한 소설집 『마지막 식사』(예옥, 2017)에 실린 작품이다. 최근에도 여러 작가들끼리 어떤 공통된 테마를 가지고 작품집을 내는 경우가 종종 있었다. 어쨌든 이색적인 어떤 음식 같은 것을 기대하면서 작품을 봤던 독자였다면 분명 실망했을 것이다. 왜냐하면 제목처럼 가족들이 저마다 '따로 밥을 먹는 상황'도 그러하거니와 작품에 나온 음식들 또한 전혀 특별할 것이 없기 때문이다. 하지만 음식의 '참맛'은 단순히 먹는 데에만 있지는 않다. 그것이 먹는 이에게 어떤 의미이며, 어떤 위안을 주는가도 생각해봐야 한다. 그런 점에서 본다면, 작품에서 나오는 김치찌개, 라면, 김밥, 감자탕, 삼겹살 등의 음식은 평범한 것이 아니다.

작품은 삼대(三代)가 한 집에서 살고 있는 풍경을 보여준다. 할아버지인 "종호"는 아파트 경비원, 아버지 "성진"은 에어컨 설치 기사, 엄마인 "예순"은 식당에서, 예순의 동생인 "예진"은 화장품 매장에서, 딸 "현서"는 미용실 스텝으로 일하고 있고, 아들 "경서"는 대학생이다. 특이한 점은 이들 가족 구성원들 저마다의 하루 일과(아침, 점심, 저녁)를 옴니버스식으로 전개했다는 것이다. 서로 독립된 듯 보이지만, 이들이 각자의 현장에서 느끼는 고단함은 똑같다. 갑을 관계에서 '을'인 입장이기에 기본적인 욕구조차 마음 놓고 해소하지 못한다. 업무와 분리되지 않은 점심시간, 상사들이 먹고 남긴 잔반들로 배를 채우는 장면이 그저 당연한 것으로 보이지 않는 점도 이 때문이다.

> 점심 먹을 시간이 없지만 아침을 굶어 너무 배가 고팠다. 매점에서 김밥과 컵라면을 샀다. 한꺼번에 김밥 세 토막을 입에 넣고 씹으며 노트북을 켜고 자기소개서를 쓰려고 했지만 할아버지는 아파트 경비원이고 아버지는 에어컨 설치기사이며 어머니는 식당에서 이모는 화장품 매장에서 한 살 많은 누나는 미용실 스텝이라고 쓰려니…… 가족 소개가 아니라 자기소개지라고 생각하고 노트북을 다시 보았지만 새벽까지 알바하고 늦잠을 잤고 아침밥도 못 먹고 학교로 택시를 타고 왔고 지각했고 지금 점심도 못 먹고 과제 수행을 하는…… 자신에 대해 쓸 말이 없었다. (—「한 가족 다 식구」 부분)

이렇게 각자의 일과를 겨우 소화해 나가면서 꾸역꾸역 배를 채워나가는 모습을 과연 인간다운 삶이라고 말해도 되는가. 결국, 기본적인 욕구를 둘러싼 등장인물들의 삶과 그 양태 속에서 작가는 무엇을 말하고자 했을까. 이 작품을 단순히 '음식'으로만 엮어서 볼 수 없는 지점이 있으니, 그것은 바로 '이야기'이다. '경서'의 입장에서 자신이 수행해야 할 과제인 "자기소개서"의 최대 난점은 바로 "자신에 대해 쓸 말이 없었다."라는 것이다. 쳇바퀴처럼 쉼 없이 돌아가는 일상 속에서 정작 내가 누구인지, 무엇을 꿈꾸는지조차 알지 못하는 것이 어디 청년 세대만의 문제겠는가. 이는, 어느 특정 세대만의 문제가 아니라, '존재'의 방식에 관한 근본적인 질문으로 이어진다.

과도한 경쟁 사회에서 각 개인들이 느끼는 압박감 내지 고독함은 어떻게 해소되어야 하는가. 이전 사회에서는 이러한 개인들의 심리적 문제를 해소할 수 있는 내밀한 인간관계(가족)가 '완충지대'처럼 있었지만, 지금은 그 기능이 현격히 약화된 것이 사실이다. 높아지는 자살률과 고독사 문제가 날로 심각해지고 있다는 것은 누구나 다 알고 있다. 이처럼 '어떻게 살아야 하는가'라는 문제의식이 도출될 수밖에 없는 상황에서 작가가 내린 진단은 간단하면서도 명확하다. '이야기'를 통해 삶을 되돌아보고, 다른 이들과 함께 고민하고 연대하는 것이다. 지금의 단절된 관계를 복원하지 않는다면, 앞으로 저 만성적인 소화불량은 계속해서 우리 사회에 고통과 갈등만을 낳게 될 것이다.

「2040, 무릉 시티」의 무대는 앞서 「빅토르 최」에서 보았던 원자화된 삶의 확장판이라 하겠다. 가까운 미래에 '노년'이 상업화되고, 노인들을 위한 지상낙원이 건설되었으니 그것이 바로 "무릉 시티"이다. 당시 건설 현장에서 일했던 "박"은 이제 노인이 되어 '무릉 시티'의 입주를 희망하는 처지가 됐다. 이곳에 입주를 하게 되면 5년 동안은 생활이 보장된다. 하지만 그 입주 기간이 끝나면 노인들에게 제시되는 선택지는 두 가지 뿐이다. 편안하게 잠들 듯이 세상을 떠나거나("피안의 세계"로 떠나는 것), 아니면 가족들에게로 다시 돌아가는 것이다. 하지만 "가족들에게 돌아간 노인은 지금껏 단 한 명도 없었다." 이처럼 작가는 노인들의 심리적 박탈감과 외로움을 극적으로 보여준다.

도시의 설계자였고, 지금은 관리소장인 "최"에게 '죽음'은 수수께끼와도 같았다. 누구나 죽음을 두려워하기 때문에 '최'는 자신이 관리해야 할 노인들에게 "행복이"를 처방한다. 죽음을 최대한 연장하기 위해서 일종의 영양제를 쓰는 것이다. 하나부터 열까지 노인들의 일거수일투족을 감시하고, 관리하는 체계를 유지하는 것이 '최'의 업무이다. 이따금 체계에 따르지 않는 노인("백 노인")도 있는데, 이런 부류는 조용히 처리된다. '최'는 부모의 얼굴을 기억하지 못하고, 보육원에서 자랐었다. 그를 후원했던 "신"은 그에게 절대적인 존재였다. 시장 가치를 상실한 노인들을 어떻게 처리할 건지를 두고 '최'는 '신'에게 자신의 아이디어를 제안했었다.

이른바, "잉여 인간들의 적재 공간"으로 만들어진 곳이 바로 '무릉 시티'이다. 그 적재 공간 안에서 관리되며 살아가는 노인들의 상황이 무릉 시티 바깥이라 하여 나아지는 것은 아니다. '무릉 시티'에 입주를 기다리는 '박'의 눈에 비친 세상은 온통 '노인에 대한 혐오' 뿐이다. 나라를 위해 "몸 바쳐 살아온 거룩한 희생과 봉사"라는 그럴듯한 말로 포장되었지만, 사실 노인들은 아무 쓸모도 없는 존재들인 것이다. '백 노인'을 대신해 "피안의 길"로 대신 떠나는 조건으로 입주를 약속 받은 '박'은 피안으로 가는 "나룻배"를 타기 전에 진실을 알게 된다. 도시를 건설할 때 당시 설계자였던 '최'를 가까스로 기억해낸 것이다. 하지만 이미 배는 출항을 마쳤고, 작품은 그렇게 끝난다.

앞서 살펴본 작품들처럼 장마리는 가족, 노년 문제를 통해 구성원 간의 관계 상실 및 그에 따른 심리적 압박 등을 보여주고 있다. 가족의 경우에는 '한부모 가정'이라든가, '고아'를 등장시켜서 '결핍'을 부각시켰고 이로써 진정한 '가족과의 유대'란 무엇인지를 드러냈다. 그리고 '고령화 사회'에 진입하는 과정에서 잉여처럼 취급받는 노인들의 문제와 더불어서 이들을 우리 사회의 일원으로서 온당히 대우해야 한다는 점도 보여준다. 이러한 문제들을 유발하는 상황은 결국 '성장 중심주의'와 관련이 있다. 과도한 경쟁 사회로 인해 격하된 삶의 문제는 여러 질문들로 이어질 수밖에 없다. 단순히 생존 여하를 넘어서 과연 '인간다운 삶'이란 무엇이고, 그것을 다시 복원하는 일은 가능한 것인지를 고민해야 하는 것이다.

장마리의 작품에는 그런 고민의 흔적들이 고스란히 담겨 있다. 특히, 「송화 . COM」은 도시와 지방의 격차라든가, 소금을 만들어나가는 염부의 노력과 정성, 또는 성과를 위해라면 사람의 목숨도 하찮게 여기는 비열한 작태까지도 보여준다. 작중에서 등장인물인 "김 씨"는 잔뼈가 굵은 "염부"이다. 작품 초반에는 그의 작업들을 디테일하게 보여주는데, 갑자기 어느 "사내"가 등장한다. 카메라로 '김 씨'의 작업 과정을 찍은 '사내'를 온몸으로 제지한 것은 '김 씨'의 아들 "영수"이다. 그는 "송화염을 어떻게 수익 사업으로 만들 수 없을까 고민"하면서 물질적인 것에 집착하는 인물이다. 아버지 '김 씨'의 사진 "모델료"가 고작 만 원밖에 안 되냐며 '사내'를 몰아세우는 모습에서 '영수'의 성격이 직접적으로 드러난다.

그런데 충격적인 것은 작품 결말 부분에서 나온다. '김 씨'는 아들의 친구라는 사람을 따라 김제에 간다. 사실, 이 친구라는 이는 경찰이었는데, "격포 농가에서 중국산 소금을 섞어 송화염이라고 파는 사기꾼"이 있다는 제보가 들어와 수사를 하고 있었다. 그런데 그 사기꾼 혐의를 받는 이가 '영수'였고, 경찰의 추격을 피해 차를 몰고 도망치다가 추락하여 지금은 중환자실에 있다는 것이다. 병원에서 우연히 '김 씨'가 목격한 장면은 충격적이다. 사진작가 '사내'가 경찰과 대화를 나누었는데, 이들끼리 서로 약속된 각본에 의해서 아들 '영수'가 사지에 내몰렸던 것을 알게 된다. '김 씨'가 염전 일을 하는 모습을 담은 사진의 저작권 문제 때문이었다.

이 작품은 등장인물 간의 가치관이 서로 뚜렷하다. 염부 '김 씨'는 오랜 세월 동안 염전을 일구었던 인물이고, 일한 만큼 결과가 돌아온다는 신념을 지녔다. 하지만 아들 '영수'는 좀 더 세속적으로 보인다. '사내'가 찍은 아버지의 사진을 홈페이지에 실은 뒤로 소금 주문이 많이 늘어났고, '김 씨'도 "소금 내는 일"이 "이제는 체계적이고 합리적이어야 하는" 사업일지도 모른다는 생각을 했을 것이다. '사내'도 정말 오랜만에 건진 사진을 전시회에 쓰고 싶었을 것이다. 이렇듯 인물들마다 각자의 각본으로 장밋빛 미래를 꿈꿨다. 하지만 소금은 인간의 계획이나 노력만으로 얻을 수 없다. 아무리 내가 의도했다 한들 외부적인 상황에 따라 그 결과는 판이하게 달라질 수 있다. 게다가 서로 간의 이해가 격렬히 충돌하는 상황에서 서로의 각본은 의도치 않은 결말로 이어지는 것이다.

「존은 제인을 만났지만」에서 주인공 "준수"는 실패한 시나리오 작가의 인생을 살고 있다. 그가 유일하게 세상에 내놓은 작품은 "「존」"이었다. "서른다섯 살 때" 발표한 시나리오인데, 세상은 그의 작품에 "진정성"이 없다고 혹평했다. 공식화된 흥행 조건에서 한참을 벗어난 작품이라는 것이다. "준수"의 입장에서는 자신의 삶을 그대로 작품에 담았다고 하겠으나, 그것은 엄연히 흥행과는 거리가 멀었다. 하지만 완전히 무의미한 것은 아니었다. 왜냐하면 '준수'는 자신의 작품을 통해 "존"이라는 새로운 이름을 얻었기 때문이다. 이름이 내포하는 이른바 아이덴티티를 스스로 선택한다는 점에서 준수는 '존'을 통한 새로운 세계로 진입한다.

그 일환으로써 존이 "제인"을 만나게 된 것은 정말로 예기치 못한 행운처럼 보인다. 누군가와 대화조차 나누지 못하고, 연애도 하지 못한 그에게 '제인'의 등장은 그야말로 극적이었다. 하지만 사실 이들의 만남은 시스템에 의해 계획된 것이었다. '제인'은 이미 그에 관한 온갖 정보들을 통해 그를 파악하고 있었다. 그리고 "구매력지수는 낮지만 자존감은 최상급인 작가"에 속한 존의 그 자존감, 즉 작품을 창작하는 자로서 느낄 수 있는 성취는 '제인'의 조력 없이는 불가능해진다. 존은 '제인'이 소개한 "스토리 헬퍼"를 통해 기계적으로 작품을 생산해야 하는 위치로 전락한다. 결국, 그는 자신의 "엄마"를 위해 어떤 일도 하지 않았음을 깨닫고 제인과의 접속을 완전히 차단한다.

엄마가 출근을 하려다가 방문을 노크했다. 시무룩한 얼굴로 앉아 있는 존에게 카드를 건네며 보약은커녕 밥 한 그릇도 여태껏 챙겨주지 못했다고, 어디 바람이라도 좀 쐬고 오라고 했다. 존이야말로 지금껏 엄마를 위해 어떤 일도 하지 않았음을 깨달았다. 자리에서 벌떡 일어나 성난 황소처럼 들숨과 날숨을 쉬며 화장실로 갔다. 그러고는 귀에서 무선 이어폰을 빼내 변기에 넣고 물을 내렸다.

존은 「존」처럼 닭을 튀길 수 있는 푸드 트럭을 타고 전국을 함께 여행하는 게 어떻겠느냐고 엄마에게 물었다. 엄마가 눈을 크게 뜨고 쳐다보더니 느리게 웃으며 고개를 끄덕였다.

존은 노트북 화면에서 제인을 삭제했다. (―「존은 제인을 만났지만」 부분)

이 소설에서 존과 제인의 관계는 쉽게 말해 '인간'과 '시스템'이라 하겠다. 존이 '제인'에게 더 많은 "서비스"를 받으려면 무엇보다 그것과 연동되는 휴대폰을 최대한 심장에 가까이 두어야 했었다. "심장 가까이 놓아둘 것"이라는 사용법 자체가 특이한 것은 아니다. 기계와 인간의 간격이 점차 좁혀지는 것이야말로 기술적 진보의 증거이기 때문이다. 그런데 '제인'은 그 자체만으로 완벽하게 운용되는 것이 아니다. 온갖 시행착오를 거치면서(존을 화나게 하면서) 그에 맞게 맞춤형 시스템으로 완성되어가는 '제인'은 무작위로 살포된 전단지를 통해 "인연"으로 맺어지는 프로그램이다. 입력된 행동을 지시하고, 소비자(존)의 기호에 맞춰 진화해나가는 '제인'의 비인간적인 모습은 확실히 이질적으로 다가올 수밖에 없다.

무엇보다 이 작품에서 결정적인 장면을 꼽자면, 존의 각성을 들 수가 있다. 무선 이어폰을 변기에 버리고, 노트북에 '제인'을 삭제한 장면이 다소 갑작스러운 감은 있으나 이해 못할 것은 아니다. '제인'과는 상반된 위치의 인물인 '엄마'는 남편의 부재에도 아들을 키워낸 강인한 모성을 보여줬다. 교묘하게 존의 비위를 맞추는 '제인'의 말보다는 '엄마'의 퉁명스러운 말이 그에게는 더 따뜻했다. '준수'가 자신이 만든 영화(「존」)의 주인공인 "존"처럼 "푸드 트럭을 타고 전국을 함께 여행"을 하자고 '엄마'에게 제안한 것은 곧 자기 자신의 이야기를 현실화하겠다는 의미이다. 흔히, 작품을 그 작가의 욕망이라고 하지 않던가. 이렇게 본다면, '존'이자 '준수'는 외부적인 지시에 따라 움직이는 기계적 존재가 아니라, 스스로 작품을 창조하여 이를 변화의 기점으로 삼으려는 인간인 것이다.

「노란 집」은 작가가 이상적으로 여기는 '가족'의 상을 보여주는 작품이다. 이 작품에서도 다른 작품들처럼 '한부모 가정'이 등장한다. 남편 없이 "여덟 살짜리 아들"을 키우는 미용실 "원장"과 함께 일하는 주인공 "나"(박현수)는 자유분방한 "열아홉 사내"이다. 주변 시선에 아랑곳하지 않고 자신만의 독특한 패션 감각을 선보이는 '나'를 유일하게 "환대해준 사람은 초롱이가 최초였다." '초롱이'는 원장의 아들이다. 독특한 개성을 보여주는 이 두 인물은 "초롱 미용실"의 마스코트이며 "트레이드"인 셈이다. 주인공에게 '미용실'은 일터이기 전에 유일한 안식처이자, 가족 간의 사랑을 확인하는 곳이기도 하다. 그에게 '미용실'은 새로운 '집'인 것이다.

주인공인 '나'가 이렇게까지 바깥에서 가족애를 느끼는 이유는 작중에서 쉽게 드러난다. 바로, 호더인 "아버지"를 향한 적대감 때문이었다. '나'에게 원래 '집'은 그저 냄새나고, 무섭고, 지긋지긋한 곳에 불과했다. 그의 아버지가 집을 "쓰레기 더미로 만들기 시작한 건 엄마가 집을 나가고 부터"였다. 홀연히 사라진 엄마의 빈자리는 '나'에게 '가족'의 의미란 무엇인지를 끊임없이 상기시킨다. "명주"도 그런 그와 처지가 비슷했다. "지하 샛방에서 병원 청소부 일을 하는 할머니와 살았고 늘 배가 고픈 아이"였던 '명주'는 '나' 대신 "혼자 소년원에 갔"었다. 과거에는 서로 형제처럼 지냈어도, 지금 '나'에게 '명주'는 가장 위협적인 존재이다.

증명의 과정이라 함은, 어쩌면 쉽지 않은 문제일 수도 있다. 단번에 증명했다면, 우리는 그것을 심각한 문제라고 말하지는 않을 것이다. 이렇듯 '나'에게 '가족'이라는 문제는 쉬운 것이 아니었다. 아버지를 대하는 주인공의 심정도 그러한 복잡함을 드러낸다. 작품의 결말에서 "초롱이"를 데리고 자신의 '집'으로 간 '나'는 한동안 잊고 있던 "아버지"의 따뜻한 심성을 보게 된다. 집에 있던 온갖 쓰레기들은 "보물섬"의 신기한 물건들로 바뀌고, "보물섬을 지키는 해적"으로 분(扮)한 '아버지'와 "노란 왕자"인 '초롱이'가 몹시도 낯선 광경을 연출한다. 기가 막힌 '나'는 '아버지'의 행동을 눈앞에 보고도 믿을 수 없다고 하지만, 어쨌든 "최초의 손님"인 '초롱이'는 "십여 년 만에 아버지와 나를 웃게 한 주인공"이었다.

'명주'는 그런 '초롱이'를 유괴하여 한몫을 챙기려 했고, '나'는 '명주'에게 겉으로는 협조하는 척했지만 속으로는 최후의 수단을 강구한다. 약국에서 수면유도제를 사서 그것을 소주병에 타 넣고, '명주'를 집으로 유인하여 결국에는 살해한다. 작품 결말에서 잠이 깬 주인공 앞에 '아버지'가 삽을 들고 있는 장면과 그 "발밑의 흙색이 짙고 둥그스름"했다는 점에서 볼 때, '아버지'가 '명주'의 시신을 암매장했음을 짐작할 수 있다. '살인'이 정당화되기는 어려우나, 이는 주인공 '나'에게 지금의 행복이 얼마나 간절한 것이었는가를 역설적으로 보여준다. 방식이 옳다고는 볼 수 없으나 어쨌든 가족이라는 명분으로 서로를 위험으로부터 보호하려는 최소한의 욕구마저 이해 못할 것은 아니다.

기상천외한 일들이 어디 상상 속 작품에만 있겠는가. 지금도 이따금씩 우리들을 경악하게 하는 일들이 비일비재하게 일어나고 있지 않는가. 정말로 삶이 우리에게 가장 역설적인 작동을 원한다고 한다면, 작가 또한 그것을 작품으로써 담아내야 할 것이다. 장마리가 이번 소설집을 통해 그려냈던 여러 지점들을 보았을 때, 무엇보다 중요한 문제의식은 바로 '인간이란 무엇인가?'이지 않을까 싶다. 그리고 가족을 비롯한 인간의 가장 기본적인 관계를 바탕으로 역설적이면서도 역동적인 이야기를 풀어냈다는 점에서 이 시대가 진정 나아가야 할 방향은 무엇인지에 대해 화두를 던진다고 하겠다. 앞으로 장마리의 작품 세계가 또 어떻게 펼쳐질지 예측할 수는 없겠지만, 그럼에도 예측해 보고 싶은 기대를 조심스럽게 품으며 글을 마친다.

작가의 말

첫 단편집 이후 9년 만에 묶는 작품집이다. 시간이 꽤 지났으므로 성장한 줄 알았다. 출간을 위해 작품을 다시 들여다보는데 오만이었음을 깨달았다.

출간해야 하나?

좋은 의견을 내준 실천문학 편집부 담당자께 감사드린다.

애정이 없었으면 어려웠을 것이다.

초심으로 돌아가리라.

의지가 약해 장담할 수 없다.

부족한 작품에 해설을 해 준 정재훈 평론가께 감사드린다.

부족한 작품을 출간해 준 실천문학에 감사드린다.

2022년 8월

장마리

실천문학 소설
존은 제인을 만났지만

2022년 09월 05일 1판 1쇄 인쇄
2022년 09월 20일 1판 1쇄 펴냄

지은이 장마리
펴낸이 윤한룡
편집 신한선
디자인 윤려하
관리·영업 이소연
펴낸곳 (주)실천문학
등록 10-1221호(1995.10.26)
주소 남양주시 퇴계원읍 퇴계원로 52 405호
전화 02-322-2161~3
팩스 02-322-2166
홈페이지 www.silcheon.com

ISBN 978-89-392-3115-3 03810

본 도서는 2022년 전라북도문화관광재단 지역문화예술육성지원사업 지원금을
일부 받아 제작되었습니다.